U0615777

合浦人文丛书

枕水廉州

合浦县申报海上丝绸之路世界文化遗产中心　编

刘忠焕　著　　　董立东　绘

广西科学技术出版社

·南宁·

图书在版编目（CIP）数据

枕水廉州 / 合浦县申报海上丝绸之路世界文化遗产
中心编，刘忠焕著，董立东绘 . -- 南宁：广西科学技
术出版社，2024.7. --（合浦人文丛书）. -- ISBN 978-
7-5551-2224-1

Ⅰ . I217.1
中国国家版本馆 CIP 数据核字第 20246WC638 号

ZHEN SHUI LIANZHOU

枕 水 廉 州

合浦县申报海上丝绸之路世界文化遗产中心　编
刘忠焕　著
董立东　绘

策　　划：何杏华	责任编辑：秦慧聪
助理编辑：黄玉洁	责任校对：冯　靖
装帧设计：韦娇林	责任印制：陆　弟

出 版 人：岑　刚
出　　版：广西科学技术出版社
社　　址：广西南宁市东葛路 66 号　　邮政编码：530023
网　　址：http://www.gxkjs.com

印　　刷：广西昭泰子隆彩印有限责任公司
开　　本：889 mm×1194 mm　　　1/32
字　　数：268 千字　　　　　　　印　　张：11
版　　次：2024 年 7 月第 1 版
印　　次：2024 年 7 月第 1 次印刷
书　　号：ISBN 978-7-5551-2224-1
定　　价：68.00 元

版权所有　侵权必究

质量服务承诺：如发现缺页、错页、倒装等印装质量问题，可直接向本社调换。
服务电话：0771-5851474

丛书编委会

主　任：王　川
副主任：白银冰
编　委：杜琴艳　吴　蓓　叶吉旺
　　　　蓝胤天　张瀚心　叶长青
　　　　邓敦燕　朱庆安
主　编：吴　蓓
副主编：叶吉旺

Adam 2019.5.9

总序

  合浦的"浦",意为江海汇聚之处。百川归海,从桂东南深山丛壑中发轫的众多河流归注于北部湾。

  西汉元鼎六年(公元前111年),汉武帝平南越,设岭南九郡,合浦郡就是其中之一,其辖今广东云浮市新兴县、开平市以西,广西玉林市容县、南宁市横州市以南及防城港市以东地区。郡下的古合浦县则包括现北海市、钦州市全境和玉林市的博白县、北流市、容县,南宁市邕宁区、横州市的一部分,以及广东廉江市。

  合浦是《汉书》记载的"海上丝绸之路"的始发港之一,位于中心位置的古合浦县地处通往交趾(今越南北部红河流域)和海南的必经之道。合浦县的"中心"地位,有合浦汉墓群为证。合浦郡治所在地廉州镇汉墓数量众多,规模宏大,出土了大量精美的本土器物和舶来品。其中,疑为九真府郡守墓的庸毋墓和被确认为徐闻县令墓的陈褒墓,让人不禁猜想:这里就是当时岭南的"首善之区"。

  从某个角度来看,北海的历史就是古合浦县的历史。晚清《中英烟台条约》的签订,使北海因商业渐兴,成为以珠海路老街为中心的商业重镇,当时北海的政治、文化中心仍然是廉州府治和合浦县治所在的廉州。

昔日的合浦，"农桑鱼盐之利，甲于他郡"，尤以出产珍珠著称。三国时期孙权占岭南时，出于采集珍珠的需要，改合浦郡为"珠官郡"，珠池密集的合浦县则改称"珠官县"。

悠久的产珠历史，催生了以"廉政"为核心的南珠文化。"珠还合浦"的故事名闻遐迩。唐太宗李世民将"越州"改为"廉州"，用元代大臣伯颜的说法，"盖谓汉有孟尝守，政善革弊，珠徙复还，因易廉名，以取律贪之义焉"。

廉政自古以来就是一种政治理想，统治者如是，被统治者亦如是。继唐太宗将越州改名后，唐德宗时将"合浦还珠"作为科举考试试题，令考生作赋。宋代的真宗皇帝在颁布的敕文中称"眷合浦之名邦，有还珠之遗训"，要求"山高皇帝远"的地方官，务必以孟尝为榜样，做到清廉勤政，"将令剖竹之臣，复效还珠之守"。

合浦故郡曾涌现过许多清官。宋代合浦太守危祐上任时下属送给他一柄珍珠扇，他说："我每日摇着收受的这把贵重扇子，怎么对得起'廉州'二字？"曾官居二品的明代大儒张岳在廉州为官四年，"不持一珠"，其夫人连珍珠都没见过。张岳后来因得罪权臣被贬任沅州府，在任上去世后，只剩破衾烂席，连买棺材的钱都是同僚和上司所捐。

还有明代两广巡抚林富，领旨到廉州征采珍珠，不仅没有"履行职责"，反而犯险向皇上进谏罢采，撤销珠池太监，表现出士大夫的民本情怀和凛然风骨。

合浦故郡涌现的这些清官廉吏，像晶莹皎洁的珍珠，在历史长河中闪闪发光。明代诗人吴廷举感慨："行李纷纷游宦子，几人不愧大廉山。"

许多名人贤士也在这里留下了各种人文古迹。唐代的张说、宋之问，宋代的陈瓘、曾布，元代的范梈，明代的汤显祖……北宋时，苏东坡获赦从海南回到大陆，曾在廉州寓居近两月，诗人兴会，流连诗酒，留下了"万里瞻天"的遗墨，还有东坡亭、东坡井、东坡饼、东坡笠等遗痕。

历史学家钱穆说："任何一国之国民，尤其是自称知识在水平线以上之国民，对其本国以往历史，应该略有所知……否则最多只算一有知识的人，不能算一有知识的国民。"历史就像《见或不见》那首诗中所写的："你见，或者不见我，我就在那里。"怎样通过通俗化、大众化的方式，让人们真切地触摸到历史的肌理，感受到历史的呼吸，是树立文化自信、推进文化强国建设需要研究的课题。

历史的大众化与通俗化并不是庸俗化，也不是低俗化。它需要适应大众口味，但不应降低真实性的标准；它有别于学术，但同样需要披沙拣金、去伪存真；它不一定是所谓的"大书"，却能春风化雨、润物无声，吸引人们在阅读中了解史实，形成史识，在心中激起"对历史的现实回响"。

历史是"过去时态"，同时也是"进行时态"。在社会发展进程中，合浦正在发生、迁演的建筑、美食、名物、习俗、地情、时务等，这些时代的留痕，正是未来的历史，应予搜集、梳理并记录在案。"无志不成史"，就是这个道理。

前人恰恰也是这样做的。清末在北海从事洋务的三水人梁慎始，利用广泛接触"贤大夫及巨商长老"的"工作之便"，对谈次（聊天）中的"天时、地势、商务、风俗、农业、渔业、土产、矿产"等，"辄手录之，细大不捐"，其族兄梁鸿勋据此编纂了《北海杂录》一书。虽然该书仅有两万余字，却成为弥足珍贵的地方史料，现在人们津津乐道的北海近代历史，大多都出自《北海杂录》。

梁慎始、梁鸿勋不惮其烦，做这样一件公益之事，缘于他们对地方文化价值的认识。用梁鸿勋的话来说，"自古政不壅于上闻，凡官斯土者，必采辑其地之风教政俗，以献于朝，识治乱，辨纯浇，课殿最，胥视此矣"。

"国一日不可无史，则郡亦不可无志。""合浦人文丛书"挖掘合浦历史，采辑当下"风教地情"，以大众化、通俗化的方式，对"让历史活起来""让文化活起来"做了有益探索。相信"合浦人文丛书"各分册的陆续推出，将为"文化北海"的建设添砖加瓦，对普及地方历史、增强文化自信发挥积极的作用。

编者

2023 年 1 月

南唐后主李煜有一句词，"一江春水向东流"，在我看来，那仅是一种假设，算不得普遍真理。在合浦古郡，有一条执拗地向南流淌的河流，便是明例。那条河流，古称"合浦水""廉江"，后来人们干脆直白地叫它南流江。

南流江，在千万年前由北而南走来，风尘仆仆，奔流不息，在下游的冲积平原化作小桥流水人家的景致，还留下了一段"海上丝绸之路"的故事。

南流江有五个分支出口，最东端的一支是西门江，江水穿廉州古镇而过，哺育了这方枕水人家。西门江很调皮也很贪玩，东一看便开了港，西一瞧便拐成了湾，练一趟拳脚已织成了水网。这座廉州古镇，仿若一位佳人，站在水中央。

古镇倚东岭而临西流，依水建街，傍水设市，颇具水乡风情。阜民坊街，康乐长巷，一概随水而形，汲水而生。河流两边，构起临河楼阁，楼阁上都有汲水轩窗，生活悠然。江面宽不过三五十米，鸡犬相闻。隔着河，这边唤一声，那边可探头出窗回应。油麻石板铺就的街面，如老相机的胶卷，每一帧都是一段故事。

从前的西门江，清波荡漾、河埠系舟、交易繁忙，可不像如今这般人烟稀少。沿江有多处梯级码头，俊俏女子或蹲或站，在水边浣衣、淘米、洗菜，留下一片欢声笑语。水中鱼儿游动，软泥上青荇招摇，望不尽的是水乡的源头。

傍水的廉州，是一个可以发呆的地方，直到凝成一幅半江清水半人家的图画。有人说，廉州是一块温润的南流江玛瑙，此话不假。经过两千多年风雨的打磨，廉州已经成为一件质地上乘的雕件。

"野渡无人舟自横"，西门江还没有桥的时候，交通靠渡船。后来，修建了一座木桥，叫"西门桥"，后改称"惠爱桥"。始建于明正德年间的西门桥，是廉州的尤物，也是廉州的骄傲，几经损毁，又按原样修复。她庄严、持重而又身手敏捷，纵身一跃跨江而过，如国画里一勾灵巧的飞白，方便了两岸的交往。

倚桥顾盼，凭栏生辉，一瞬间的邂逅，竟是两千多年的等候。在惠爱桥的两端，随意行走便能钻进骑楼林立的老巷子。桃红李白青石路，斜风细雨不须归，边走边看，说不定会遇到撑着素伞、身着印花布旗袍的女子。那个袅娜的身影留在烟雨空蒙的画卷里，还有最温柔的那一低头，俏丽也不过如此。

廉州古城经历了太多风雨的磨砺与光阴的淬炼，兼具秦的刚、汉的勇、唐的风、宋的雅、元的兴、明的颂、清的派、民国的韵、今朝的流。一路走来，廉州回响着沧桑的天籁，抹不去的流韵，挂在了水边的屋宇檐角。

古镇不能没有古塔，那座文昌塔，泰然自若地肃立在四方岭下，镇守着兴学昌文的廉州，那是古镇的魂。

古镇不能没有古亭，那座海角亭，气定神闲地伫立在西门江边，守护了清风正气的廉州，那是古镇的眼。

古朴是廉州的底色，水路是廉州的气韵，从"海上丝绸之路"的始发港到现在遍地茶馆酒肆、商铺客栈的古城，廉州始终没有失去信心。而迎不完的东西南北的客人，谈不完的迎来送往的生意，又让廉州人懂得了且行且珍惜的要义。

不管是汉代的干栏式住宅，还是近代的骑楼，又或是当今的水泥森林，廉州古城无不是在河中立柱、水上架阁，一贯的枕水人家风格。廉州人的日子恬淡悠然，百家一条枕，千人不同梦，各进温柔乡。

阜民坊遗留下的交易地盘，从城西卖鱼桥的"珠市"演变成了现在的沿江菜市场。从曙色中醒来的廉州，已是人头攒动。市场上堆满了蔬菜瓜果、鱼虾鸡鸭，人群熙熙攘攘，买卖双方讨价还价，一派和气，说起廉州话如唱歌一般，句句是蘸了水的调子，柔软动听。

哪一块是秦砖，哪一片是汉瓦？廉州的遗存似乎都藏进了历史的深处，无从捕捉。如同那一片片粉墙黛瓦、一湾湾河港水巷，走进了明信片，挣脱了眼前的苟且，把心事寄给了诗和远方。

再窘迫的步履，再焦躁的心情，都有治愈的良方。历史是一面镜子，文物是一副妆奁，到廉州来吧，这里有平复烦躁的能力。

廉州注定离不开水。被南流江的水淘洗后，又被海洋的风翻篇，廉州沐浴了千年风流。汩汩的西门江，不但积淀了廉州传颂不断的故事，也涵养了一丛丛文化的根须。

光风霁月，流水依依，与古镇亲近，总有一段让人愉快的时光。

我的出生地在合浦县乡下，参加工作后才长期在廉州生活。在细水长流的日子里，我爱上了这座小城的风情与风物，包括廉州的老城区、古迹、历史和市民生活。小城的古意和文化底蕴，满足了我对廉州历史与文化深入探究的愿望。

我喜欢钻老街巷的习惯延续了三十多年，许多以前跟我交谈过的老人都不在了，而那些老街、老屋、老井、老桥、老亭……都还在，默默守望着岁月流转。嘈杂的大街和幽静的小巷，让我从青丝走到白首，想来也是唏嘘。我行走在泛黄的夕阳下，晚风轻拂，夹杂着饭菜的香气，恍惚间，我仿佛听到了那首极具深刻情感和人生哲理的歌曲："当你老了／头发白了／睡意昏沉……"低沉悠扬的歌声在耳畔低吟，如在炉火旁打盹，回忆如潮，令人不堪回首。

　　孔子曰："五十而知天命，六十而耳顺。"我眼看就要到耳顺之年，对他人的言语有了自己的判断，再也不作惶惑之举。而研究历史文化，用自己的知识，书写一些心得，让日子过得更充实，也算得上是一种积极的生活态度。

　　由是，我以一己之力去还原一些关于廉州的枕水风情与历史，表明自己的心迹和见解，不做人云亦云之事，也不刻意去粉饰什么。多年媳妇熬成婆，这才有了这本《枕水廉州》。

刘忠焕

2023 年 6 月

风雅廉阳

7

文物之光

海角猛风

Adam. DeWei
2021.3

借我一个廉州

　　岭南有一个廉州，委实是件极好的事。当我叨念起它的时候，心里却难免要嘀咕：是该叫它"合浦"好，还是叫它"廉州"好？

　　一条南流江，自汉代起便成就了合浦郡，而郡内的一座大廉山，则又换来了廉州的威名。2000多年来，南流江沿着大廉山流淌，船只在南流江内穿梭，却能将历史与现实串联起来，不曾断过。我觉得，叫合浦不错，叫廉州则更好，于是不再纠结。

　　南流江随着那条海上丝绸之路兴盛于汉代，然后式微；唐宋时再度兴旺，成为漕运海盐的通道，至清末逐渐衰落；抗日战争时期，因运送物资的需要，再度兴起。但河道的淤堵还是让南流江的通航变得越来越困难。20世纪60年代，因建设水利设施，南流江的航运历史结束了，但南流江仍倔强地流淌着，灌溉着两岸的农田，南流江的气韵和威势也传承至今。

　　合浦郡发育于南流江边，当南流江进入合浦郡所在的三角洲，它便不再是一条江，而是水网密集之地，所到之处成了水乡。水乡之上的廉州古城，一片片街区被水路分隔。流水的浸润，让廉州出落得像一位佳人，气质极佳，岁月婉转，又似一首散韵结合、专事铺叙的汉赋，被传递给了今天的廉州人。

感谢上苍的眷顾，将这一方丰饶的水土托付给廉州人，让这里成为他们的家园。他们克勤克俭，终是过上了好日子。"小楼一夜听春雨，深巷明朝卖杏花"，浓郁的市井生活气息，反让廉州生出清丽的色彩来。

夏天的廉州最美了，雨雨晴晴，气象万千。雨时树影婆娑，晴时果实满枝。晨曦初启，城内外有一种难得的安静；夕阳西下，街头巷尾充满了烟火气息。惠爱桥下，细流静淌；海角亭前，书声琅琅。那条南流江的支流西门江，缠绕着廉州，古老绵长，依依不舍。枕水人家，安居其上，自得其乐。

雨天的廉州亦甚美，烟雨弥漫在街区、河道和树木间，颇似江南古镇。这里旧桥流水，烟锁骑楼；雾笼老屋，瓦檐滴水；小巷悠悠，儿女情长；佳人撑伞入画，袅袅婷婷……像不像水墨画？雨中之境，渺渺茫茫，画中有人，人在画中，实则廉州就是一幅水墨画！

廉州的美，不仅体现在浓郁的老城风情里，还彰显于历史底蕴和文化积淀中。那条偏远的南流江，得到汉王朝的青睐，合浦郡因此被赋予了特殊的使命，从而酿造了不凡的历史。你看那些独特的文化——海丝文化、汉代文化、珍珠文化、廉吏文化……它们并存于现在的廉州，熠熠生辉。你看那些人，从"政清刑简"的费贻，到"珠还合浦"的孟尝，再到"万里瞻天"的苏东坡，可谓风流千古，廉州后人受用不尽。

诚然，具体的廉州一直在变，它古代的样子我们已经不可追溯，唯近代的情形可在一些典籍中寻得踪影。在1931年版《合浦县志》里，就记载了廉州古城里的诸多桥梁，如奎文桥、玉带桥、青云桥、东新桥、西新桥、朝阳桥、定海桥、云龙桥、龙门桥、西门桥（惠爱桥）、登龙桥、文蔚桥、冠带桥、老人桥、龙津桥等。廉州古城虽不大，却桥梁遍布，可知其水网环伺，小桥蜿蜒，水乡风情不言而喻。

古色古香的廉州老街，诉说着时光的沉静与历史的厚重

廉州的老街巷都沿着河岸分布，房屋傍水成街，街巷四通八达，阜市兴旺，人家悠然。城内小河缓缓流淌，水乡气质充盈于街巷，人行走其中，脚下有流水，心田起清气。流水四处，自然又滋润着廉州的花果、弄巷和廉州的文化基因。

不容置疑，廉州就是一处水乡，明代的"廉州八景"，几乎每一景都与水乡有关。是哪八景？时任廉州知府的朱勤曰："东山叠翠、南浦生珠、西门古渡、北府灵祠、天涯驿站、阜市人烟、泮池夜月、海角潮声。"它们因水生境，水景交融。在海角亭前，文献曾记载有砥柱亭、漾江亭、浮碧亭、逝者亭、观海楼等建筑，亭阁之下，墙垣之间，又是一处葱茏之境。

流水簇拥着这样的天地，而水的灵动自然让生活在这里的人们心情舒畅。每天出门时，人们便像一只只蝴蝶，徜徉在一片花海中，那么飘忽，又那么恋恋不舍，身边似能摇动起一阵春风来。这大概就是"廉州是一座有呼吸的古城"最好的诠释。

说的也是，在廉州，能够让人沉醉的情景可多了，如古建筑，如流水，如绿意，如人家，如风情。春风明月里，有未眠的夜色，而街头别致的小景，又生起无边的风雅。"楼上佳人楚楚，天边皓月徐徐"，单就廉州的夜色来讲，就有道不尽的情调。

廉州的呼吸，由满城看不尽的流水带来，其中有起承转合的明清青砖老宅和民国骑楼，还有一片掉落在过往尘埃中的绿荷。看，文昌塔、海角亭、惠爱桥、东坡亭、东山寺、廉州府孔庙……是不是古味盎然？伴随而生的荷花、香樟、玉兰，还有扁桃、龙眼、水蒲桃……它们迎风送爽，给满街带来幽幽的清香，像不像汉代吹来的一阵风？

那股汉风还在一直吹。散落在廉州周边的万座古汉墓，是历史留给廉州最亮丽的底色，今天的廉州人说起它们，无不唏嘘感慨。那条海上丝绸之路，以及由它带来的繁荣景象，早已烟消云散，但那些智慧与文化的结晶，仍通过累累的古汉墓呈现给今天的廉州。

"堤畔驻鞍人倚马，岸边系缆客停舟。晚来吏散黄堂静，犹听渔歌起岸头。"满载一船风雅的合浦郡，抵达2000多年后的廉州，路途迢迢，从容不迫。那种气度，已经穿越并浸染到今天古城的各个角落，还将奔向未来的诗与远方。

廉州的历史与文化都是自酿的，用不着去剽窃别人的篇章。从汉代古郡，到如今的廉州，千年不懈，风雨兼程。汉代的贸易，唐代的变迁，宋元的漕运，明清的人口增长，历经沧海桑田，越过世事万端，风吹雨打花落去，唯文脉薪火相传，生生不息。

一场夏雨过后，雨水点点落在街区上。树木吐新叶，青藤爬老墙，似一首坊间老人随口吟出的短诗。窄窄的老巷，望不到尽头，隐藏了多少风流故事。人们站在新桥上，可看新城区的兴起，而身边的西门江成了昔与今的纽带，走过风雨，走过泥泞。

踱进廉州的巷子，又有新的发现。那里写满了接地气的名字，如同藏匿着一个个生动有趣的灵魂，阜民路、篓行街、缸瓦街、沤狗塘、头甲社、二甲社、三甲社、沙路沟、上柴栏、下柴栏、大猪栏、钦州巷、兴贤里、玑屯街、大北街、小北街、沙街尾、石桥街、西华街、中山路、大东门、小东门、水洞口……它们既捧出了廉州的风花雪月，也收纳了廉州的柴米油盐。

如此这般地徜徉其中，最好就是独行。比起新开发的城区，我更喜欢走在"素面素心"的廉州古街巷里，里面自有一种"清水出芙蓉，天然去雕饰"的况味，毕竟，不可忽视不施粉黛的美。慢慢走，静静看，细细品，这才是打开老廉州的最佳方式。

一个人看廉州，不用顾及别人，才能体味到那种光景很老的寂静感。海角亭边，阵阵书声随着水流飘向海边，让人怀远；惠爱桥上，满眼的青砖老屋，古意盎然，让人惬意和满足；东坡亭旁，湖水波光粼粼，荷香幽幽，养眼养心。这样的景致，难道不是一个人去最好吗？每当这时，我就想将廉州压缩成一幅图画，卷起来放进袖口里带走，这样廉州便是我一个人的了。

其实，这仅是我借来的一个梦境，也是我自酿的一种瘾头。春花秋月，紫蕊黄菊，自有其妙处，就如晴天有晴天的美好，雨夜有雨夜的婉转。廉州有我看得到的地方，也有我看不到的地方，它们都写满了诗情画意。无论是芭蕉绿了，还是荔枝红了，在廉州都是刚刚好。

如果可以，请借我一个廉州吧。

海丝路上的民族融合史

　　合浦地处南方边缘，古时与中原来往甚少，在夏、商、周三代，被称为"荆州南境"。

　　那时合浦属"百越之地"，还没有地名。百越支系庞杂，"百越杂处，各有种姓"。据考证，合浦的世居民族是百越中的乌浒一族，其语言体系属汉藏语系中的壮侗语族。

　　秦始皇时期，百越与中原地区开始有接触。后来，中原汉人开始南移迁徙至合浦，即与当地的世居民族有了民族交融。从那以后，不同时期迁徙的不同民族杂居于合浦郡，他们操持着不同的语言，生产和生活有了进一步的交融。

　　《后汉书》中有两条关于"乌浒"的记载。一条是"建宁三年，郁林太守谷永以恩信招降乌浒人十余万内属，皆受冠带，开置七县"。一次招降十万人，说明乌浒人分布甚广。"郁林"就是今天的玉林，与原属合浦的浦北县接壤。另一条是"光和元年，交趾、合浦、乌浒蛮反叛"，说的是从交趾到合浦一带的乌浒人谋反。那些乌浒人过着原始的生活，以采珠、打猎、采集为生，也有少量原始农业。他们的衣服大多用鸟羽织成，房屋筑得如同鸟巢。

秦始皇三十三年（公元前 214 年），岭南地区被正式纳入秦王朝的版图。贾谊《过秦论》载："南取百越之地，以为桂林、象郡。百越之君，俯首系颈，委命下吏。"为了实现对岭南地区的长期管辖，秦始皇不断增兵岭南，而当时在南海任官的赵佗为了稳定在岭南驻守的士卒的军心，向秦始皇提出"求女无夫家者三万人，以为士卒衣补"的请求，后"秦皇帝可其万五千人"。这部分人后来就在岭南地区扎下了根。

　　现在的合浦，还存有赵佗在此地活动时留下的一些痕迹，如东山寺。秦汉之际，赵佗驻军合浦，设行宫作大本营，指挥训练水师，筹集军粮，攻打瓯雒国军队，行宫遗址就在该寺内。又有《珠官脞录》载："糠头山，在县西北一百二十里，尉佗驻军处，居人舂谷积糠成山。山若鸣则风飙立至，见寰宇记，一名狼头山，又名军头山。"赵佗带来的人马，应该有一部分留在了合浦。

　　汉武帝元鼎六年（公元前 111 年）置合浦郡，开始有"合浦"的称谓。那时的合浦郡地旷人稀，《汉书·地理志》载，合浦郡共包括 5 县，郡境总户数 15398 户，总人口 78980 人，平均每县只有 15795 人。唐代房玄龄等著《晋书·卷十五·志第五·地理下》记载："吴黄武五年，割南海、苍梧、郁林三郡立广州，交趾、日南、九真、合浦四郡为交州……平吴后，省珠崖入合浦。交州统郡七，县五十三，户二万五千六百。……合浦郡汉置。统县六，户二千。"三国时，合浦郡的人口还是不多。

不过，汉武帝自平南越设置合浦郡之后，便开通了海上丝绸之路，使合浦港成为官方商贸的正式港口。因地理位置十分优越，合浦郡的经济、文化得到迅速发展，民族团结与民族融合也进入了新的发展阶段，官方组织及自发移民进入合浦变得更为常见，使合浦的地域文化呈现出多元、复合的特征。

一般来说，外来移民与当地世居民族的生产工具和生产经验是有差异的，其经济水平也有差异，但各民族间千丝万缕的联系使地域文化发生了改变。《三国志·薛综传》载："自斯以来，颇徙中国罪人杂居其间，稍使学书，粗知言语，使驿往来，观见礼化。"据学者统计，《汉书》《后汉书》中共有16处关于将获罪的王公大臣及其亲属"徙合浦"的记载，这些知识分子来到合浦，有助于开化世居民族民智、增进民族融合。

唐末，流（徙）合浦的罪官、平民就更多了。"是时，天下已乱，中朝士人以岭外最远，可以避地，多游焉。唐世名臣谪死南方者往往有子孙，或当时仕宦遭乱不得还者，皆客岭表。"（《新五代史》）不少人就这样留在了合浦。

如果说，秦汉时期中原王朝对合浦的移民多是"征服"式的，那么，在此之后的移民就多属避战、逃难式。像西晋八王之乱、唐代安史之乱、北宋末年靖康之难等，衣冠南渡，掀起大规模的人口南迁浪潮，合浦的民族融合进入了"自然而然"的阶段。

对于各种族群聚居于廉州的现象，宋代周去非的《岭外代答》如此描述："一曰土人，自昔骆越种类也，居于村落，容貌鄙野，以唇舌杂为音声，殊不可晓，谓之蒌语；二曰北人，语言平易，而杂以南音，本西北流民，自五代之乱，占籍于钦者也；三曰俚人，史称俚僚者是也，自蛮峒出居，专事妖怪，若禽兽然，语音尤不可晓；四曰射耕人，本福建人，射地而耕也，子孙尽闽音；五曰疍人，以舟为室，浮海而生，语似福广，杂以广东西之音。"其中"土人"和"俚人"皆为合浦本地的世居民族，外貌、口音及生活习俗皆有明显的特征。

明清时期，北部湾地区又有各地族群流入。据《明武宗实录》记载："（正德八年六月）辛酉，户部覆广东左布政使罗荣所奏，地方军民利病事，其一言高、肇、雷、廉所属州县地方抛荒，流民、土瑶易为啸聚，请募民开垦，劝课农桑。"外地居民流入廉州等府，开垦荒地、发展农业，促进了当地的社会稳定。

明人王士性在《广志绎》载："廉州，中国穷处，其俗有四民：一曰客户，居城郭，解汉音，业商贾；二曰东人，杂处乡村，解闽语，业耕种；三曰俚人，深居远村，不解汉语，惟耕垦为活；四曰疍户，舟居穴处，仅同水族，亦解汉音，以采海为生。"这里的"俚人"就是合浦当地越人的后裔，不会说"汉音"，过着刀耕火种的生活。

清代，广东人地矛盾较为突出的潮州等地不断有居民迁出，流入沿海的高、雷、廉等州。清雍正五年（1727年），广东巡抚杨文乾向朝廷报告："粤东惠、潮两府今春麦苗茂盛，皆高数尺，将来丰收可以预卜。惟是潮州各属地方人多田少，又兼上年被水，各县冬间米价稍昂，贫民有往高、雷、廉等府就耕谋食者。"（《雍正朱批谕旨》）清嘉庆年间，清政府下令从外省征集北方善种旱田的农业技术人才前往这些地区："粤人惯耕水田。旱田不谙种植。高、雷、廉、琼等处平坡山麓，及沿海一带平壤宜菽宜麦，皆可有秋，只缘居民不晓土膏地脉之宜，一切农具又不适用，以致地有遗利。令山东河南二省选善种旱田者二十人送粤教耕布种。"（嘉庆朝《钦定大清会典事例》）无论从事的是农业还是商业，各地移民的涌入无疑加快了北部湾地区经济的发展，也促进了民族融合。

诚然，合浦拥有历史悠久的廉政文化，如东汉初年，费贻为合浦太守，在任期间政清刑简，大力推行农耕，奖励农民开垦荒地，还引进中原的先进技术，使百姓受益。汉顺帝时，孟尝为合浦太守，"革易前敝，求民病利。曾未逾岁，去珠复还，百姓皆反其业"，这便是"珠还合浦"的故事。唐贞观八年（634年），唐太宗因大廉山之名而将越州改为廉州，以树清廉勤政之风。这些让合浦的传统文化具备廉平正直、和辑百姓的特点，有力地调和了当地世居居民与外来移民之间的矛盾，促进了合浦社会经济的发展。

就这样，世居合浦的乌浒人、俚人等，以及不断迁入的中原人民，在2000多年的历史发展进程中，发生了根本的变化。一些世居居民迁离了合浦，而更多的外来移民被同化，成为世居合浦的汉族人。

合浦文化体系的孕育、发展和传承与多民族的交流融合密不可分，这使得包容与开放的心态深深扎根于合浦大地。到了现代，合浦县仍在继续推进民族团结进步工作，据2019年版《合浦县志》载："1992年，全县少数民族人口数5228人，占全县总人口数的0.5%。7县设少数民族移民易地扶贫安置场3个。其中，公馆镇山肚村委安置场安置来自大化瑶族自治县板升、雅龙、镇西3个乡镇瑶族群众168人；山口镇河面村委会安置场安置来自都安瑶族自治县三弄、水安、大兴、高岭4个乡镇瑶族群众207人；乌家镇岭顶村委会安置场安置来自都安瑶族自治县永安、下坳、古山、东庙4个乡镇瑶族群众213人。1998年，全县少数民族人口数8418人，占全县总人口数的1%。2002年，设立乌家镇丹田村委会安置场，安置少数民族来自大化瑶族自治县板升、雅龙2个乡镇瑶族群众 123 人。2003 年 7 月，全县有少数民族 16 个，共 7977 人，占全县总人口 925897 人的 0.86%，其中：壮族 7136 人，瑶族 485 人，苗族 171 人，侗族 70 人，京族 30 人，佬族 14 人，蒙古族 14 人，彝族 12 人，毛南族 11 人，满族 10 人，回族 8 人，布依族 7 人，黎族 6 人，朝鲜族、藏族、锡伯族各 1 人。这些少数民族人口分布在全县 16 个乡镇。"这仅仅是其中的一个缩影。

　　古代海上丝绸之路除了是一条古代中国与外国沟通贸易和进行文化交往的海上通道，还见证了本土民族间的不断融合，也是一条合浦"民族情，一家亲"的历史发展道路。

江海融汇话合浦

　　合浦是一个颇有意思的地名，文章里都是这样解释：合浦，意为江河汇集于海之地。但其实合浦的江河出海，不是几条江河汇集，而是只有一条南流江流到合浦古城旁边，再分支出海，故而，我认为合浦叫作"分浦"更合适。诚然，"合浦"这个特定的名字不可能更改，毕竟它是汉武帝颁布设立的南方九郡之一，至今已 2100 多年。

　　说起合浦郡，它确实与水有着理不清的关系——这里是一个水网密集的世界。我们这个家园所在的位置和所发生的历史故事，都与水息息相关。有作家把"诗意地居住在大地上"作为人类的理想，我想，亦可改动一下——"诗意地居住在水边"，这更符合合浦人的理想。因为与合浦人生活相契合的环境，就是充满诗意的水边。从这个角度来说，历代合浦人是幸福的。

　　合浦的水世界，离不开两个元素：一个是南流江，一个是海洋。

　　合浦郡临海，有蜿蜒漫长的海岸线。在汉代时，合浦郡管辖的范围很广，据《汉书·地理志》记载："合浦郡，户万五千三百九十八，口七万八千九百八十。县五：徐闻、高凉、合浦、临允、朱卢。"合浦郡下辖有徐闻、高凉、合浦、临允、朱卢五县，海岸线从现在的北仑河口绵延至广东省阳江市，包括北部湾、广州湾、阳江海陵岛以及海南岛，都属于合浦郡的管辖范围。

合浦郡是汉代海上丝绸之路的始发港之一，汉王朝以合浦港为中转站，通过南流江，开通了海外贸易通道。据《汉书·地理志》记载："自日南障塞、徐闻、合浦船行可五月，有都元国；又船行可四月，有邑卢没国；又船行可二十余日，有谌离国；步行可十余日，有夫甘都卢国。自夫甘都卢国船行可二月余，有黄支国，民俗略与珠厓相类。其州广大，户口多，多异物，自武帝以来皆来献见。有译长，属黄门，与应募者俱入海市明珠、璧流离、奇石异物，赍黄金杂缯而往。"这是合浦港的优势所在，它是中原王朝开展海外贸易最便捷的港口。

南流江，发源于大容山，全长287公里，虽然并不长，其地理位置在汉代却举足轻重。南流江是廉山浦水的母亲河，当它流到一个叫"州江"的地方，一分为五奔流入海，形成了肥沃的三角洲地带，合浦便在它的身边发育起来。汉武帝在这里设置了合浦郡之后，这里即成为南疆的政治、经济、文化和海防中心，中原王朝对南方的管辖，因它而更加牢固。

数千年来，合浦人民一直居住在充满诗意的西门江畔

据《读史方舆纪要》记载："合浦江，亦名南流江，又名晏江。源出广西容县大容山，南流入府界，地名州江口，分为五江：曰州江，曰王屋屯江，曰白沙塘江，曰大桥江，曰新村江，环流至府城西南入海。又府北二十里有石湾江，府北十里有猛水江，皆廉江分流也。"这里的"府城"是指廉州府。而州江则从廉州府旁边经过，这条南流江的分支，因为泥沙淤堵，现在已经不能通航，但在历史上，尤其是汉代时，它是海上丝绸之路的主航道，合浦港就在这条河道上。

在廉州府旁边的这条州江已经被称作"西门江"，因为它流淌在廉州府城的西门外。现在的西门江边，还发现了草鞋村遗址。汉代城址的确认及大规模、完整的汉代制陶作坊遗迹的发现是考古的重要收获，这在我国南方地区的汉代考古发现中较为少见，对研究中原砖瓦制作技术南传和汉代官营手工业制度，以及寻找汉代合浦港及合浦郡治具有重要的史证价值。2013 年，国务院将该遗址公布为全国重点文物保护单位。

现在的西门江在汉代叫什么江，并未见文献记载，甚至西门江当时的模样到现在都已经发生了大改变，但我们可以想象整个南流江流域初形成的情形。现在合浦县城所在的地方，在当时还属于北部湾的一部分，烟波浩渺，轻涛拍岸。后来，南流江带来的泥沙不断沉淀、堆积，抬起河床，形成了平坦的三角洲，中间仅剩下五条不再相干的分支出海口。由是，合浦郡城周边形成了河网纵横的水乡，后来的廉州府城、合浦县城便有了水乡的基调。

唐代之后，合浦港在海上丝绸之路中发挥的作用有所减弱，但依然强大，合浦盛产的珍珠仍是朝廷贡品，水路依旧通畅。合浦海盐业在宋代也显现出优势，漕运海盐开始崛起并长盛不衰，正所谓"盐利所在，舟车之会，巨商富贾于此聚居"。合浦成为广西漕盐集散之地，元明清时期一直延续着这种兴盛状况，使南流江流域人文荟萃，货物奇居，呈现一派繁荣景象。

可以说，没有南流江就没有合浦郡，就没有后来合浦县的格局。明代，合浦县又成为新垦荒者的聚居地，不断有人家沿着南流江迁居和开垦，建设新家园。清代，南流江沿岸还形成了一些开展商品交易的圩场，如常乐圩、多蕉圩、石康圩、石湾圩、总江口圩、党江圩等，成为廉州府市场的补充。

在 1965 年之前，浦北县仍属合浦县管辖，南流江及其支流沿岸，也发育形成了不少的圩场，如张黄圩、小江圩、福旺圩、寨圩等，它们也都得益于南流江的便利，南流江的作用不言而喻。

南流江是一条有个性的河流，从源头的山地，一路叮咚而下，穿过山涧，猛浪若奔。它进入合浦县界后，沿着大廉山走，就变得文静了，风烟俱净，天山共色，让人想起柳宗元诗中所写的"烟销日出不见人，欸乃一声山水绿"。进入常乐地界之后，南流江的河道挣脱了山地的束缚，肆意地流淌在冲积平原地带，两岸风光秀丽，五谷丰登，江内水美鱼肥，船来船往。民间有俗语："有山才有水，有水才有田，有田才有粮。"整个南流江冲积平原，肥沃而富饶。这里水网纵横，田畴广阔，村庄稠密，人口众多。人们在南流江边广植水稻，好似绣出了一派田园风光画卷。到了出海口，则有渺渺茫茫的红树林与海天相连，景色壮观，眼界豁然开阔。遥望江海融汇，不免有万千思绪涌上心头。

南流江在大廉山蜿蜒流过百余公里，纵览了两岸大地的芸芸众生，然后分支出海，注入一望无际的北部湾。站在七星岛茅荒擅河口，或木案河口，或针鱼墩河口，或尿燕子河口，又或叉陇江河口，遥望江海汇合，红树林连片，绿影婆娑，鹭鸟翔集，渔舟点点，可体会生命的须臾与江河的万古。

今天的合浦县，既古老又年轻，它正在扩大人口规模，在水网交错的水乡上，建设着更加美好的家园。

一条南流江给合浦带来了深厚的历史文化积淀，它带着秦汉以降的遗风，为合浦打上了深刻的文化印记。这里的人们，对吃、穿、住、行有着超乎寻常的强烈兴趣，世俗生活味颇浓，又相当强调精美的艺术表现，从精美的汉代文物，到千年不衰的合浦珍珠，再到现在的贝雕、角雕、木雕等非遗技艺，都与南流江息息相关，这是南流江给合浦人带来的荣耀。

廉州古城中轴线

　　廉州古城，是现在的合浦县城，其建城历史悠久，可追溯至西汉时期。但少为人知的是，古城里有一条中轴线，古廉州的城市建设和布局，均以它为轴铺展开来。

　　廉州的前身是合浦郡，设于汉武帝元鼎六年（公元前 111 年）。在今天廉州古城的西门江边，有一处草鞋村遗址，该处重要的考古发现是汉代城址及大规模、完整的汉代制陶作坊遗迹。但该城址是不是当时合浦郡衙的所在地呢？汉代城址是否与之后明清时期的府衙旧址在同一位置呢？至今未有定论。

　　我们知道廉州古城有 2000 多年的历史。其间，唐贞观年间改设廉州，设治所于廉州府东北七十五里的蓬莱乡。宋咸平元年（998 年）复置廉州于廉江（即西门江）东岸，即现在的廉州古城也。

　　廉州城中轴线的形成则要晚许多，大约形成于明嘉靖年间。明嘉靖十五年（1536 年），一个叫作张岳的人到廉州任知府，四年后离任。张岳，福建泉州人，进士出身，官至都察院右都御史，因性格耿直，得罪权贵，被赶出京城，官职一降再降，后被贬至廉州府。在廉州府任职期间，张岳的主要功绩是"大兴土木"，一是迁建府学孔庙及合浦县学，二是兴修水利、修筑陂塘，发展农业生产。张岳离任后，廉州百姓还盖了一座张岳公生祠缅怀他，并刻碑以志。

据清康熙版《廉州府志》载："府儒学旧在城东门内，后移出南门外。元总管程逊移还旧址，元末毁于火。明洪武二年重建，成化八年金事林锦重修，十年知府刘烜始造乐器。嘉靖十七年，知府张岳以旧学后迫城隅，且先师庙渐敝，申请上司改建于南门内元妙观。"府儒学就是现在的廉州府孔庙，张岳将其迁至元妙观之后，便再也没有迁移过。

而明代时，廉州府府衙就在元妙观的后面。据清康熙版《廉州府志》载："府治宋元无署。明洪武二年同知邹源建……制中为堂，曰黄堂；后为串堂，为后堂；左为万益库；右为退省轩。"也就是说，宋元时期，府治是不能确定府衙的，明洪武初年府衙才开始配套有其他的场所和设施，经后任官吏不断修缮、增建，府衙不断扩大和完善。如今府衙里的那些建筑都已不复存在，仅剩下一口井和一对原先府衙门前的石狮子。水井叫"甘泉井"，"在府堂仪门左"，后来，清乾隆朝知府陈淮将其改名为"廉泉"，现为县级文物保护单位。那对石狮子，亦被公布为县级文物保护单位，位于现在的体育馆大门前，亦即从前的廉州

孔庙红墙，记忆中的金榜题名处

府衙大门前。

　　有关整座廉州城的文献记录，我没能找到多少，只了解宋代之后的。清康熙版《廉州府志》载："廉州府城，宋元祐间创，绍圣间，知府罗守成修。洪武三年，百户刘春增筑六百九十丈五尺，谓之旧城。二十八年，指挥孙全复移东城一百五十丈，增广土城四百一十八丈。宣德间，指挥王斌砌以砖，谓之新城。门三：东曰朝天、西曰金肃、南曰定海。俱有兵马司厅。城外浚壕一千五十一丈。"从明宣德年间起，廉州城的城墙由土墙改为砖墙，新城高大威武，防守功能大为增强。

　　府衙与府儒学的位置仅仅是前后排列的关系，还不能称之为"中轴线"。为此，张岳又在廉州城外南段迁来合浦县学，以三点连成一线。据清康熙版《廉州府志》载："合浦县儒学旧在文明坊左前，为化龙桥……嘉靖十五年，知府张岳改迁于城外南屯拓地，方数十丈，中为文庙，左右为两庑，前为戟门，为棂星门，殿后为明伦堂。"县学迁址后，与府衙、府儒学连成南北一条线，廉州城的中轴线自此出现。

此后，中轴线继续向南延伸。明万历四十一年（1613年），廉州府盖了一座文昌塔。据清康熙版《廉州府志》载："合浦文昌塔成：廉之西南隅无冈，江流斜去，形家所忌，民无储蓄，科目亦寥。乃请于抚按造塔，以镇之。议将窑料备用，再计杂税之羡，而数用是敷，乃成塔，名文昌，取丁火文明之义也。址于城南之冈，垒层七，高丈十，贯以阶升，外扃以环道，翼以扶栏。朱碧辉映，时有铮铮之声，峭矗如文笔，固一郡之秀也。糜金八百，有奇。"至此，廉州府的中轴线逐渐完备，长约3公里，把廉州古城和城外建筑一分为二。

我们知道，中轴线与城市的发展有莫大的关系，它就像"中"字上的一竖，由南到北，由天至地，端端正正地穿越历史与现实。那么，廉州城为何要弄一条中轴线呢？据《周礼·考工记》云："匠人营国，方九里，旁三门；国中九经九纬，经涂九轨，左祖右社，面朝后市，市朝一夫。"而廉州府的各任知府，对此肯定会有所研究，他们遵循古代城市建设的有关原则，以中轴线为主轴去营造府城。此外，知府也考虑到中轴线是身份和权力的象征，规划好中轴线可以突出权力中心和经济中心的地位。

明宣德年间的廉州新城作为蓝本，奠定了后来廉州城建设的基调，所筑城墙以现在的城基西路（北）、城基东路（东）、解放路（南）、西华路（西）为界址，此后的变动已经不大，但城外还陆续建有许多的亭榭、庙宇、市场和民居，形成配套设施。以清康熙版《廉州府志》记载的圩市为例："阜民圩，在西门桥外。西门市，在西门外。卫民圩，在北门

廉州府孔庙与文昌塔依然伫立在中轴线上

外。"这也说明,廉州城外围还是比较重要的。尤其是西门江,从宋代起就是重要的盐运和水运要道,宋人周去非在《岭外代答》中记载,廉州盐运是"庶一水可散于诸州"。各种货物也通过西门江运至古城沿岸地带进行集中交易,使这里的专业市场颇多,商号林立,甚为繁华。不少商户在建造店铺时,干脆连装卸码头一并规划建设,让城西一带的商贸异常活跃和兴盛。

坚固而威武的廉州城,无疑成了广东西部(1965年之前,合浦县属广东管辖)的一个社会中心,也成了廉州人的骄傲,有俗话说:"冇怕廉州人,只怕廉州城!"

但廉州城的风光,还是被历史洪流淹没了。20世纪30年代,抗日战争爆发,涠洲岛沦陷,日本侵略军在涠洲岛修筑飞机场。自1939年起,日军不断派出飞机轰炸廉州城,据相关统计数据,日机共轰炸廉州城40多次,炸毁了包括东坡亭在内的一些重要建筑和大量民房。为了方便居民疏散,当局将廉州古城的东、南、北城墙拆毁,只留下西城墙的一段,以及金肃门和东门。东门,即原来的朝天门,后改为朝阳门,再改为钟鼓楼。可惜的是,金肃门及西城墙于1958年被拆毁,钟鼓楼也于1973年被拆毁,至此,作为古城标志的廉州城墙已荡然无存。

但古城的一些古建筑还在。除廉州府府衙已不存在外,作为中轴线的主要建筑还留下不少,如府衙向南而下布置的廉州府孔庙,以及车沟底路旁的原合浦县学的大成殿和四方岭上的文昌塔,后来人们也对这些建筑进行了修缮。尤其是孔庙,当年日军飞机轰炸时,有两枚炸弹分别落在棂星门之前和崇圣殿之后,均未引爆,让孔庙得以保全,实属万幸。现在,孔庙还保存有大成门、大成殿和崇圣殿3座古建筑。

到了今天,要复原早就被拆毁的府衙几乎不可能了,但中轴线上的其他建筑必须予以保护,以留下廉州古城最后一点记忆。对于现在的人们来说，它们就是一个个响亮的名字，有讲不完的故事。那些精巧的建筑设计，也留下了道不尽的文化韵味。它们有源远流长的历史，早就被赋予了深远的历史意义和深厚的文化底蕴。

我时常行走在廉州的这条中轴线上，仰视它的繁华，领略它的厚重，分享它的魅力。这条中轴线，早已成为我了解廉州历史与文化的"参考书"，我在追随它的身影中逐渐老去，而它却在时光流转中变得愈发厚重坚实。在我的眼里，中轴线上的每一座建筑物都是静止的，但融入了人的故事后，就鲜活了起来。

中轴一矗，不偏不倚，城宁地安，古韵流芳，人文蔚然，乡愁依依。

桨声灯影西门江

南流江穿合浦县境而过，沿途接纳了诸多的支流，日夜不停地奔涌，到了州江，分五支出海，这样的河流甚为奇特。南流江是合浦的母亲河，孕育了富饶的沿岸地区。

南流江，古称"合浦水"，又称"廉江"，是合浦古郡的重要河流。跟所有沿江发育的城市一样，合浦得益于这一江清流的灌溉和便利的运输条件，人文蔚起，百业兴盛。在南流江的五支分流的出海口中，人文色彩最浓郁的是州江。清康熙版《廉州府志》载："廉江，北三十里即合浦江，源出广西容县大容山，南至本府地名州江，口分为五，曰州江、王屋屯江、白沙塘江、大桥江、新村江，环流郡南入于海。"州江为最东边的支流，其他支流依次往西排列。

州江就是人们后来所称的"西门江"，因其位于廉州古城西门，而得了这个直白的称呼。但我觉得，州江——一州之江，此名比"西门江"要大气得多。

40年前，我第一次到合浦县城廉州镇参加高考，考完之后又要接着做体检，就多待了一天。晚上的时候，我终于可以站在还珠桥上，一睹西门江的风采。我真的有点陶醉了，头顶一轮新月，两岸是私家楼房，水面上的灯光倒影星星点点，形成一道迷蒙的"峡谷"，桥下还有一些小船和竹排，这里比我们乡下多了城市的风韵，真美。

西门江，这条充满人间烟火气且与生活息息相关的城内河流，有许多逸闻趣事隐没其中，让人不禁猜想与感怀。在我眼里，西门江无论是自然风光还是人文景观，都可与书本上桨声灯影里的秦淮河媲美。

后来，我又在西门江边生活了30多年，对西门江逐渐有了更深的了解，知道了许多关于它的故事，连同它的命运、它的性格、它的风姿。在我的认知里，它比秦淮河更直接且更富有魅力，它平实的付出和孕育一方的担当精神更为突出。

孕育城市

每一条河流，与人类的生活和生产都有着极为密切的关系，河流两岸是人类繁衍生息最理想的地带，古代城市和港埠因之而勃兴。就南流江而言，口分为五，其中的州江就孕育了廉州古城，尽管2000多年来它先后搬迁过几处城址。

随着开辟海上丝绸之路的需要，汉代时汉武帝设立了合浦郡，让位于南流江出海口的合浦成为合浦郡的政治、经济、军事和文化中心，也成为岭南地区与海外贸易的商品集散地之一。西门江是其最繁忙的航道，在西门江的岸边也出现了城市和港埠。

在西门江的上游，考古人员发现了大浪古城遗址，那是一座古代城市。据《广西合浦县大浪古城址》载："城址平面呈正方形，边长约218米。西面凭依古河道，其余三面为护城河环绕，并与古河道相通，城垣和护城河清晰可见。"城址发现的遗迹以柱洞和灰坑等建筑遗迹为主，出土的遗物有陶片和石器，发掘者认为其年代为西汉中期。后来，学者们经过讨论，初步确定该遗址的年代为战国中晚期。大浪古城以西门为码头，也说明了西门江对古代城市形成的重要影响。

草鞋村遗址在现在的廉州城西南边。据《广西合浦县草鞋村汉代遗址发掘简报》载："城址周长1300米，东、南、北三面城墙较平直，有护城河环绕，并与西门江相通。"遗址内分布有制陶作坊区、房址、水井、水沟等，出土有陶器、铜器、铁器、石器等生产工具和生活用品。草鞋村遗址的年代为西汉晚期至东汉晚期。距离草鞋村不远的望牛岭、四方岭、母猪岭等地，是汉墓最为集中的地区，出土有中原的汉式鼎、壶、铜镜等物品，也有从海外流入的水晶、琥珀、琉璃、陶壶等舶来品，说明合浦郡在汉代时已经发展得甚为繁盛，西门江发达的航运让这里成为开展内外商贸的港口城市。

南北朝时期，我国长期处于南北分裂的局面，交州又屡次起兵进攻合浦，合浦的政治中心被迫北迁至越州，即今浦北境内。直至宋代，"宋太平兴国中，徙州治长沙场（故石康县），又徙于海门镇，即今府治"（清康熙版《廉州府志》），合浦的中心才又回到了廉州古城。

一条南流江，已经串联起合浦的整部历史。战国时期的大浪古城、汉代的草鞋村遗址均在合浦。南北朝所置越州、唐代的廉州、宋代石康的长沙场、元代的廉州路、明清时期的廉州府，府治一直安定在合浦。而不管时光如何流淌，合浦的变迁和繁荣都离不开南流江的哺育。

利于外交

从古至今，南流江都是联结中原内地与东南亚及西亚各国的内陆水道，尤以西门江的作用最大，它使合浦古郡成为东西方文化交流、人员往来的集聚地和扩散场，是海上丝绸之路的陆海桥梁。

说起来，南流江首先是古代的用兵之路。早在秦汉时期，朝廷对南方用兵都是走水道，从长江水系到珠江水系，再通过南流江运兵运粮至合浦郡，之后从合浦郡到达交趾、朱崖等地。那些征战活动，还留下了不少的传说。秦末，南海尉赵佗率兵从合浦郡出发征讨交趾，留下了"糠头山"传说；东汉初，伏波将军马援征交趾，"楼船大小二千余艘，战士二万余人"，留下了"铜船湖"传说；传说西晋时，交趾采访使石崇出使安南，走的也是南流江，留下了以三斛珍珠购买美女绿珠的故事。

合浦是久负盛名的珍珠产地。明末清初学者屈大均在《广东新语》中曰："合浦海中，有珠池七所，其大者曰平江、杨梅、青婴，次曰乌坭、白沙、断望、海猪沙，而白龙池尤大。"廉州古城的西门江边便是珍珠交易的集散地，南来北往的商贾交易于此。来自中原、海外的商人在这里以物易物。他们以珍珠换丝绸，从合浦港把丝绸、茶叶、陶器等转卖到海外。西汉成帝阳朔年间，京兆尹王章遭陷冤死，"妻子皆徙合浦"，其妻以贩卖珍珠为业，发了大财。而朝廷派到合浦郡的官吏"多贪秽"，强令滥采珍珠，以致珠源枯竭。汉顺帝时，孟尝到合浦郡任太守，革易前弊，使得"去珠复还"，便有了"珠还合浦"的典故。

西门江还是一条陶器之路。合浦作为海上丝绸之路最初的出海口，贸易商品以丝绸为主，陶器、茶叶次之。南流江上游的陶器，通过西门江源源不断地出口海外，西门江又成了"陶器之路"。在草鞋村遗址，发现有汉代手工制陶作坊和马蹄窑，出土有筒瓦、板瓦、瓦当、砖、井圈、陶罐、陶算等物，主要为建筑、生产、生活的实用器，还有专供陪葬使用的明器。宋代时，南流江上游有常乐缸瓦窑，主要生产瓮、砵、盆、煲、缸等，现在窑址仍存有两条斜坡式龙窑，长40米。明代时，支流武利江有石康豹狸缸瓦窑，高7米、长60米，亦是龙窑，烧造日用陶器。这些都说明，古代南流江流域的制陶业已初具规模，所产陶器不断通过西门江输往海外。

兴起漕运

漕运，指历代王朝利用水道运输粮食、食盐，以供应京城或接济军需等。合浦海岸线长，海滩多为沙质，斥卤之地尤多。南齐时期，朝廷曾在合浦设盐田郡，专门管理盐民，征收盐税。至宋代，廉州海盐业兴起，因其制盐技术由煮盐法改进为晒盐法，产盐成本降低，产量大大提高。

于是，廉州海盐漕运兴起，在沿海地区建设了大规模的盐场，并设白石、石康两大盐仓，廉州成为海盐集散之地。《岭外代答》载："盐场滨海，以舟运于廉州石康仓。客贩西盐者，自廉州陆运至郁林州。而后可以舟运……乃置十万仓于郁林州，官以牛车自廉州石康仓运盐贮之，庶一水可散于诸州。"《宋会要辑稿》亦载："自郁州水路可至廉州，其处亦有回脚盐船。自廉航海，一日之程，即达交趾。若由此途，则从静江而南二千余里，可以不役一夫而办。"从上述记载看，宋代时的廉州海盐，可以通过陆路和南流江水路直达郁林州（今玉林市），从静江（今桂林市）到廉州也是一路坦途。

可见，当时交通的便利，促成了廉州盐业的兴盛。廉州沿海的海盐，经西门江到石康仓，转运抵达郁林州，再散开到静江、融、宜、邕、宾、横、柳、象、贵、昭、贺、梧、藤、浔、容等州府。廉州海盐业的发展，进一步促进了西门江内河航运的繁荣，使之成为滨海地区通向广西内陆各州的黄金水道。

在廉州古城白石场街里，有一个叫作"白石场公寓"的旧址，以前是专门管理盐务的。而在草鞋村遗址，西门江边，也有一个地方叫作"盐仓"，应该是以前储存海盐的仓库。

整条南流江，其支流或分支出海口，都是内地粮米运往雷州、琼州乃至交趾的主要通道，而西门江出海口则更为便捷，这也促进了廉州古城的繁荣。据陶凤楼校印的《校补安南弃守本末》记载，明永乐二十年（1422年）八月戊戌，广西博白县吏王延广言："郁林州博白、北流、陆川、兴业四县，岁运粮九万余石输梧州、平乐等四千户所。今其地储积有余，而郁林州水行可至廉州，廉州去交趾新安俱近，若从郁林及博白等县粮输廉州仓，令交趾军民自运其廉州县粮，则以输交趾新安、万宁甚便。"

大宗商品由南流江上游运至廉州集散，西门江成为繁忙的水道。宋人撰写的《太平广记》载："元和初，有元彻、柳实者……至于廉州合

西门江在廉州的繁华与宁静之间穿梭

浦县，登舟而欲越海。将抵交趾，舣舟于合浦岸。……夜将午，俄飓风歘起，断缆漂舟，入于大海，莫知所适……"说明了西门江码头是一个停靠船舶较多的地方。

传播文化

从汉武帝设立合浦郡之后，朝廷派出的官吏便不断地到合浦郡来履新，他们给边远的合浦带来了先进的文化知识和生产技术，譬如土地垦殖与引水工程修筑方法、水稻与林果种植技术，以及捕鱼、采珠、煮盐技艺等。同时，这些官吏引导郡民进行买卖，积累资财，发展商贸，促进了合浦社会经济的发展。

还有另一类人群，因为政治斗争被流徙远域，而合浦地处边远，也就成了朝廷流放"罪人"的地方。据《汉书》《后汉书》等典籍记载，仅从汉成帝阳朔元年（公元前24年）到汉平帝元始五年（5年）的29年间，"徙合浦"的事件就有10余起。被"徙"的人，都是皇亲国戚、高官贵族及其家属，他们都曾是朝廷里掌握实权的人物，因统治集团内部的倾轧，一夜之间成为阶下囚，而"徙合浦"。这类人有治理能力，文化素养高，甚至还掌握生产技能。到了合浦后，他们有的引导、发动郡民进行先进的农业生产活动，发展当地的社会经济；有的传播文化，招生授徒，从事讲学和著述，祛弊启蒙。

宋代，大文豪苏东坡遇赦内徙，从海南岛儋州量移廉州等候分配。他在廉州逗留仅两个月，却写下了《廉州龙眼质味殊绝可敌荔支》《雨夜宿净行院》《记过合浦》等诗文。苏东坡在瞻仰海角亭时，曾留下"万里瞻天"的匾额；到东山寺访僧不遇，于壁上留诗；与卖菜长者苏佛儿高论佛事等，皆是奇闻轶事，为廉州留下了丰厚的历史文化遗产。后来，廉州人为了纪念苏东坡，在清乐轩与长春亭之间盖起了东坡亭。海角亭修复后，人们又拟了一副对联——"海角虽偏山辉川媚，亭名可久汉孟宋苏"挂在庭前，将苏东坡与汉代清廉的合浦太守孟尝相提并论，体现了廉州人对这二人的深厚感情，以及对政治清明的祈盼。

合浦还是佛教从海路传入中国的必经之地，因此佛教文化在合浦得以扎根和流传。相传，印度佛教徒达摩曾去东山寺传教。东山寺的前身是灵觉寺，始建于晋代，而灵觉寺的前身又是赵佗于秦末西征时的行宫。在合浦汉墓出土的文物中，有好几件钵生莲花形器，或为佛教用品，这也许能说明南传佛教是从西门江登陆的。先有珠，形成市，引来丝，建立港，开通路，道场开。佛教与其他宗教，如道教、伏波信仰、关帝信仰、妈祖信仰等先后来到合浦，并在这块土地上共存发展。"南朝四百八十寺，多少楼台烟雨中"，合浦曾有"一寺三庵七十二庙"之称，孕育了各种宗教文化。

促生圩市

西门江作为黄金水道，港口码头众多，人来人往，货物辐辏，市井繁荣。

明成化年间，廉州府知府饶秉鉴主导在西门江西岸成立货场式的交易场所。彼时，水陆货物集聚在西门江岸，交易后人货解散，只剩下一块"圩地"，不利于市场的稳定和繁荣。饶秉鉴引导商户，辟地搭屋，排定货物交易日期，使得市场固定下来，形成了热闹的圩市。"几家俊宇相高下，无数征商自去来"，饶秉鉴还写了一首《阜市人烟》来记述当时交易的情景。

此前，西门江上是没有桥的，廉州城往西过钦州，只有渡口，称为"第一渡"，可见其交通位置的重要。江与桥、桥与百姓生活，息息相关。至明正德年间，知府沈绾造了桥，命名为"西门桥"，这座桥直接沟通了两岸，方便了百姓和商贸的往来。1994年版《合浦县志·地理篇》亦载："流经县城由乾体出海的西门江水道，历史上曾是南流江主要河道，船舶经乾体港口直达廉州。"可见西门江第一渡的繁忙风光。

屈大均在《广东新语》里记载："予尝至合浦，止于城西卖鱼桥，故珠市也。闻珠母肉作秋海棠或杏华色，甚甘鲜而性太寒。"他乘船自海上来，转入西门江溯流而上，抵达廉州珠市，在"卖鱼桥"上岸。他吃到了廉州的"珍珠螺肉"，还看到了廉州珠市的繁荣。

关于第一渡，清康熙版《廉州府志》载："在西门外，即今西门桥接连两岸，商贾辏集、市肆胪列于桥旁，比户可对。"这说的便是第一渡的商业盛况。关于圩市，它还记述有："阜民圩，在西门桥外；西门市，在西门外；卫民圩，在北门外。"这些圩市，无疑是廉州经济繁荣的象征。

在西门江下游，还有乾体市，即现在的乾江村。古圩每天有早、中、晚三市，交易鱼盐。现在，那里一些老房子的门楣上依稀可见老店商号。乾体市不但是海上丝绸之路始发港码头——乾体港的所在地，还是廉州城连接烟楼、高德、地角的交通枢纽。乾江还是海防重地，清代时设有八字山炮台，驻有乾体水师营。

清末民初，廉州西门江边的阜民街、西华街、中山路等临街铺面陆续被改造成骑楼建筑，商业氛围更加浓郁。各式商号、作坊、酒楼、栈房以及官方性质的课税、仓廪、军需单位等纷纷落脚于此。由此还向周边辐射形成了一些专业市场，如专营砖瓦、缸瓮的缸瓦街，专营木材的上、下柴栏，专营蔑货的篾行街，专营果脯的槟榔街，专营猪苗的大猪栏及专营蓝靛的下街等。

以专营蓝靛的下街为例，这里汇集了廉州周边、上八团（今浦北县）、灵山县等地的客商，他们通过浩浩汤汤的南流江转入西门江，把蓝靛运到惠爱桥码头的下街进行交易。而在阜民街，则有好几家染坊，装蓝靛的木桶又由几家木栏店提供，这些都是伴生的行业。合浦的蓝靛从西门江装船，销往香港和越南海防市。

西门江新景

现在，西门江不再是交通航道，变成了本本分分的城内河流，除了偶尔在端午节举办龙舟赛，人们不再热论它。许多的失落，伴着江水默默南流，一去不复返。

但不管怎样，西门江都是廉州的母亲河，它的浸润与洗涤，它的灵气与抚爱，让廉州日日常新。有人夸赞杭州的东河曰："东河自断河头至艮山水门，凡八里、十二桥，一水通波，长虹跨影，其间艑朗之橹、浣女之砧互相应和，过之者如闻水调歌头矣。"在我看来，现在的西门江也有这种风姿，天然野趣仍存。

因多年来居民、工厂排放污水，造成江水污浊，西门江不再"天生丽质"。但西门江在造桥、改造市容方面，仍大有进步。从上新桥到下新桥，才1公里的河道，竟然有5座桥连通两岸，殊不简单。上新桥因惠爱桥而得名，清代时还叫作"西门桥"的惠爱桥被损毁，人们便在它的上游建了新桥，名曰"上新桥"，西门桥则称"旧桥"。

民国时期，人们又在下游建造了还珠桥和下新桥。下新桥主要是因合浦修通的连接广州湾（湛江）和钦州的公路需要穿过廉州，而作为公路桥建设使用。还珠桥则是居民赏月的好去处，"同上新桥看明月，玉波浮动夜珠来"，敢叫"还珠桥"，自然有点来头。

惠爱桥最为古老，它一直是一座木桥，木梁横跨，古风凛凛，廉州人以它为骄傲。我小时候居住在乡下，听大人说起廉州有座"吊桥"很"威势"，说的便是惠爱桥。惠爱桥桥身为三铰拱人字架结构，连接了缸

西门江绪事 ∧clamDONG

西门江与合浦的漕运密不可分

瓦街、阜民街、下街、上街和蓑行街，附近是林立的商铺和专业市场。以前，这些街巷都是用石板或鹅卵石铺设的，典雅大气，其上人来货往，十分热闹。站在桥上一看，一幅由骑楼、河埠头、小划船和青石板组成的水墨烟雨图，便跃入眼帘。往西或者往北还有北山庵、保子庵等场所，方便信徒前去拜谒。

还珠桥与惠爱桥之间，是廉州最大的菜市场——中心市场，为方便居民通行，在此处建造了一座新桥。菜市场新桥没带来什么风景，却与民生息息相关。白云苍狗，世事变幻，不变的是一日三餐。新造的桥，还有下游一点的廉中桥，缓解了西片南段的交通压力；配套的西门江小广场，则让这里成为一处公园式的新景观，附近的居民早、晚都爱到这里散步、遛狗、放风筝或打太极拳。

每天晚上，我也爱到这里来散步。华灯初上，或有新月弯弯挂在天边，走在用大理石铺就的江边人行道上，凉风甚是怡人。看着人流，还有身边的江流，灯彩月影，歌吹江波，可让人笃悠悠地品味朱自清笔下的"桨声灯影"，仿佛苏东坡描绘的"云烟湖寺家家境，灯火沙河夜夜春"，也来到了眼前。

廉州府孔庙

以前的廉州府，崇文尚武。在府衙周边，不仅有武圣宫（关帝庙），文庙（孔庙）也同样闻名岭南。

文庙，是纪念和祭祀孔子的祠庙建筑，又叫作"孔庙""夫子庙""先师庙""文宣王庙"等。在古代，文庙是与官办学校合建于一处的，二者统称"学庙"。廉州府孔庙曾是广东（合浦原属广东省）四大孔庙之一，其他三座位于广州（番禺）、佛山和东莞，历史悠久。

合浦自汉武帝设合浦郡始，到明清的廉州府，在岭南地区素来有较强的经济活动，文教也算昌明，怎能少得了一座与之相匹配的文庙？于是乎，在桨声灯影、船来货往的西门江畔，廉州孔庙应运而生，为古城增添了盛名与声望。孔庙的兴建，让廉州府文教昌盛，科举人才辈出，据1994年版《合浦县志》载："明清两朝合浦县的进士共15名，举人77名，武举34名。"

廉州孔庙即我们现在所说的"红庙"，因其外墙呈红色而得名，又称"学宫"，一直作为廉州府学。据清代廉州知府何天衡《重修府学碑记》载："廉州府学创于宋，迨及元明代有废兴。"又据清康熙版《廉州府志·学校》载："府儒学，旧在城东门内，后移出南门外，元总管程遂移还旧址，元末毁于火。明洪武二年重建。成化八年佥事林锦重修；十年知府刘烜始造乐器。嘉靖十七年，知府张岳以旧学，后迫城隅，且先师庙渐敝，申请上司，改建于南门内元妙观，制中为文庙，为东西庑，为戟门，为棂星门，又前为泮池，造乐器，延乐师，择子弟之俊秀者教之。十八年，知府陈健于学左隙地复建号舍二十间。"由此可见，廉州孔庙不但制式完备，规模也很大。

民国时期，新学兴办，孔庙部分祠庑被用作教学场所，先是县立一小分校，后是合浦师范学校校舍。中华人民共和国成立后，廉州孔庙一直被用作粮站，后被文物保护部门收了回来。

廉州孔庙像全国各地的孔庙一样，主体由棂星门、泮池、大成门、大成殿和崇圣殿组成。

棂星门为孔庙的第一道大门。以棂星门命名孔庙的大门，象征着孔子可与天上施行教化、广育英才的天镇星相比，又意味着天下文人学士汇集于此，统一于儒学门下。

过了棂星门，便是泮池。泮池又叫"泮宫"，也是孔庙独有的建筑，每座孔庙都要挖一口池塘，并命名为"泮池"。这个是有来历的，因为孔子的故乡有泮水，后来各地修建文庙时，便把池塘称为"泮池"，这是儒家圣地曲阜泮水的象征。泮池有特定的文化寓意。孔子认为，学问如池中水，不可满足，即学无止境也，也有鱼跃龙门的意蕴。所以，但凡学子、教师或者地方官员踏上泮桥、经过泮池时，心里都会升起一股庄严感。

泮池上建有泮桥，又称"状元桥"，桥面上镶有青云石，意为"平步青云"，沿着桥阶拾级而上，寓意"脚踏云梯步步高"。现在廉州孔庙大门前的街道，还叫作"青云路"，估计是据此而来。

廉州八景之一的"泮池夜月"就出自这里。有水、有树、有月色，营造了极佳的氛围，在此潜心读书或者赏月游玩，都让人心情甚好。明代廉州知府朱勤作有《泮池夜月》一诗，赞曰："泮池夜月水溶溶，月色澄来景自镕。莹澈岂殊冰鉴洁，泓澄应与玉壶同。楼台影倒波初动，河汉光侵露正浓。此去广寒浑咫尺，好攀仙桂莫从容。"

过了泮桥就是大成门。按照礼制，大成殿的正门只有在举行隆重的典礼时才开启，平时只走东西侧门。大成门又叫"戟门"，设置有二十四支戟，以护卫孔圣人。古代帝王外出，在止宿处插戟为门。又据载，"唐设戟之制，庙社宫殿之门二十有四"，以示显赫。

孔庙的核心建筑是大成殿，这是祭祀孔子的地方。大成殿之前，有舞台，为奏乐的地方。大成殿为双檐歇山顶、斗拱飞檐、素瓦覆顶、墙体厚重的正院，内立孔子石碑刻像，而殿内每个角落都显得大气磅礴。在粮站接管孔庙期间，大成殿的双檐歇山顶被改为了单檐，孔子石碑刻像也被磨平。

孔庙东两旁有庑殿顶式建筑搭配，是为学舍。完整的格式排序，配以学舍，让整座院落显得更加古朴庄重。

按照惯例，每年的春秋仲月（二月、八月）上丁日（即上旬丁日），都要在大成殿前举行祭祀孔子的仪式。地方官员和学校师生均要求穿戴整齐，向圣贤塑像行大礼，同时"钟磬齐鸣，韶乐绕梁"，场面甚为壮观。

大成殿之后，是崇圣殿。崇圣殿建在大成殿之后，是明清时定制的。明世宗朱厚熜下旨，要求全国的文庙在大成殿后面增建启圣祠，以祭祀孔子之父。清雍正年间，孔子的五代先祖被加封王爵称号，与孔子之父共受尊崇，同时将"启圣祠"更名为"崇圣殿"。教育的本质是学习孝道，"教"由"孝"与"文"组成，可见孝文化教育的重要性。

廉州孔庙的辉煌，可见一斑。

现在，廉州孔庙已经发生了很大的改变，特别是近几十年，孔庙因长期被有关部门挪作商用，其内外结构遭受了严重损害。我一直对文物感兴趣，并满怀敬畏之心，每到一处文物古迹，都要瞻仰一番，并了解一二，对于廉州孔庙同样如此。某次，我到了孔庙，转了一圈却不能入内，便跟住在附近的一位老先生聊天。老先生说，他自幼就在孔庙边上长大，之前的孔庙有主殿、牌坊、桥梁，整个建筑雕梁画栋，庄重威严且十分精美，现在被改成了这个样子，没了牌坊和桥梁，让人很痛心。

前些日子，我有幸成为孔庙修复工程指导监督工作专班成员之一，始得以走进孔庙，一睹真容。我看到了，棂星门和泮池被毁了，盖起了一幢二层的楼房，作商铺用；孔庙的一些庑房曾被出租，改成小学生午托用的小房间，其中一间的屋顶还发生了坍塌；还有两家粮店在此处经营，现已迁走。而大成门和大成殿曾被分割，作为粮食仓库。所幸，大成殿那四根明代的大木柱还保留着。后面的崇圣殿，门前的那两根明代龙雕石柱也用铁框围着保护起来了。

在第三次全国文物普查工作报告中，曾这样描述廉州孔庙的现状："棂星门已被拆改。现大成门、大成殿结构大体不变，殿前增建小屋。建筑屋顶、梁架被拆改，屋内加建现代装修，并局部拆改，地面改铺瓷砖。"而损毁原因，除提到的自然原因外，另一个重要原因是"年久失修和人为的乱拆乱改和添建严重，破坏历史风貌"。

我认为，一地之文庙，往往与它所栖身之地相互成就，相映生辉，譬如大名鼎鼎的南京夫子庙。在历史的长河中，南京那座位居东南各省之冠的文庙，与相邻的中国古代规模最大的科举考场——江南贡院一起，为六朝古都金陵增添了光彩。

廉州孔庙未尝不是如此。我每次经过廉州孔庙，看着它的红色外墙时，就会想起它的与众不同。地处南疆的合浦古郡，有熠熠生辉的合浦珍珠，它一直是中原王朝的贡品，象征着南北方的交流。在汉代，合浦郡是海上丝绸之路的始发港；明清时期，廉州府还是通过南流江往广西内陆输送鱼盐的桥头堡。航运的兴盛，不仅使廉州古城商业繁荣、文教开化，还留下了古汉墓群、海角亭、东坡亭、惠爱桥、廉州孔庙等文物胜迹。这些古迹，既见证了2000多年来南流江帆樯林立、人来人往的历史，又以其独特的历史和文化价值让廉州古城愈发光彩四溢。

看着廉州孔庙，我不由思绪万千。其实，文庙从未远离过我们的精神世界，它所昭示的崇文、重教、尊师、家国等传统理念，千百年来，早已注入了廉州人的文化品格中。这种像文化基因一样的存在，在过往的岁月里，定下了"我们是谁"的基调，在未来的日子里，将会影响"我们到哪里去"的步伐。

2017年12月，广西壮族自治区人民政府将廉州府学宫孔庙公布为第七批广西壮族自治区文物保护单位。

2020年8月，合浦县委决定对孔庙添建部分的建筑进行拆除，待自治区相关部门对廉州孔庙修缮报告批复后，再对孔庙进行修旧如旧的修缮。

古街地名，廉州的地方志

　　我是在 20 世纪 80 年代来到合浦县城廉州古镇工作和生活的，论起来已经有 30 多个年头了。我一到廉州，便爱上了这座古老的小城。我对古城的街道和水系颇感兴趣，常沿着西门江两岸的老城区走走，去感受那些老街区的居民生活气息，并体悟街巷命名的内涵。老街的名字我叫得出，但它们所隐藏的秘密却不为我所知。

　　经年累月，我已经对这座具有 2000 多年历史的古城欲罢不能了，每每关注起它的前世今生，便如同是旧时相识一样，再也无法忘却。每当有机会时，我还会留意搜集与之相关的文献资料，甚至不肯放过每一个细节。我知道，这里的每一条街道，每一处水网，都关联着廉州的历史与命运。那些地名每一轮的变换，都是瞭望这座古城主流动态的窗口。地名的运用肯定不止于道路，它们还承载着一段段已经隐没的历史。

　　县里已对流经廉州古城的西门江进行了改造，继对下新桥以南的江边进行拆迁与改造后，又对下新桥以北的老城区开展了"一江两岸"景观提升工程建设，可谓功莫大焉。如今的西门江，已经疏浚了河道，净化了水质，布置了处理城市污水的管网，美化了江边景观，还完成了广场铺装、栈道与护栏施工、路灯安装等工程，面貌焕然一新。到了晚上，在灯光的映衬下，西门江的夜景有了点秦淮河的模样。

　　提起这个事，大多数人都是交口称赞的，但也认为有一些美中不足。本地的一位古建筑学家游览后表示，古城的开发与利用应本着修旧如旧的原则，不可简单应对。譬如下新桥附近沿江两岸的建筑物，原本是一溜儿的民国骑楼，现在一概涂上白漆，覆盖掉原来的色彩了事，竟将原有的那股沧桑感给弄没了，甚为可惜。

　　我们知道，那些老街区、古建筑甚至一些建筑装饰，便是一座城市的底色，本地人看惯了心领神会，外地人看到了会若有所悟，因为这些就是这个地方的文化标识。而这样的地域特色表达方式由来已久，且千城皆有，各领风骚。

　　我们为生活在廉州古城而感到自豪，是因为我们除了拥有流传已久的"珠还合浦""海角名区"等文化传承与历史典故，还有一些亭台楼阁、碑刻牌坊、明清建筑等保留至今。地方文化的有效载体有各种模样，地域形象的宣传离不开这些旧有的古建筑和街区。我们应该利用好这些有文化标识的古建筑、古街和古名称，以此来展示古城的文化底蕴和历史传承。廉州为什么出名？我想，除了因为身边的西门江是曾经的海上丝绸之路的黄金水道，还因为那些建筑和文化遗存。

路街是一座城市的向导和招牌，它们在满足交通需求的同时，还留下了不同时代的建筑和古物，从而赋予了景观意义，让人赏心悦目。尽管每一条街道、每一座建筑物都不是一成不变的，时间会变更它们本来的面目，但这也表明，城市文明又前进了一步。

譬如，廉州的中山路，它的前身是承宣街，一个充满封建衙门意味的名称。在清康熙版《廉州府志·里巷》里记载："府城：承宣街，府治前，抵西门；还珠街，县前，抵云龙桥；武安街，在武安祠前，抵东城；文会巷，府右。"清代中后期，为了方便附近府县的学子前来参加科举考试，便在廉州府承宣街设立了试场考棚，承宣街又更名为"随考街"。据考证，考棚设在现在的物资局内，当时又叫"贡院"。民国时期，为了纪念孙中山先生，再次把随考街改成"中山路"。从这些地名的更变，我们可以看到时代的更迭和历史的变迁。

西门江两岸有不同的街道，那些或大或小的街巷，呈现给我们的是一副慈祥的脸庞，温婉而坚定。它们已经被现代社会冲击得七零八落，其历史底蕴也在商业活动的压制下"苟延残喘"，让我看着都感到眼睛有点疼，但好在，在我自以为找到答案时生起的那一阵阵兴奋又盖过了那微不足道的疼。

在老街巷里徜徉，总有一股老城区特有的生活气息扑面而来，这里好像还要固守着从前的居住状态和生活节奏，不愿意跟新城区的宽敞与快捷接轨。但这样的街巷才是古城固有的底气，只要有屋就有住户，而且是进进出出、层层叠叠的住户；只要有街巷就有过客，而且是"天下熙熙，皆为利来；天下攘攘，皆为利往"的过客。基于这样的判断，眼前空空荡荡的街巷，在我脑海中随即浮现出另一幅画面——重重叠叠到

廉州的古街巷陪伴着一代代合浦人成长

处都是人。

在 1983 年版《合浦县地名志》里，我查阅到一段关于廉州古城的简单介绍："明朝时（公元 1386—1644），廉州古城经过扩建，占地面积为零点五六平方公里。1949 年，廉州的房屋占地零点九四平方公里。解放后，廉州镇市政建设发展较快，现城区面积已达六平方公里。全镇共有七十八条路、街、巷，总长二十三点七公里，绝大部分是混凝土或沥青路面。1958 年，拆除古城残垣，兴建解放路、西华路、城基东路和城基西路。"原来，明清时期的古城墙，仅有包裹在解放路、西华路、城基东路和城基西路之内的部分，城墙外的居民区，包括西门江以西的阜民坊、解放路以南的文蔚坊等街区都不在里面。

我们再来看看那些街巷名称，还是在《合浦县地名志》里介绍过的，它们有大北街、小北街、大东门、小东门、上仓、下仓、上街、下街，这些是指方位的；青云路、奎文路位于青云桥和奎文桥旁边；西新桥、水洞口、白石场、牛角街、沙窝街、东坡街、学前街、定海路……均各有出处。书里还记录有一些别处难以得知来历的街巷名称，如阜民南路，"昔时此地为集市，买卖蚌螺，蚌壳堆积似玉阜，又因地处金肃门的十字街之南，取名阜民南"。又如车沟底路，"此地原是通往北海的交通要道，来往车辆较多，故名"。我心中的疑问，迎刃而解。

但廉州古城还有许多未解之谜，想要破解已无从下手，尤其是对现在的大多数人来说，因为缺少典籍，而知晓往事的前辈又都早已离世，带走了相关的记忆，使这些谜题再也不可追问。不要说了解街道与古宅了，就连关于廉州居民的先人的故事，人们也知之甚少。即使地方志中记载了几位有贡献的人物，但后世所知的也不过是从与他们有血缘关系的上辈人那里听来的一些传言，仅此而已。

如果说，那些老街巷堪比陈列馆，陈列着以建筑为形态的古城之梦，那么路名则好比档案馆，守护着廉州这方水土的文化根基。于是，那些院落式的青砖建筑和骑楼式的商铺街道便成为经典，虽然路人并不知道那是谁家的房子，但这些建筑却给廉州古城留下了宝贵的财富。那些财富，涵括了厚重的人格、和谐的邻里生态和对生活越来越美好的信心。

"百万买宅，千万买邻，人生孰若安居之乐？"古城居民的血脉里，流淌着和睦相处的文化基因。于是，他们所居住的地方，也就有了让后世肃然起敬的名称：青云里、黄门里、进士坊、兴廉坊、东圩、黄泥城、兴贤里、阜民坊、永济坊、堡子坊、北闸、永宁坊、儒江坊……记录在清康熙版《廉州府志》里的这些古城里弄的名称，寄托着一份美好的愿望，同时还铺展开一幅写意的民居图，以及一幅自海上丝绸之路开通之后融通五湖四海甚至接纳海外胡人的迁居图。

沿着西门江走走成了我的习惯，我爱去看流水、看街巷、看古迹、看老宅，也爱看人来人往和烟火生活。熙来攘往的人群里，恋人们牵着手，采购者提着物，他们从我身边款款而过，然后渐行渐远。这样的场景也让我有所触动，同时令我有所感悟。街名也是时间与空间在某个地方借助人类而产生的恋爱符号，作为一座古城的精神细胞，它们一次次走向黄昏，又一次次迎来太阳。难怪，一个地名，包括街巷或者里弄的名称，不仅能成为某个地方人们共同记忆的载体，还能承载起个体的悲哀与欢乐。

透过廉州古城的街巷名称，我看到了某种记忆里的心愿之乡——我们所有的怀旧、内心所有的希望和所期待的未来，都装载在它们上面。当这种记忆变成了现实的展望，它们已经深深地镌刻在我们的基因里，变成了每一个人的"地方志"。

海角亭记

　　我的住处离海角亭不远，在西门江沿岸还没有拆迁改造之前，我有时会到那边散步。

　　海角亭沿西门江而建，它是合浦县的一处自治区级文物保护单位。海角亭始建于何时，已经失考，但在宋代已经建有，其历史或逾千年。我每次走近它，总能感受到那股氤氲而起的历史文化韵味，尽管我看到的海角亭已经不是它初始的模样。

　　据有关史料记载，海角亭原址在城西南沿江半里处，经过宋、元、明、清四个朝代的修建、重建、迁建，才至今址。后来，合浦县廉州中学建校时，直接把海角亭囊括在了校园内。前人修海角亭，是为纪念东汉时的合浦郡太守孟尝，以嘉其功绩与勋德。孟尝守土尽责，革除弊政，珠徙复还，合浦人民思其遗爱，故而修亭以作纪念。为何取"海角亭"之名，元代海南海北道肃政廉访司照磨范椁曾有解释，他在《重建海角亭记》里写道："钦、廉僻在百粤，距中国万里而远，郡南皆岸大洋，而廉又居其折，故曰海角亭也。"

　　我常向本地知名作家廖老师讨教一些问题，包括本土文化的事。此前我与他聊到了海角亭的迁址问题，廖老师说，他的舅祖爷说过，海角

　　　枕水廉州

亭曾建于簸箕屯江边，是木制回廊阁楼式建筑，后被火烧毁了，又建于倒流江边，大洪水又毁之，再迁至今址。由此看来，海角亭几易其址是可信的。

海角亭以前是临江濒海的，有明人朱勤的诗《海角潮声》为证："孤亭近海海门隈，时听潮声海上来。"作为曾经海上丝绸之路的黄金水道，西门江帆樯如林，百舸竞渡，站在海角亭可阅尽海上的繁华。现在，海岸线已经南推10余公里，再无船来船往的景象，海角亭显得孤独寂寞、空虚无奈。

但其实，海角亭并不孤寂，它的周边文物荟萃，如身后的天妃庙，面前的海门书院，以及右前方的魁星楼。据有关史料记载，这一带还有金波桥、敬业亭、观海楼、漾江轩、浮碧榭等建筑陪伴着海角亭。这些建筑可供士人或者观客休息赏景，倚江远眺，如班固所说："重轩三阶，闺房周通。"海门书院山长鲍俊赋的《海角亭晚眺》曰："天南地尽海溟蒙，海角亭高锁远空。树色连云围郭绿，波光浴日射桥红。清歌渔叟惊沙鹭，终古才人感雪鸿。安得坡仙瞻万里，同敲铁板唱江东。"漠漠烟波，可催人愁。

现在的海角亭，是合浦县人民政府于1981年按原貌重修的。第一进为门楼（与天妃庙门楼重合），有对联曰："深恩施粤海，厚德纪莆田。"此为天妃庙旧联，为鲍俊所书。第二进为主建筑，是重檐歇山顶砖木结构亭阁式建筑。亭前石柱有对联曰："海角虽僻山辉川媚，亭名可久汉孟宋苏。"亭内后门上方悬挂有苏东坡所书"万里瞻天"的匾额。亭内还有《重建海角亭记》《重修海角亭碑记》等11方石刻，均为历代官员所撰写。亭后置一巨碑，上刻"古海角亭"四个大字。海角亭原为纪念孟尝所建，后来又加上了苏东坡。

我想，所有的亭阁无非就是为纪念一些对地方有深刻影响的人物或者事件而建，海角亭的纪念人物加上苏东坡并无冲撞或者违拂建亭的本意。因为苏东坡从海南儋州获赦，量移廉州安置，在此暂住了两个月，留下了不少的诗篇与墨迹，甚为珍贵。苏东坡的这些文化遗产，数百年来一直润泽着合浦这块土地，被誉为合浦的文化坐标，因此纪念他并无大碍。

我每次到海角亭来，都是黄昏时刻，属于晚饭后的消遣。夕阳洒在海角亭上下，细碎的残阳铺了一地，岁月显得苍白无力。落下的玉兰叶子，枯黄乏力，东一片西一张静静地躺着，全没了往日神采奕奕的样子，它们要回归大自然了。海角亭的几番重修，正如这地上的落叶，去了又重来。

喜欢到海角亭来的人，来来往往，或聊天，或散步。他们像我一样，把海角亭当作休闲的场所，乐在其中。他们也只是把海角亭当作休闲的场所，并不想去探究和解开海角亭所保守的谜团。西门江还是慢悠悠地往南流淌，宠辱不惊，自在从容，就如我们眼下过的小日子，自在闲适。而海角亭也一如既往，堪放意，可宽心，让来这里溜达的人们感到亲切。

有一对年迈的夫妇，他们的身板已经佝偻，彼此牵着手，不说话，

「天涯」海角亭

adam.oova
2022.1

古色古香的海角亭，有着厚重的历史文化底蕴

在亭前的道上来来回回地散步。后来，他们回家了，前方的一团夕阳遮住了他们的身影，虽然天幕昏沉，但那团光却越发明亮。海角亭就这样记录着来来往往的人，定格着一帧帧画面，并将它们保存进陈旧的记忆里。

2015年，海角亭变成了国家AAA级旅游景区，关起门来收门票，我就很少去了。像我一样不常去的还有住在附近的居民，大家更愿意走新开辟的西门江沿江长道，那里宽敞绵延，护栏楚楚，江风习习。但我记住了海角亭的庄重，记住了那些碑刻的底蕴和飞角重檐的气势。

赤褐色的海角亭，依然鲜活，烙在了我的心里，但它被围上铁栏栅、收取门票的样子让人觉得很憋屈，一副不情愿的样子。庭院里安闲依旧，翠竹黄花，树木青郁，如一部张皇幽眇的史书，只是少人踪迹，硬生生多了些许萧条。"庭院深深深几许"，不知里面又锁着怎样不可窥探的幽远和隐秘。曾经如此熟悉，现在却又如此陌生。

海角亭并不阔大，却文化底蕴深厚，从里到外都能让人欣赏到豁然开朗的风景。但它的背后，又有许多一闪而过的东西，让人没来得及一探究竟，就已经别离，令人唏嘘。

合浦古官道

　　鲁迅先生说："地上本没有路，走的人多了，也便成了路。"《释名·释道》曰："道，蹈也；路，露也，人所践蹈而露见也。"也就是说，道路是人走出来的。自古以来，道路在人类的生存与发展中起着极其重要的作用。

　　在秦汉时期，"人所践蹈而露见"的道路，已经被辟为官道，实行了严格的邮驿管理制度，以加强对地方的控制与管理。那时候，古官道上建立了许多的驿站，分为"邮""亭""驿""传"四类，大体上五里设邮，十里设亭，三十里设驿或传。四通八达的官道如人体的血脉，伸向远方。

　　明清时期，朝廷把驿路分为三等：一等是"官马大道"，由京城向各方辐射，主要通往各个省城；二等是"大路"，各省相通或自省城通往各地方重要城市；三等是"小路"，自大路或者各地重要城市通往县乡。

　　合浦地处遥远的南方，濒临北部湾，曾是蛮荒之地，其官道自然比不上京城、省城的官道。自汉元鼎六年（公元前 111 年）合浦郡设立起，中原王朝不断加强对岭南的管理，驿站的建设也在其中。但在很长的一段时间里，合浦郡与中原地区的往来交通以南流江水运为主，以江边的小路为辅，毕竟这里人烟稀少、经济落后、森林茂密、瘴疠流行，难以开辟宽敞的官道。

据史载，东汉合浦太守费贻，"民感其德"，在其任满离职之日，郡民攀辕百里相送，一直送至县界的一座大山下方洒泪惜别。那条路，即为合浦古官道之一。

合浦自设汉郡起，至民国止，一直是州府或者县府的所在地，有几条小路通往各处。如往西的小路通往钦州、灵山，往北的小路通往玉林，往东的小路通往石城、化州，往南的小路通往地角。据《读史方舆纪要》载："环珠驿在府治东。又府东永安所城内有白石驿，府西又有乌家驿。《舆程记》：自驿东北九十里为废石康县之白石驿，又东九十里为化州石城县之息安驿，自环珠驿而西七十里为乌家驿，又西七十里为钦州太平驿，入交趾之道也。"

合浦的那些古官道，曲折绵延，呈"杂花飞尽柳阴阴，官路迢迢绿草深"之状。在那些小路上，相隔一定的距离，便设有茶亭、驿站或者公馆，以接待过往的商旅客人。

我的家乡公馆镇，就在合浦通往石城（现广东省廉江市）的古官道上，并且是古时一个重要的驿站。我还记得在20世纪70年代，那条官道已经被开辟成国道了，它穿镇而过。那时候，还没有柏油路，街上铺着青石板，其表面被磨得平滑光亮，那是人行、马踏、车碾的结果，可见从前有多少行人和车辆经过此地。我每次走在那条石板路上，总忍不住感慨，古人是如何将那些石头一一排列齐平的！走着走着，我恍若回到了古代，见到成群的村民，顶着烈日，抬来石块，铺在街上。

而一出街道，两头连接着的还是泥土路。道班里的工人，赶着马车，拖着耥耙，将泥土路的坑窝填平。

有了石板路，才突显出公馆镇作为驿站的作用。而连接石板路的泥土路，则是"晴天一身灰，雨天一地浆"，并不好走。彼时的官道，一般由官府主导修筑，本地民众响应，合力建成。"修桥补路积阴德"，各方人士有钱出钱，有力出力。

合浦地处亚热带地区，夏季高温多雨，有台风为害，官道的损毁很严重，因而"路难行"。屈大均在《广东新语》里记载，他来合浦寻访"廉州珠市"时，到广州湾后，便乘船经北部湾从西门江逆水而上，最后抵达廉州卖鱼桥，以避免走崎岖的官道。

苏东坡在宋元符三年（1100年）六月二十日，自海南岛澄迈渡海北归，量移廉州安置，一路上走得并不顺畅。因遇风雨而停留了几天，三十日才从海康再出发，想经遂溪走官道到合浦。但"连日大雨，桥梁大坏，水无津涯。自兴廉村净行院下乘小舟至官寨，闻自此西去皆涨水，无复桥船，或劝乘蜑并海即白石"（《东坡志林》语），只好乘船到白石。

白石，即现在的合浦县山口镇永安村，是一个比较大的盐场（驿站）。清康熙版《廉州府志》记曰："白石山，在废石康县东五十里，其三山相接，山石皆白，故名。东坡有云：清山南，白石北，此地嵯峨人不识。"按照苏东坡的描述，这一带道路坎坷不平，人们对此地并不熟悉，一无所知。

苏东坡到了白石，继续往西走，过那蛟河，到白沙；过公馆河，到公馆；然后是过新寨渡（闸口）、十字路、五里亭抵达合浦。六月三十日，苏东坡在官寨的外海中战战兢兢地度过了一晚，七月初一他才到白石，至七月初四于合浦写下《记过合浦》，中间走了四天，可见官道并不好走。而其中的公馆比较大，应该是在这里停宿一晚后才继续前行。

说起来，"公馆"就是在古官道设置的歇脚驿站，因在此筑亭煮

走在合浦古官道上，仿佛回到了千年前

茗、设馆留宿、歇息饮马而直接将"公馆"作为地名。这样的地名，基本上与古官道都有关系，如"山口"，明代时设山口营，以备海防。如"闸口"，设有新寮堡，在新寮江上架有渡桥，因海水涨潮时淹没渡桥而设了关闸，退潮时才让人通过，以免被海潮冲走。

古官道设置茶亭、客栈，大致为"十里一亭，三十里一驿"。以山口、白沙、公馆、闸口、十字路至合浦为例，相互之间均是十几公里，符合"三十里一驿"的标准。

明成化年间，暴民狂屠石康县，造成这一带"百里无人"，其状甚惨。明弘治年间，广东布政司榜召省民和闽客入廉，称"闽客填廉"。由是，合浦的社会秩序得以重建，人口随之增加，农事兴旺，那条官道也热闹起来了。那些茶亭、客栈，甚至山间小路，人来人往、货来货去，成为官道上的一道风景线。

那些驿站，一般都备有茶水、食物、简单的房舍和被褥，供往来的旅人使用，旅人使用后会自觉留下盘缠，后由护道人再添置新的物品。那些护道人或者附近的村民，在古官道上建亭修路、煮茶备食，他们将之看成一种积功累德。那种古朴遗风，在现在看来，就像童话一样引人遐思。

在古官道上行走的人，如苏东坡者是少数，大多数是为谋生而挑担负重的人，如贩盐的、走镖的、采药的、打柴的、卖货郎的、行医的，还有官府办差的、拜师求学的、逃荒寻亲的，甚至嫁女娶亲的、报丧送葬的，不一而足。不论短途远程，都只能奔走在古官道上，别无他途。

古官道上走得最多的要数挑夫了。我的父亲，在民国时就曾在古官道上当过挑夫，俗称"担盐佬"，干的活是挑海盐到广西内陆去卖。在担盐佬中，流传着这样一句话："三日肩膀四日脚，五日六日追不上。"意思是挑了三天的盐，肩膀不会痛；走了四天的路程，脚就不会痛；若挑了五六天的盐，走起来如一阵风，人家就追不上了。

合浦往南至地角，又是另一条古官道。从合浦出发，经文昌塔，过乾江，沿着廉州湾到达高德，过茶亭，直抵地角。那条古官道地势平坦，不但有挑夫行走，还有先进的运输工具——鸡公车。手推鸡公车，不仅可减轻肩膀的压力，拉的货也更多。在乾江古镇最古老的水星街，其青石路上，至今还遗留有深深的车辙。

鸡公车就是独轮车，北宋张择端在《清明上河图》里就有描绘。宋应星在《天工开物·舟车》里描述道："又北方独辕车，人推其后，驴挽其前，而南方独轮推车，则一人之力是视。"可想而知，一辆辆沉重的鸡公车，承担着物资运输、军队调防、官员贬谪、信件传递、鱼盐买卖的重任，推车人在凄风苦雨中艰难跋涉。

那些古官道，是千百年来沉重的历史，道上的行人日夜兼程，风雨不歇。汉代的费贻、孟尝认识它，唐代的苏缄认识它，宋代的苏东坡认识它，明代的饶秉鉴、徐柏认识它，清代的康基田认识它……许许多多没有留下名字的人，也都曾与它相伴而行。

现在，高速公路、国道、省道、县道、乡道、村道等延伸到了各个角落，那些古官道的踪迹难以寻觅，那些鸡公车也难见踪影，但历史是无法遮蔽的。

"贫贱者汲汲于营生，富贵者沉沦于逸乐。"每次看到快捷的道路开通，便让我想起那些古官道，我仿佛又看到了那些挑夫、那些鸡公车，他们还奔忙在营生的路上。

木梁古风惠爱桥

惠爱桥，是横架在廉州镇西门江上的一座古桥。

一座古桥，大抵是有些故事的。凝视惠爱桥，刹那间，总会让人想起那片土地，想起那片土地上固有的精气神，让人寻觅到远去的岁月所留下的某些历史密码。

我们脚下的廉州古镇，从汉武帝设合浦郡时算起，已走过了2000多年的历程。而惠爱桥则要年轻得多，对世人而言，这座桥也已经装下一筐筐的故事，说不尽道不完。在斗转星移的光阴中，人在变，物在变，古郡在变，惠爱桥也在变。不变的，是潜藏在我们血脉里的基因，以及我们永远的守望。

惠爱桥，已经成了廉州古建筑的标志物之一，来此游玩的人们，可曾感受到时光深处吹来的风？

惠爱桥又名旧桥，也叫西门桥，位于廉州惠爱路的西门江上，在清宣统三年（1911年）建成。此桥重建前曾设渡和桥，初始为渡，称第一渡。明正德年间，知府沈纶以渡不如桥便，始造西门桥，也称"金肃门桥"。嗣后年久桥圮。明崇祯八年（1635年）知府郑抱素复修。清乾隆二年（1737年），知府张绍美又复修。清光绪十三年（1887年）毁于火，

木梁古风惠爱桥
Adam DONG
2024.

惠爱桥是廉州古建筑的标志物之一，木梁桁架，坚硬如铁，古风悠悠

又复设渡。至宣统元年（1909年），邑乡绅商合力募捐，得钱万余贯，乃动工兴建，宣统三年（1911年）落成，知府李经野题匾为"惠爱桥"，并于桥东旷地建屋，年收租金，由商会储为养桥费用。抗日战争时，惠爱桥改名为"民族桥"，"文化大革命"时期又改名"反帝桥"，后再恢复原名"惠爱桥"。

惠爱桥，如一位饱经风霜的老人，其身世经历不但过程曲折，还发生过诸多故事。

明清时期，每到秋天，正是处决犯人的时候，廉州古城的西城门外是处决犯人的地方，煞气显重，因此西门又叫"金肃门"，西门桥又被称为"金肃门桥"。

话说惠爱桥下的西门江可不简单，它是汉代合浦郡海上丝绸之路最重要的黄金水道。《广西通志·自然地理志》曰："在历史上，合浦曾成为我国西南地区对外贸易的重要港口。"《合浦县志·地理篇》亦载："流经县城由乾体出海的西门江水道，历史上曾是南流江主要河道，船舶经乾体港口直达廉州。"可见西门江第一渡的繁忙与风光。

屈大均在《广东新语》里记载："予尝至合浦，止于城西卖鱼桥，故珠市也。闻珠母肉作秋海棠或杏华色，甚甘鲜而性太寒。"又有："土人饷我珠肉，腊以为珍，持以下酒。"意思是，他乘船自海上来，转入西门江溯流而上，抵达廉州珠市，在"卖鱼桥"处上岸。我有点怀疑，屈大均说的卖鱼桥，是不是西门桥呢？

西门桥建了塌，塌了建，曾多次翻修。如在明崇祯八年（1635年）、清乾隆二年（1737年）、清嘉庆二年（1797年）等年份，时任知府者都主持过西门桥的重建。历史上，西门桥曾一度被移到兴仁里（今廉州镇三甲社），改叫"新桥"，也就是现在的上新桥。但此处稍显偏僻，不利于居民出行，便迁回西门桥原址，故西门桥又有"旧桥"之称。

清光绪十三年（1887年）夏，一场大火把西门桥烧毁，还烧毁了桥两边的许多商铺。西门桥再度变为渡口，但码头的功能仍在。清光绪三十三年（1907年），李经野到廉州府任知府，发动集资，重建西门桥。本邑乡绅商民合力成事，于清宣统元年（1909年）完工。李经野将西门桥命名为"惠爱桥"，有惠爱百姓之意。李经野还亲自题写了桥名，这便是"惠爱桥"一名的来历。

在古代，还没有钢筋混凝土可应用于桥梁建筑，一般以木材或者石材来架桥。像著名的赵州桥，就是石拱桥。但惠爱桥（包括其前身西门桥）修建时，因为石材、资金、工匠等缺乏，没能建成石拱桥，只能就地取材，用木材架设。

惠爱桥跨度26米，桥面宽2.75米，桥掩体高5.64米，为本地工匠蒋邑雍设计。用材全部为木质，整体呈三铰拱人字架形，拱脚支撑在两岸石砌的榄核形桥墩上，桥墩设有砖砌弧拱形泄水孔，造型庄重又不失灵巧。惠爱桥的这种设计，匠心独运，为广西首创，在全国也罕见，在我国传统木制桥梁技术史上独树一帜。

走在桥上，但见木梁横架，坚硬如铁，古风悠悠。而惠爱桥的前世今生，无疑是合浦历史的一个缩影。

20世纪80年代，我到合浦工作时，才第一次见到惠爱桥。我走上桥去，抚摸着那些粗壮而老旧的木头梁柱，不禁为工匠的巧妙设计和工作精神所折服。

古老的惠爱桥，连着两头的骑楼老街，往西是阜民南路、阜民北路，往东是西华路转中山路。这一带为廉州的商圈，最为繁华。这些街道地面铺着厚厚的石板，两边是鳞次栉比的骑楼商铺。惠爱桥还辐射形成了一系列的专业市场，如菱行街、缸瓦街、上下柴栏、货运码头等，那些日用品、蔬菜、农用品、药材、木材、猪苗等也都云集在这一带。

惠爱桥连接着廉州最为繁华的商圈

晚上的时候，这一带也是灯火通明，人来人往。西门江上虽然少了点点帆影，岸上的店铺却像白天一样，营业如常。几百年来形成的商业味道，从未改变。

明代诗僧释大善写有《朱桥》一诗："江潮不畏海门遥，进浦云生第二桥。乍入松涛旋作雨，忽翻竹浪又为潮。远来货物舟人识，初到商人店主招。夜泊客灯渔火伴，月明沙岸草萧萧。"我以为，这一首诗就是为惠爱桥、西门江和这一带的商埠而写的。

曾经与"廉阳八景"的"西门古渡""阜市人烟"有关联的惠爱桥，讲述着一个个神秘的传奇，也沉淀了一段段久远的故事，见证了廉州的前世今生。1995年，惠爱桥被公布为广西壮族自治区文物保护单位，2013年被公布为全国重点文物保护单位，并成为一个旅游景点。在合浦迎八方来客的时候，惠爱桥成了一张古韵悠长的新名片。

不管历史的脚步如何行走，古老的惠爱桥依然屹立在西门江上，古风犹存，人来人往。

宝塔鞭映

　　《鹿鼎记》里写了一件有趣的事，韦小宝进天地会时，要高呼口号："地振高冈，一派溪山千古秀！门朝大海，三河合水万年流！"更有趣的是，这两句口号用来形容合浦还挺恰当的。"门朝大海"是南流江入海，成就江河汇集入海的"合浦"威名；"地振高冈"则是四方岭、望州岭一带高而企望，看着合浦生生不息。而四方岭脚下的文昌塔，更为"溪山"增添了别样的秀色。

　　这座文昌塔，是见证合浦生生不息的一座丰碑。她像保佑一方平安的观世音，静穆慈祥而美丽婉约，为合浦撑起了一片波澜壮阔的天空。我多次到文昌塔下，隔着围栏瞻仰她的风姿，每一块砖所渗透的历史情结，似乎都不是哪一位能工巧匠能轻易把握的。旧色的文昌塔沐浴在斜晖下，映出了一个峥嵘而高古的倩影。

　　文昌塔，始建于明万历年间，距今已有400多年的历史。塔为七层八角形，高36米，内径最大有2.6米，塔身修长，有玉树临风之姿。周遭的古汉墓群，还有新建的合浦汉代文化博物馆和汉间文化园与之对目相望，形成了合浦新的旅游景观。

　　据考古学家对合浦汉墓和草鞋村遗址的发掘、考证，证实汉代合浦

廉州八景之一的"宝塔鞭映"

郡治就在合浦，可见合浦历史源远流长。除了"珠还合浦""廉山留名"等典故，合浦还留下了包括"宝塔鞭映"在内的廉州八景。

"宝塔鞭映"，在廉州八景中不遑多让，风光得很。遥望四方岭，可见文昌塔凸起于山林之上，现七级浮屠、砖檐彩绘、葫芦宝顶、八面玲珑之胜状。在夕阳的照耀下，文昌塔形成宝塔鞭映的奇观——倩影如鞭，镇邪安民，寓意吉祥，景色蔚然。

《林海雪原》中，杨子荣深入虎穴威虎山，与座山雕等一些土匪有一场智斗，"天王盖地虎""宝塔镇河妖"等土匪黑话我不甚明了，但我晓得，所有的宝塔都是为了镇妖保平安的。合浦的文昌塔也不例外。

街坊曾有传说，那时合浦出了妖孽，不知从何处来了两只犀牛，为害百姓。府衙顺从民意，拨款修建文昌塔，以镇邪安民。文昌塔建成后，镇住了其中的一只犀牛。另一只犀牛沿西门江往北跑，又为害石康一带的百姓，府衙又在石康修建了顺塔，把它镇住，合浦百姓得以安居乐业，百事昌达。

全国各地修建文昌塔的比比皆是，其目的也不仅是镇邪安民，还有旺文启智、利于学业，事业可步步高升之意。有些地方，盖起文昌阁或者魁星楼等高大的建筑代替文昌塔，以兴学昌文。不管是文昌塔，还是文昌阁、魁星楼，很大程度上都是为了弥补当地文峰的不足，借此盼多出文人与才子。

据1994年版《合浦县志》载，明代初期，合浦重建了廉州府学，接着又兴建合浦县学，招录学子学习儒家经典，以便应举高中。"明清两朝合浦县的进士共15名，举人77名，武举34名"，可谓人才济济。比及民国时期及中华人民共和国成立后，合浦发展现代教育，学校数量更是猛增，学风愈浓，人才辈出。

现在，文昌塔的"文峰"作用好像不似从前了，但其文化熏陶的作用还在延续。文昌塔华丽转身，重现"宝塔鞭映"的英姿，成为旅游的亮丽招牌。

古典本真的东西不容易让人亲近，人们在追求簇新的过程中，不经意间便将自我隐没于因仓皇行进而升起的烟尘中。要在繁华之地寻觅一角幽静与古迹对话，最好的选择便是"宝塔鞭映"。

没有文化作为依托的景点，只能休闲，谈不上享受。宝塔鞭映，映照的不仅仅是汉文化的盛衰与枯荣，留给我们的还有文化积淀与向往。

廉州古井

水井未出现之前，在一些江河、湖泊或者甘泉的旁边，即有人聚群而居。后来，人群为了扩展居住地，方便日常生活，发明了水井，扩大了活动范围。由此可见，水井对于人类文明的发展具有重大意义。

唐人孔颖达为《易经·井》作疏曰："古者穿地取水，以瓶引汲，谓之为井。"这是水井的来历。说得更文艺一点，则如明人文震亨所说："凿井须于竹树之下，深见泉脉，上置辘轳引汲，不则盖一小亭覆之。"这样的水井已经十分高级。

有了水井，人群的凝聚力更强，商业活动也随之兴起，于是出现了村庄和城市。《周礼·地官·小司徒》曰："九夫为井，四井为邑。"这里的"井"已经演化成量词了，意指有多口水井即可成为城市。一座城市可以改变名称，增加人口，扩大范围，但水井是不可移动的，得围着它转，故《易经·井》曰："改邑不改井。"有一个词叫"市井"，即古人因井成市，说明水井不但聚集了人口，还开辟了市街。

"昨夜微雨，飘洒庭中，忽闻声滴井边桐。"这样的词，便是对最具风情的市井生活的描写。于是，"改邑不改井"成了一种惯例，当初的"井"，慢慢便成了古井。

话说廉州古城也有几口古井，叙说着古城 2000 多年的历史。其中，最久负盛名的当属"廉泉"。相传，廉泉原名"甘泉井"，现位于合浦县体育场大门内，是东汉太守费贻率众所掘，后荒废。明成化年间，饶秉鉴任廉州知府，复掘甘泉井，垒石加固。清乾隆年间，知府陈淮将甘泉井改名为"廉泉"，并刻碑立于井旁。

在合浦师范学校内，有东坡井。相传是苏东坡"量移廉州安置"期间率民众所掘，后湮没。清乾隆年间，知府康基田下令清理东坡塘时发现湮没的古井，重挖使用。

在武圣宫对面，有朱砂井。相传井底下有朱砂，附近居民便去井底取朱砂治疗疥疮。出太阳的时候，人们挑水时可见井水殷红，待把水汲上来，又清亮无色，亦无异味。后来，朱砂井被封存起来了。

清代挖掘的让水井，位于县城大北街。让水井的水质清冽醇厚，有人用其酿酒，品质甚佳，现在已经废弃。在大北街尽头右转约 100 米处，有一口双月井，相传也是汉代古井。原来的双月井很宽，约一丈，据说站在井边探头可窥见井内双月映底，殊为奇观，现已封存。

黄帝作井，打井汲泉。从古到今，古井在悠悠岁月中，默默地传承着一种文明、一种文化。时间没有极限，或许在 2000 多年的历史风云中，廉州曾经有井无数，但在时光变迁中，别的井如同春花开了又谢，只剩下廉泉、东坡井等几口井，成了"明星古井"。饶是如此，这几口古井还是成了见证者，见证了古城的沧海桑田和人情世故。

不管是廉泉，还是东坡井，对廉州来说，其物理意义上的扬名不是关键，文化意义才是其流芳百世的根本原因。不管传说中的井水如何清冽甘甜，如何奇妙出彩，更多的仅是心理作用。人们记住和怀念它们，是因为它们承载了廉州古城的乡愁和血脉传承中的某种精神。

待我有机会去探访这些廉州古井的时候，它们都已经不再使用，而是作为文物被封存了起来。尽管我没有亲口尝过这些井水，不知道有没有如前人所说的那般神奇，但当我隔着钢筋网，俯视井水时，依然感受到了一种特殊的古意和亲切的韵味。

眷恋一口古井只是表象，本质上，我们作为这个世界的过客，都在向历史致敬。历史的背后是时间，所有的稀世珍品都是时间的艺术，是时间让它们弥足珍贵。

一座古城的文化根须究竟有哪些？我不好断定，但古井肯定是其中之一。古井藏着廉州的血脉，也藏着我们的未来。什么是诗意的生活？无非就是把自己放在时间的长河中去生活。舞台和背景一旦被放大，我们心里的悲喜就会跟着被稀释。面对一口历经沧桑的古井，我们自己的那点小沧桑，自然会变得云淡风轻。

廉州札记

在时间的渡口，我们皆是过客。阅读廉州，给了我停不住的惊与喜。答案都隐藏在某个时间的节点上，被一一找了出来。"南珠故郡，海角名区"的美誉，终归不是浪得虚名。

往南张望，是耸立的文昌塔，它能让人涌起一腔满满的乡愁，苍白无比。烈日落在塔身上，那是季节给它披上的一件夏衣。一直到秋凉了，也不知道该换一套厚点的衣服，我的心也跟着凉了。凝望着它不知热冷的憨厚样，心疼了，想着要写些文字给它。或许有空了，还会按季节来瞅瞅它。只因它，守卫在廉州的身边几百载，无怨无悔，默默地注视着廉州长大。

一块汉砖的纹饰，讲述了一段湮没已久的故事；一截汉瓦的乳钉纹，复活了一首沉沉睡去的歌谣。如果让我穿越到汉代，我就只带一件土陶器。在草鞋村汉窑群遗址，我直接询问村民，问他们是否知道那些陶瓷器皿的最终去处。他们集体摇摇头，但没有一个人的脸显露出我想象中的悲哀。我想错了，陶罐或者方格纹板瓦去了哪儿，对他们来说真的无所谓，只要不脱离季节就好。

四方岭有点荒凉，但荒凉的植被下却埋藏有廉州的千年历史记忆和文化骄傲。也没有谁去投票选举，四方岭就当上了古汉墓群的代表。我要说，与其梦回汉代，不如梦回四方岭，像一块陶胎，回到最初的泥土；像一件玉璧，回到最初的打磨；像一串琉璃，回到最初的煅烧。梦回四方岭，我们就回到了廉州最初的家。

点缀在廉州周边的古汉墓，还有禁山、母猪岭、风门岭、冲口等地，带着金字塔的模样，带着秦王陵的风骨，它们注定命运多舛。最好的命运，也只不过是成为博物馆的展品。好在，展品中还能找到些许的慰藉——那些简朴的"汉屋"，让我徘徊良久，感慨不已。那些住着人、圈养着猪牛的"家"，质朴而实用，让我看到了"汉民"的一生，他们只在一小块泥土上面消耗五谷，断不会稀罕当今的空调和大餐，因为"汉屋"拥有的温馨与和睦一样不少。

风，会捎来一地的气息，松树的浓烈，稻花的清新，桑葚的香甜，黄麻的淳厚，牛粪的土腥。而古人能够安静地睡在汉墓大封堆里，才是风最想要的结果。

那座塔形的建筑，像藤缠树一样揪着古汉墓不放，它就是合浦汉代文化博物馆，一座有模有样的仿汉建筑。悬在历史的视野里，一枚刻着汉代风物的月亮，只用几束浮光就能把它照亮，让山影和楼盘悄然隐去，躲得远远的。这座小宫殿，让无处藏身的文物，找到了一个新家，讨回了些许的公道与尊严。

文字，不外就是泡在茶壶里的茶叶，从汉代的冬天煮到了今日的夏天，为我泅出了惬意和温暖。不是饮者，不敢轻易沏下这壶沁满了前朝月光的茶。坐在陋室里，我好想一边翻卷读乐府诗，一边茶煮廉州。

顺着廉阳大地的裂缝，我看见西门江在一些村庄旁流淌，却在廉州旁干涸。这还算不上最差的命运，真正悲哀的是，曾经的金黄不再是河床的肤色，河流早已漆黑发臭。作为廉州的母亲河，西门江不应该失去

西门江上小船摇曳，与古建筑相映成趣

骨质一样的沙子，更不应该失去血脉一样的流水。

贴着廉州的衣襟，我带着一手丝绸的触感，抚摸它动情的地方。溯西门江而上，就是滔滔的南流江，来来往往的船桨，沿着时间的边角，细密地缝合着一匹匹丝绸，而后，走向名字古怪的远海。我想把它披挂在内心，却发现是徒劳的，被日月风霜腐蚀着的那些褶皱，像山峦一样矗立起来，阻断我想触摸它的手，终不得逞。

古代的人，把自己简单地放在一匹瘦马的背上，读书之后读山也读水。那时的廉州，则把自己的浪漫交给一个码头和一群搬运工，让他们去书写廉州的篇章。那个大浪码头——海上丝绸之路的始发港——被湮没又被复活了。它见证了数不清的悲欢离合，也记录了中央之国强盛的威势。一船船的丝绸、茶叶从这里走向了远洋。

有人看见一块美玉，就想到一位出色的女子；我读着"廉州"二字，触摸到了一股正气。温润的美玉，有被时间封存的时候；而清正廉明的风气，则历代不衰，气贯长虹。江河汇集出海的合浦出现过费贻、孟尝、李逊、康基田这样的人物，换来了一堆与"廉"字结缘的美名，诸如大廉山、廉江（西门江）、大廉峒、廉泉、廉州等。美玉可以是女子的皮肤，清廉则必须是廉州的操守。

苏东坡是个"大吃货"，喜欢为"吃"做代言。他被贬谪惠州时，以"日啖荔枝三百颗，不辞长作岭南人"为噱头来推广荔枝。等他量移廉州暂住时，却又变卦了，"累累似桃李，一一流膏乳"，这首题为《廉州龙眼质味殊绝可敌荔支》的诗，一不小心为廉州做了一个近千年的免费广告。

昨夜的星火告诉我，苏东坡在廉州吃了猪仔饼之后，与廉州依依惜别，北上永州赴任。千里已经不是那个千里，婵娟也不再是那个婵娟，用什么能换下那首《水调歌头·明月几时有》里格外传神的明月？是不是应该把它悬挂在经常饮酒、吃红烧肉的地方？

廉州历来低调。因为敬畏大海，人们在海角之地立碑纪念，又或者是立碑镇海、消弭海患，那座海角亭，大概是因此而建造的。生活在海角亭边的廉州人，吃咸喝淡，生生不息。那座海角亭告诉我，是先人们驮起了一座廉州。

只可惜，前人没有留下一只陶罐给我，让我抱着它去西门江打水。但前人还是留下了廉州这本大书，让我去阅读，每日每夜。我实在是拿不出什么来奉献给廉州及廉州的前人，只能把以上粗劣的文字略述出来，让歇下来的前人，在初燃的篝火旁翻阅。

枕水廉州

廉州骑楼

廉州骑楼，是廉州曾经拥有的一道独特亮丽的风景线。

我明明知道，如今的廉州骑楼已满目疮痍、百孔千疮，但我还是执拗地常来看看。

我想要探寻的骑楼，似乎总是货不对板。它们与我幼时所看到过的或在图片上所欣赏到的，皆大相径庭。不管是中山路，还是阜民南路、阜民北路，或是缸瓦街一带，这些地方的骑楼都与我印象中的不符。人总是期望自己私下认可的价值在现实中兑现，即便最后得到的只是片刻的满足，或是虚假的抚慰。但骑楼给我的只有失落，让我淡淡地摇头。

站在中山路，我只能想到一个词——"过江之鲫"。这里的喧嚣声、买卖声填满了周围的空气，骑楼建筑下的走廊全部变成摆卖的场地。一眼看去，满目都是广告招牌，及广告招牌下林林总总的商品。行人被挤到了街上，骑楼已经被阉割了遮阴挡雨的功能。阜民南路也是如此，走廊被人为地砌墙隔断，自成一体，与其说是骑楼，倒不如说是单门独户的商住楼。阜民北路的情况稍好，有一段保存得较好，总算还剩下一些骑楼的模样和韵味。

本来，将骑楼作为进行买卖的商铺无可厚非，因为骑楼本身就具备商铺的功能，或者说骑楼本来就是以商铺的面目出现的。只是近年来，人们过度地利用了骑楼，过度地开发了骑楼，无序地改造了骑楼，才让骑楼不再像骑楼。利欲熏心，使骑楼偏离了原有的灵魂及其特有的文化内涵。

被改造的骑楼，自然不单单是为了改造而改造，其目的性变得更强了。堆积的商品，接踵的人流，填满了骑楼。我看到的是，人们带着欲望而来，企图在这里买到更多的商品，以此来彰显自己对潮流的把握。骑楼不是他们追寻的目标，对他们来说，骑楼只是进行钱货交易的一个具体地点，仅此而已。

随着时光的流逝，骑楼故事好像变成了短促的童话，其延续性被不断地打断和中止。那一街错落有致、浑然一体的骑楼，已经变得支离破碎、体无完肤，正在有气无力地喘息。而那些得以保存下来的骑楼，只

廉州骑楼，一道独特而亮丽的风景线

得退缩一隅，或置身事外，或冷眼旁观，在担惊受怕中逐渐失语。我们放眼所见的景象，大概仅是骑楼余存下来的依稀的光影，而非原貌。

廉州骑楼，是"拿来主义"，断不是本地独创。大抵是受岭南地区其他城市的影响，骑楼才在廉州落地生根并不断发展。它与其他地区的骑楼建筑一起，构成了独特的骑楼文化。骑楼的出现，主要是为了适应高温多雨的亚热带气候。人们在骑楼街里徜徉，避风雨躲骄阳，多么自在！经营买卖也好，居家过日子也罢，纳凉躲雨是第一要素，或许这就是骑楼出现的首要原因。

骑楼被注入文化因子，与文化挂上钩，主要表现在其建筑风格上。譬如窗子，不单有明清的雕花木格窗，也引进了西洋人的百叶窗，一些窗叶还装上了舶来品——玻璃。又如楼顶上的装饰，有的雕上山花或其他图案，而有的干脆砌成女儿墙，这也是中西合璧的产物。在"崇洋"的同时，坚持自我，避免被西方文化同化而失去自我，这也是我们常说的，所谓骑楼文化"独特"的地方。

时至今日，那些散发出岭南文化光芒的美轮美奂的建筑，在廉州旧街区已经越来越少了。很多时候，"廉州骑楼"已不是一个名词，反倒成了一个买卖的动词。骑楼在廉州的出现，距今不外100年，却已经到了即将消失的境地，这是件令人遗憾的事情。廉州骑楼正在被不断地蚕食、改造，或者推倒重建，已经被捣鼓得七零八落、乱七八糟。前人怎样也想不到，短短一个世纪，廉州骑楼就已经从典雅别致的名门闺秀，沦落为潦倒落魄的市井之徒，甚至成了"无序""杂乱""肮脏"的代名词。

"细雨湿衣看不见，闲花落地听无声。"所有的奇迹和记忆，都会在光阴中消亡。我想要祈祷的是，别让廉州骑楼消失得那么快，消失得那么无缘由。对于美好的东西，我们不需要残存的记忆，我们只要活生生的实物。

明信片一样的槐园

　　我每天散步路过槐园，都忍不住要打量它一番，似乎每一次它都是新的。

　　那天，我读到了陈从周的《说园》，里面有一段文字："万顷之园难以紧凑，数亩之园难以宽绰。紧凑不觉其大，游无倦意，宽绰不觉局促，览之有物，故以静动观园，有缩地扩基之妙。而大胆落墨，小心收拾，更为要谛，使宽处可容走马，密处难以藏针。"读着很是舒服。我把目光投向窗外的绿深红浅，若有所思。

　　欻，这说的不正是槐园嘛！精致而从容，伴着那条不算清澈的西门江，营造出独属一份的景致来。

　　槐园，就是人们俗称的"花楼"。在廉州，提起花楼，几乎是妇孺皆知。据说，花楼为本地富庶人家王崇周于 1927 年所建，他请来名师设计，从广州、香港等地采购高档的建筑材料和时尚装饰物，历时 5 年建成。

　　槐园主楼是一幢外观非常独特的建筑，是由砖木、钢筋水泥混合建造而成的四层楼房，造型为中西合璧式。一、二层为欧洲古典风格，底层为券廊式，前面发券 12 孔，构成宽敞的前廊；二层为柱廊式，前面有 10 组仿古罗马塔斯干柱式方柱和爱奥尼柱式圆柱组合的束柱，承托

槐园

adam DONG

槐园宛若明信片中的风景

钢筋砼结构过梁，构成宽阔的敞廊和居中凸出的半圆阳台；三层为中国传统风格，布置左右对称的两间硬山式琉璃瓦顶平房，屋脊饰以灰塑博古、翘角，外墙饰以红色假清水墙；四层为中西融合风格。楼前是一座钢筋水泥结构、八角穹窿顶的西式凉亭，居中为一栋砖木结构、重檐四角攒尖和琉璃瓦顶的中式亭阁。槐园主楼是一座典型的"洋为中用"建筑实例。有人打趣地说过，主楼就像是一个人，下面穿着西裤，上面穿的是唐装，显得不伦不类。但建筑物与人不同，如此设计如红叶题诗，很有特色。

槐园落成时，面积有15亩。不过很遗憾，经历了90多年的世事变迁后，槐园原来的大门牌坊已经不复存在，面积也仅剩下8亩了。当年还有芒果园、碉楼、厢房等，后来都缺失了，只剩下眼前大家所能看到的主楼、后罩房、门楼、池塘、拱桥、中心花园和一些厢房，而厢房也仅剩南厢房了。

当年王崇周先生学成回乡后，热心于地方的文教、卫生等社会公益事业，他在槐园的南侧创办了一所小学堂，以其祖父王乃宾的别号"雁秋"命名，曰"雁秋小学"。抗日战争胜利后，该校改名为"八保国民学校"；中华人民共和国成立后，地方政府将其收归国有，把原属槐园的雁秋小学分割了出去，改名"廉州第二小学"。

仅仅8亩的槐园，还是留下了原来的风骨。这座建筑物为中西合璧式的别墅，周围的景物配置也十分精当，主楼威武，门楼拱卫，鱼池添色。假山园林亭榭楼阁，槐绿竹翠春色满园。而原来的整个槐园，曾经惊艳绝伦，独领了廉州建筑之风骚。

为什么要取名"槐园"？这是因为王崇周的祖先中，有一人为宋代名士王祐，此人在北宋太宗时期官至兵部侍郎，晚年在庭前植槐树三株，取《周礼》"面三槐，三公位焉"之意，用以鼓励后代，并以"三槐堂"

命名。王崇周也想延续此意，故取名"槐园"。这是槐园的一个传奇。

当时，县城还没有通电，槐园的主楼在白天当然是巍峨高耸，很漂亮，但到了晚上，黑黢黢一片，跟别的房子并没有多大差别。王崇周便从广州买回了发电机，晚上发电，让槐园金碧辉煌，光芒四射。灯光映衬下的槐园，比白天更漂亮。街坊邻里都爱看新奇、爱看热闹，一传十，十传百，连乡下人都来看了，槐园很是威风。于是，人们把这座漂亮的主楼叫作"花楼"。直到现在，人们一说起"花楼"，就知道说的是"槐园"。这是槐园的又一个传奇。

只不过，历史往往喜欢开些不大不小的玩笑。广西解放前夕，解放军一路南下追歼国民党溃军，炮声隆隆，人心惶乱。槐园的主人便带着家眷一溜烟去了香港，槐园成了空宅院。很长一段时间里，槐园成为驻军的办公场所。1979年后，驻军撤走，槐园又成了私人加工厂，如同凤凰沦落为山鸡。

1988年，我到县人民政府机关工作，政府大院与槐园仅一墙之隔，我常听到有关槐园的传闻。许多人都说槐园闹鬼，不要轻易去玩。不过，好奇心作祟，我还是去了，是从二小校门那边进去的。进园一看，里面简直破烂不堪，加上有工人正在干活，不好打搅，我就没有登上主楼，游览一会儿后就掉头走了。

那是怎样的一种衰败呢？清代大学士袁枚著有《随园记》，他在接手随园时，是这样描述的："园倾且颓弛，其室为酒肆，舆台噢咳，禽鸟厌之，不肯妪伏，百卉芜谢，春风不能花。"这跟我看到的槐园有什么两样！此后，我对槐园就再也提不起兴趣了。

后来，政府落实了有关政策，把槐园归还给了原主人的后代。恰逢一家文化公司租用槐园作为办公场所，对槐园进行了整饰。经过两年的精心装修，槐园得以脱胎换骨。

按照修旧如旧的原则，文化公司没有对建筑物进行大幅改动，只是进行了修缮与装饰，还原其中西合璧的风格。主楼外墙涂上了褐红色的墙漆，异常醒目。主楼前面的二层门楼也粉刷一新，而主楼的后面加盖了一排仓储式的平房，使之更契合中国传统深宅大院的进式结构。门楼前的廊桥跨过的那口烂泥塘，现在池边也砌起了砖石，变成了浅底鱼池，环境更优美了。园地四周种植槐树、翠竹、花草，恢复了假山，布置了霓虹灯，到了晚上又是一派斑斓。当年的"花楼"又回来了。

县城进行市政改造开辟的还珠大道延长线，刚好从槐园的北面经过。槐园圈起了围墙，并开设新的大门，巍峨气派。现在的槐园，已经不再是当年的"吴下阿蒙"。

槐园成为景区之后，我曾经登上过主楼的四楼，站在小凉亭上欣赏周边的风景，俯瞰西面的草鞋村古窑址，北面的廉州中学和苏东坡当年书写"万里瞻天"的海角亭，还有西门江小广场和悠悠的西门江。

凉亭后面的小房间是整座主楼保存得最为完整的地方，是一间"藏书阁"。合浦这个海边的小城，常年遭受台风侵袭，而这四楼的一砖一瓦都没有移动过，经过了90多年的风吹雨打都完好无损，这让我们很佩服那时的设计和原材料的质量。

大抵来说，造园与作画、裁衣、行文等同理，若胸中格局足够，无论大小都不足惧，关键是大处能容天地，小处能觅细针。槐园虽小，但恰到好处地控制了节奏，自然就赏心悦目了。

槐园或许还隐藏着许多的历史与传说，只是我不曾知晓而已。槐园也算不上是完全意义上的景点，进园一转身就看完了。但是，槐园就是如此纯粹，用不着太多的元素，也用不着太多的空间。

小也有小的好处，简洁、清爽、利落、别致。镶嵌在绿树清水中的槐园，不管你的照相水平如何，随手一按快门，就是明信片一般的图画。

阜市人烟

合浦元宵节旧俗

合浦是汉代古郡，历史悠久，文化积淀深厚，遗留着许多的旧俗。

那些旧俗有口口相传的，也有古籍记录的，譬如元宵节，就曾有许多的旧俗。旧俗讲究仪式感，礼节一定要完成，不顾忌繁文缛节，以营造热闹非凡的气氛，使节庆气息浓郁起来。如今，尽管节俗已经化繁为简，甚至不少内容和场面都已消失，但基本的内容还是保存了下来。

为写这篇元宵节的小文，我翻查了《珠官脞录》一书，仔细阅读后才发现，原来合浦的元宵节旧俗竟然包含有那么多的内容，现摘录一些，以飨读者。

《珠官脞录》是由民国时期合浦县文化名人许瑞棠所辑著。在 1994 年版《合浦县志》里，有对许瑞棠的介绍："许甘谱（1871—1956），名瑞棠，字以行，廉州镇人。曾任廉州中学教师，合浦县图书馆馆长，国民革命军第一集团军总司令部秘书，广东第八区专员公署咨议。解放后曾任合浦政协委员。早年从事文艺活动，是文化团体'珠官文社'的主要成员。民国二十年参与编纂《合浦县志》，另著有《珠官脞录》二卷，《合浦乡土历史》《合浦乡土地理》《任庵诗稿》《算草丛书》《读书杂志》等刊行于世。"由此可见，许瑞棠在当时的合浦县是响当当的文化学者。

《珠官脞录》又是一本什么样的书籍呢?《珠官脞录》成书于民国十六年（1927年），许瑞棠在书序中有记述曰："癸卯岁，予以修志之役，尝挦扯逸事，成合浦杂录一卷，顾以一邑之大，山川淑气，代有所钟，异物轶闻，宁止此数，爰稽诸典经，访诸故老，凡畸人遗迹，里巷琐谈，偶有所闻，軏形诸笔，类而录之，赅而存之，日积月累，裒然成帙，名曰'珠官脞录'。"许瑞棠辑著这本书的目的是"长日无事时，一披览藉以遣兴，非以示人也"，有自娱自乐之意，非为扬名立万。但我觉得，辑著这样的书籍，无意中已将史料留存于世，也属功德无量。故而在我要查阅有关元宵节的旧俗时，即可摘录引用。

　　《珠官脞录》辑著有"自然景观""人造景观""旧节庆日及旧俗""自然灾害""人物""民间杂俗""动物特产""植物特产""矿物特产""奇人奇事"等10卷，堪称合浦民间的百科书。其卷三是关于节俗的内容，其中元宵节的旧俗就有"元宵""舞龙舞狮""偷青""火焰""看门神""灯酒"6项，对旧俗的记录可谓完备之至。

　　在《珠官脞录·卷三·元宵》里，许瑞棠记曰："十五日为上元节，又谓之元宵。在昔，吾邑于是日之夕作各色灯然之，通衢委巷棋布星罗，最为热闹，今不复见矣。"合浦元宵闹花灯的习俗，从前其风颇浓，但到了民国时期已经不多见，今时更加少见。

许瑞棠解释了元宵的来历："按，元宵之称，由来久矣。《东京梦华录》：'正月十五日元宵'，唐韩偓诗：'元宵清景亚元正。'其余赋上元张灯者尤夥，考上元张灯，始于汉，盛于唐。《西都杂记》：'正月十五夜敕金吾弛禁前后各一日'，《开元遗事》：'韩国夫人置百枝灯树，上元夜点之，光明夺月。'今人正月望日，夜游观灯，是其遗事。人家籤米粉为丸，曰圆子，用以祀神。"在古时，元宵节的旧俗一直存在于合浦民间。

元宵之日，还需要祀神。许瑞棠曰："圆子有咸甜二种，祀神者多用甜制法，以水搓粉作皮，而以猪肉切碎调和白糖、芝麻为馅，其杂以瓜条、红枣及各种糖果者尤佳。但煮时必俟水沸方入，庶免粘连之患。"吃汤圆不但是元宵节的习惯，还得先行祀神。

祀神物品，不止圆子，还有一些油炸食品。对此，许瑞棠说道："《江震志》：'元夕会饮，以米粉作丸子，油饐之属食之。盖始于永乐十年，元夕以糖圆、油饼为节食，岁以为常。'见《皇明通纪》。吴匏庵《粉丸》诗：'既饱有人频咳唾，席间往往落珠玑。'"许瑞棠还说道："人家煮汤圆祀神后，即撤神台、收陈设，而新年于是结束。"一通祀神之后，新年就结束了。

元宵节期间，节俗活动还不止这些。许瑞棠在《珠官脞录·卷三·舞龙舞狮》里说："沿街有舞龙舞狮之戏。近有舞貔貅者，惟其物不像，有首无尾，龙狮则首尾俱备，以彩色纸糊成身，则以布为之，而龙则更身长，数丈或十余丈不等。每距数尺为一节，舞者以棍顶持之，左旋右转，亦颇可观。更助以金鼓之声，震耳欲聋，观者途为之塞。为此者多系衙署无赖人。民国后，此风渐息矣。"这样的活动确实热闹。

元宵节还有另一习俗延续至今，那就是"偷青"。许瑞棠记曰："妇女则有偷青之举。晚饭后，结队成群游于郊外，采撷园蔬，曰'偷青'。俗以'偷青'，则是年当有生育或取葱芹等物，以饲小儿，可望聪明勤俭。"因为这种活动可能会造成误解或者冲突，所以许瑞棠对此加以说明："'偷青'之事不见古籍，此土俗也，而一般无赖多乘机调戏妇女，或藉端多取蔬菜，往往至于争斗，故官厅时或示禁。"可见，这不是一种好习俗，容易酿成争端。

合浦的元宵节，除了闹花灯，还有"火焰"。许瑞棠记曰："是夜，各庙宇均香烟缭绕、灯火辉煌，而城内之关帝庙、万灵寺有放火焰之举。其制法，用绸制各人物等戏数种，次第传爇火、起炮响，藉以媚神。观者人山人海，拥挤不堪。"许瑞棠还解释了这种活动的起源："按，宋高承《事物纪原》云：'火药杂戏始于隋炀帝'，孟襄阳谓：'即火树也。'"寺庙里也安排有热闹的活动。

同样刺激人的，还有"看门神"的活动。许瑞棠说："吾邑元宵有看门神习惯，俗以为，向兴盛之家窃取门神眼可以得子，而被窃取之家则不祥云。故是夜多用人看守至五更以后焉。"该项习俗确实讨人嫌，故今日已经失传。

合浦的元宵节又与新添男丁有关联，流传着一种"灯酒"的旧俗。许瑞棠说："元宵节后，有所谓的灯酒者，多缘去年新添男丁，则于新年诹吉购花灯二盏悬于家祠及各神祠，曰'上灯'。因招集戚友以作宴饮。"这个旧俗，今日也不多见了。

旧俗的变迁，恰如我们常说的一个词——"与时俱进"那样，一直处在变化中。正因为习俗不是一成不变的，所以节日才能更贴近我们的生活。我们一方面要传承好节俗，将之延续下去，另一方面也要适当改变，以使其适应当今社会的发展和需要。

廉州农事诗

　　在《北海市志》里载有清代合浦知县马倚元的组诗《珠浦杂咏》。马倚元的《珠浦杂咏》共有七首，其中两首是农事诗：

　　　　（其五）当年底事设珠场？为采明珠百亩荒。却喜年来珠不返，依然生计重农桑。

　　　　（其六）小民无事惯贪天，两两三三学种田。担得秧针随意插，安居便欲祝丰年。

　　马倚元是湖南衡阳人，生卒年不详，清嘉庆七年（1802年）进士，翰林院庶吉士。清嘉庆十一年（1806年）起任地方官，曾任合浦知县、钦州知州、岳州教授等职。在任合浦知县期间，政绩不详，但从他的农事诗来看，他还是很关心合浦的农业生产的。

　　从合浦县的地理位置来看，一条南流江自北向南贯穿全境出海，在出海口形成了三角洲平原。这里地势开阔，土壤肥沃，灌溉便利，加上温暖的气候，极利于水稻等谷物的生产。历史上南流江两岸有开阔的农田，养育着沿岸的合浦人民。三角洲平整的土地种上稻谷之后，呈现出一派丰饶的图景，就如在大地上放置了一只被擦亮的大喇叭。如果有微风吹过，稻浪荡漾，稻花飘香，会让人有一种沉溺于此的感受。

种植谷物的田亩沿着南流江广为分布，整齐划一又被分割成块。一些汇入南流江的没有名字的小河流，它们的身边也同样簇拥着田地。耕作之后，庄稼郁郁葱葱，如果不是村庄及树木在中间隔断视线，那将是一望无际了。有一首诗写道："南岸，一望无际的田野 / 斑斓的色块，变幻的色彩 / 装点着我理想的家园 / 我青春的南岸，一个可以供养我野心膨胀的地方。"仿佛写的就是南流江三角洲的稻作区。

如此华丽的田园景色，本身就是一首农事诗。这样的农事诗，远古时生活在南流江沿岸的合浦人便已经写就，从清代合浦知县马倚元，到现在的合浦人，都延续着这种传奇。历代合浦人在田里种植庄稼，一年四季，庄稼呈现出不同的颜色，以此来讴歌这块土地，充满深情。

从合浦郡到廉州，再到廉州府，历史的烟云在南流江三角洲起起伏伏，合浦人则在田亩上勤勤恳恳地耕作，维持基本的生活，过着悠长的人生。但在明代之前，合浦的经济以贸易为主，自明代前中期始，合浦的人口慢慢增加，农业生产才步入正轨。与此同时，合浦却饱受西面、北面民族的侵扰，农业生产也受到波及。直到清康熙年间，官府平定了叛乱，合浦人始得安居乐业，专注于农业的生产和发展。

清乾隆年间廉州知府康基田写有《廉州纪事》一文，对廉州府的社会面貌进行了描述，他写道："唐宋以来，夙称繁富。前明永乐间，甲科尤盛。自宣德后，渐以不振矣。四峒外叛，山海寇盗窃发。景泰、天顺之间，八寨流寇出没。灵山、合浦、石康境上，南安叛服不常，招引倭寇，或啸于山，或横于海，奔行南北，焚掠圩市。向时殷繁饶裕，称为乐土者，为战场，为牧地，为逋逃渊薮，历乱二百八十余年。我朝武功耆定，始平海寇，扫荡施党余孽，擒方云龙、朱权啸聚之众，而贼氛始靖。廉民生聚至今仅百余年耳，山泽之土未尽垦，诗书之气未尽复，凋敝之民未尽乐生也。"合浦的社会动乱被肃靖之后，官府大员便劝课农桑，垂戒居民，于是有了康基田、马倚元等官员的文章和农事诗的出现。

地处亚热带的南流江三角洲平原，自然具有生物多样的特征，物产相当丰富，可以种植的谷物很多，但主粮仍是稻谷。我在《汉代合浦人吃什么》一文里曾写道："一座干栏式双层陶屋里，楼下有人正在杵米，十分生动的劳动场景。从那些杵臼、碓、磨等工具来看，他们的主食应该是稻米。在汉代，稻、黍、稷、麦、菽已经普遍种植，中原以黍、稷、麦为主，岭南地区则以稻米为主。'菽'是豆类作物的统称，穷人吃得多点，富裕人家不爱吃。豆类基本上是不用杵的，只有稻谷才需要脱壳。在堂排村发掘的2号夫妻汉墓里，出土了保存完好的稻谷，直接证明了稻米是当时的主食。"可以肯定的是，稻谷一直是合浦种植面积最大的粮食作物。

在清康熙版《廉州府志·物产》里，把"谷属"列在了首位，接下来才是"豆属""菜属""瓜属"等，其曰："谷属：六禾、白禾、毛禾、赤禾、坡禾、畲禾、胜稔、父粘、乌独、油粒、旦糯、八月粒、赤阳糯、斑鸠糯、羊眼、虾须、马蚬、晚糯、白谷、花谷、台糯、红须、马鬃、翼糯、广糯、粘粟、糯粟、绿粟、老鸦糯、黍稷。"清代的合浦，居然有这么多的稻谷品种，这让我始料未及。即使在现代农业科学技术异常发达的今天，我也没见过把这么多品种集中在一处的。但为什么好些品种现在没有了呢？那些作物主要是因产量太低而被淘汰了。现在合浦人还少量种植的"赤禾"（俗称"红米"），就是人们依传统而保留下来的古代稻谷品种。

合浦县的人口，在清康熙朝之前是缓慢增长的，甚至还会由于战争、饥荒、灾害等，人口数量不增反减。自康熙年间平定了动乱后，雍正、乾隆、嘉庆三朝又相继颁布了鼓励垦荒的政策，垦荒的移民涌入合浦，使合浦县的人口逐渐增加。

譬如，康熙帝根据御史徐旭龄"新荒者三年起科，积荒者五年起科，极荒者永不起科"（《清朝通典》卷一）的建议，调整了起科年限。清雍正元年（1723年），清廷继续放宽起科年限，开垦水田六年起科，开垦旱田十年起科。雍正帝下令："凡有可垦之处，听民自垦自报，官吏不得勒索、阻扰。……劝谕可垦无力者，官仍给牛种，起科之后给印照，永为世业。"（《清朝通志》卷八十一）清廷还在边远地区实行了特殊的政策。清乾隆十一年（1746年），乾隆帝对所属广东的高、雷、廉三府及琼州等地土地贫瘠地区，特许"荒地听该地民人垦种，概免升科，永为世业。"（《清高宗乾隆实录》二百六十二卷）这些政策和措施，使合浦大批的荒地得到开发，增加了耕地面积，对农业生产发展起到了重要作用。

农业生产的发展，带来的必然是人口的增加。在清康熙版《廉州府志》里，记录有："康熙十一年编审府户，合浦县一千七百四十四。"这里只说户数，没有说明人口数。在清道光版《廉州府志》里则载："盛世滋生丁口至道光八年共二十六万五千二百八十五丁口，照例造册报部，永不加赋。"民国版《合浦县志》又载:"今考,民纪初元办选举曾调查户口,四年编门牌复调查户口册,列男女七十七万八千九百零七丁口,自道光八年迄今只九十余年,之孳息比较,增五十一万三千六百二十二丁口。"

自清代中期之后,合浦的人口数量大幅增长。这得益于清廷的一系列措施——鼓励垦荒、兴修水利和推广种植红薯、玉米等高产的旱地作物。乾隆帝曾鼓励人们研究红薯的种植方法,推广种植经济作物,为人口增长提供了保障。我们知道"民以食为天",这是千古不变的道理。饥荒是一抹阴影,刻在了人们的记忆基因里。饥饿鞭挞着我们的先民,迫使他们改变思维,转变方向,不再栽种单一的作物,从而走上多种经营的道路。

从明代中后期开始,我国引进了红薯、玉米、木薯、花生、辣椒、烟草、马铃薯、木瓜、番茄等作物,到了清代,这些作物已经大面积地出现在北部湾一带的旱坡地上。除了水稻依然是水田的主角,各类经济作物已轮番上阵。上面说到的作物,我们今天仍然举目可见,但在明代前期以及之前是看不到的。

也就是说,时间是一条河,蜿蜒曲折,大浪淘沙,所有的农作物都经历优胜劣汰的过程。经过不断地筛选和淘汰,剩下的都是适合本地种植的品种,其结果是,今天我们还能够看到许多的作物在田地里拔节生长。

作为廉州府或者合浦县的官员,康基田、马倚元等人自然怀抱着"为官一任,造福一方"的想法,在任职时勤勤恳恳地工作。由此,他们抱有某种情怀,深入民间,了解农民的疾苦与困顿,他们祈望"依然生计重农桑""安居便欲祝丰年"。读着这些诗歌,便可了解他们对合浦这块土地简单而朴素的认知。"山泽之土未尽垦,诗书之气未尽复,凋敝之民未尽乐生也。"这也说明，他们是有责任感的，从而为土地、为生活、为县民编织出一幅干净的乡村图景，而这种情感是最真实和生动的。

直到今日，我们走在南流江沿岸，水稻仍是大地的主角，但早造的作物里多了玉米和豆角等，从中可以看到前人耕作的模板。有些作物，我不知道它们是些什么品种，但它们养活了合浦的芸芸众生。放眼望去，各式作物按照节气在成长，然后被人们如期收获，或者入仓，或者装上车辆运到预定的远方。

我从南流江边的一片地走过另一片地，看到的都是满满的庄稼，这让我泛起奇妙的感觉。这边的田里刚刚收获，翻耕后，又准备下一轮的播种；那边的作物葱茏蓊郁，长势正旺。四季的作物在这里循环往复，每一个季节的风物都各显其色，就像人们所感慨的，瓜作为瓜而长大，薯作为薯而结块。

如此说来，农业就是一首诗，一首自己吟咏的农事诗。因为种子总是在阳光下敛结，总要飘落在土壤里，总能在合适的时间发芽出土，总会回应我们期待的目光。

廉州读东坡

寻找东坡手迹

来到东山寺，看着重新建造的大殿与禅堂，我在心中默问，苏东坡在哪里，当年他的题壁诗又在何处？

"光阴荏苒冬春谢，寒暑忽流易。"不知不觉间，900多年过去了，苏东坡当年访问东山寺住持愈上人的故事仍在，但他的手迹却已随着寺庙的屡次坍塌、重建而湮没于时间的风与尘里，再无觅处。

在不杀文人士大夫的宋代，苏东坡似乎很幸运，但朝廷将他一贬再贬，直至海南岛，实则是要置他于死地的。但苏东坡是一个豁达的人，他挺了过来，并且等到了获赦北归的那一天——"量移廉州安置"（《宋史》），从而一扫因贬谪而带来的苦闷与幽怨。

到了廉州之后，苏东坡要享受游山玩水与交朋识友的快意人生，轻松过好每一天。听闻东山寺住持愈上人颇有诗才，他便要去会一会。但愈上人云游去了，遇不着，唯见禅堂墙壁上有愈上人留下的题壁诗："闲伴孤云自在飞。"苏东坡见状，即题《合浦愈上人以诗名岭外将访道南岳留诗壁上云闲伴孤云自在飞东坡居士过其精舍戏和其韵》以和之："孤云出岫岂求伴，锡杖凌空自要飞。为问庭松尚西指，不知老奘几时归。"字里行间透出一种失望。

还是在东山寺中，苏东坡结识了一位卖菜的老人——苏佛儿。苏佛儿当时已82岁，仍精神十足。苏东坡与他相谈甚欢，苏佛儿有高见——即心是佛，不在断肉。苏东坡被苏佛儿独到的修佛感悟所折服。后来，苏东坡将与苏佛儿交往的趣事写了下来。

苏东坡在廉州，自然不再受困于生活，也用不着历练心志，过着无忧无虑的生活，让他的内心得到了抚慰与升华。

在东坡亭盘桓

东坡亭是一个幽静之处，碧水环绕，树木葱茏，亭阁俨然。亭前左侧，有一尊石雕，是苏东坡的坐姿雕像，他目光坚定地看向远方。

眼前的东坡亭建于清乾隆四十一年（1776年），抗日战争时期因被日军飞机轰炸而损毁。1944年，当时合浦的有识之士，号召乡绅集资重建东坡亭。现在的东坡亭湖水环绕，波光潋滟，垂柳成荫，百鸟鸣啭，实乃风光秀丽之处。

当年苏东坡一来到廉州，即得到官员张左藏和士人邓拟、刘几仲等人的热情接待，邓拟将苏东坡安置到自己的园林清乐轩内。清乐轩旁边有一长春亭，是他们品茗谈诗的地方。

时间终究是残酷的，清乐轩与长春亭已经被时光的洪流淹没，不复存在。后人在原址上盖起了东坡亭，以纪念之。清人康基田在《苏公遗迹记》中写道："廉人以东坡名其亭与井，爱公犹是也。"东坡亭正是廉州人在心里树立的丰碑。这不，我站在亭前，思考良久，还不愿离去。

亭内有联，长长短短，文采斐然，情趣高雅。"两朝政绩，人间威

苏东坡曾品茗谈诗的长春亭

凤祥龙，浩气岂随春梦去；一代文豪，海角蛮烟瘴雨，谪星曾感夜光来。"（马君武）"就地建亭，共怀前世文章伯；有人载酒，要访斯州山水乡。"（胡汉民），这些楹联是对苏东坡的褒奖和怀念。而大门匾额上苍劲凝重的"东坡亭"三字，为广州六榕寺铁禅和尚所书。后来，东坡亭被公布为广西壮族自治区文物保护单位。

眼前纵然阳光明媚，风吹树动，但我还是感受到了莫名的落寞与孤独。游移亭间或树荫下，我试图追寻苏东坡的足迹，却怎样也觅不到。

凭吊东坡井

在东坡亭的东边约 100 米处，有一口古井曰"东坡井"，相传是苏东坡当年亲自挖掘的。

那是一口幽深的古井。苏东坡来到廉州后，发现附近的居民都是跑去西门江挑水来喝，江水时有浑浊，不卫生，而且清乐轩离西门江还有点远，挑水也不方便。

苏东坡问居民，为何不打井就近取水呢？居民回答，古时城里只有三口水井，怕再挖井取水会破坏风水，便不再打井了。苏东坡也不多说，出资在清乐轩东头开挖了一口水井，供附近的居民饮用。

我在东坡井盘桓许久，清水在东坡井里安逸地栖居，不言不语。苏东坡是真正的智者，在绝境中也可以开出花来，不只温暖自己，也照亮了别人。

东坡有情，古井有幸。现在，那口井还在，但已不再使用，为安全起见，管理部门还用钢筋网将其封起来。东坡井为广西壮族自治区文物保护单位，它既是廉州的一张文化名片，更是廉州百姓的无言口碑。

表面上苏东坡开挖的是一口水井，但实际上，苏东坡挖的是一口源源不断的文化之井。彼时的廉州，地处蛮荒，文教不兴，历史上少有科举及第者，苏东坡来到廉州后，多与文化人接触，遇好心情即随手赋诗，唯愿给廉州带来文教的兴盛。

廉州人没有忘记苏东坡的功劳，在他离开廉州后，人们为这口井取名"东坡井"，并刻字纪念。

在海角亭瞻仰"万里瞻天"

在海角亭里，有楹联曰："海角虽偏山辉川媚，亭名可久汉孟宋苏"，说明这里供奉的是两位先人——东汉孟尝和北宋苏东坡，廉州人将这二人当作"仙人"看待。

海角亭内，后门上方悬挂着"万里瞻天"匾额。据传，这是当年苏东坡由海南岛"量移廉州安置"，在廉州居留期间跋山涉水、观赏风物、探求民情、游海角亭时所作的留题。原留题为石碑，早佚。后清代知府李经野摹拟作额悬于亭，也佚。现存的匾额，为博物馆复制品。

海角亭几经迁址，现址在西门江边。是时，苏东坡登临海角亭，聆听海角潮声，远眺茫茫大海，想到自己宦海浮沉、贬谪边陲、历尽艰辛，而今获赦北归，却又年纪老迈，手无寸功，不禁感慨无限，当即挥毫书下"万里瞻天"四个大字，抒发自己的情感。

关于"万里瞻天"，有人问，这个"天"是什么"天"？不同的人有不同的答案。有人认为，这是苏东坡吟诵海角亭海天一色的壮丽景观的绝句；有人认为，这是苏东坡在倾诉身处万里蛮荒、九死一生之后的感慨；还有人认为，这个"天"即是大赦天下的赵宋天子。答案各异，不一而足。

果真如此吗？我看不一定，苏东坡对自己崎岖坎坷的一生看得很开，假如生活是个解不开的结，那就干脆系成一朵花。他一直以乐观豁达的态度去对待种种遭遇，让日子过得精彩而洒脱。依我看，这个

"天"，是苏东坡对官宦生涯的一种释然——我都活成这样了，还能差到哪儿去？"云散月明谁点缀，天容海色本澄清"，这回老天总算有眼了！

庞白的文章《兹游奇绝冠平生——苏东坡在合浦》里面有一个很新颖的观点："我的老家广西合浦县如果不曾有过苏东坡的足迹，合浦的历史文化一定会逊色不少。"苏东坡的人文精神，为合浦点亮了一盏灯。

长诵东坡诗

"悬知合浦人，长诵东坡诗。"苏东坡如同一位预言家，知道900年后的事情。

苏东坡是爱写诗的人，诗才不老，诗兴弥烈。他每到一处，均要作文吟诗。老年的苏东坡，到了廉州，仍忙于写诗。在长春亭、东山寺、还珠亭、海角亭……苏东坡都留下了诗作，让今天的我们通过吟诵感受他的豁达情怀。在苏东坡的情怀里，又多是些豪迈的情趣，少有说教的意味，让人不忍释手。

苏东坡吟咏廉州，诗文并茂。他在准备登陆合浦、夜间碇宿于海中时，写道："所撰《书》《易》《论语》皆以自随，而世未有别本。抚之而叹曰：'天未欲使从是也，吾辈必济。'已而果然。"苏东坡的话，自况于孔子的"畏于匡"，心态笃定，上天必不丧斯文于此。

这样的洒脱，还反映在他的诗作上。酒入愁肠，瓶笙过耳，他写道："东坡醉熟呼不醒，但云作劳吾耳鸣。"手捧龙眼，触景生情，他写道："蛮荒非汝辱，幸免妃子污。"见到故友欧阳晦夫，他写道："不愁故人惊绝倒，但使俚俗相恬安。"品尝小饼，还做起"广告"，写道："小饼如嚼月，中有酥与饴。"苏东坡以卓绝的才情，将诗情与画意融为一体，颂扬着廉州的事与物。

廉州人也爱读东坡诗。君不见，苏东坡的诗文，不在于呼风唤雨、恣肆跌宕，而在于痛快淋漓、洒脱飞扬！苏东坡内心的苍凉和不羁的灵魂，在廉州已经得到了慰藉和抚平。一路走来一路吟，行行脚印行行诗。此刻，苏东坡的心迹表露无遗，廉州人哪有不爱之理？苏东坡的这些诗文，不再是简单的人生感悟，而是被附上了一种翻越大山之后的酣畅，消弭了小情绪的叹咏与鸣啸。

每每吟诵东坡诗，我似乎能听到苏东坡的心迹，里面蕴含着一个流落他乡的诗人的乡愁。苏东坡的诗文，又像是一道弧光，顷刻间便催生出一段难以把握的情感，如一场甘霖，飘洒在我干渴的心田里。

廉州"商圈"

阜民路的前身

明清时期的廉州府，在南粤地区的地位很重要。从明代起，廉州府治的商业就很繁华。到民国时期，廉州依然保持着商业交易枢纽的地位。可以说，廉州自古就是富有商业色彩的地方，其"商圈"就是围着阜民路发展起来的。

阜民路的商业兴旺，得益于与之并行的西门江。在交通不甚发达的古代，一条水路即可孕育一座城市，带动这一方水土的经济发展与繁荣，廉州即是如此。那些南来北往的船只，还有四面八方的商贾，带着货物运抵廉州，在西门江码头上上下下，将这一带变成了圩市，从而造就了廉州的商业传奇。

阜民路商业市场的形成，最早可追溯到明成化年间，廉州知府饶秉鉴依据实际情况和民意，着力倡导、梳理和兴建商业贸易市场。明成化二年（1466年），饶秉鉴在到任廉州府后不久，观察到廉州虽有一些集市，但很不成熟，这些集市的开市时间并不固定，也没有固定场所，只是一种货场式的交易场所。如靠近西门江的集市，因为有了河道航行的便利，又是钦廉古道的必经之路，每当水陆货物到岸时，这一带即成为货物的临时集散地，货物销完则人货皆散。有货时成市，无货时便是空地一块，故市民以"圩地街"称之。

饶秉鉴了解到这样的情况后，觉得这很不利于廉州居民的安居乐业和经贸往来，于是引导做买卖的人，形成"三日一圩"的传统习惯，并固定下来，从而使廉州的商业兴盛起来。于是，经商者辟地搭屋，排定商贸交易日期，打造了固定的市场，从此有了"阜民圩"。后来，饶秉鉴又增设了位置往南一点的西门市和城北崩坝口市场。一时间，廉州城内人流络绎不绝，贸易兴隆。

圩与市，是古时人们进行贸易活动的场所。在《易经·系辞下》里，早就有这样的记载："日中为市，致天下之民，聚天下之货。"说明"市"是聚集商货进行交易的场所。相对于北方称呼的"市集"，南方人一般将"市"叫作"圩"。"圩"是间歇性的集市，"市"是经常性的集市。圩的集期日称"圩日"，非圩期时则市集空虚。

于是，在廉州阜民路一带形成了圩与市。开有铺面或者固定摊位的叫作"市"，每日经营；而附近的村民，到了"圩日"则挑来自产的农产品进行销售，叫作"趁圩"；需要采购的人，利用圩日当天货物聚拢、物资丰沛的机会前来选购，叫"趁圩"。柳宗元有诗曰："青箬裹盐归峒客，绿荷包饭趁虚人。"还有清代诗句"圩余常乐人争趁""三日一圩人不断"等，描述的就是这种情形。

话说当年饶秉鉴看到如此繁荣的市场贸易盛况，甚是欣慰，于是写了一首诗《阜市人烟》来赞誉："阜市东来接海涯，市中烟火起楼台。几家竣宇相高下，无数征商自去来。民俗喜从今日厚，柴门应为故人开。圣朝自是多丰年，常听欢声动六街。"可见在西门古渡边，天涯驿路上，来人络绎，行旅充盈，各路商贩纷纷聚集于廉州阜民圩，阜市人烟中更见生活的悠然与美好。那些东来西往、南去北归的商贾及行旅，不再是倚树摆摊、雨淋日晒，而是在"常听欢声动六街"的氛围中做起了生意。这个得意处，便是廉州城慢慢发展形成的"圩"。

可以想象，一位地方官员看到自己主导的"大手笔"如此出彩，暗自高兴不已，诗兴大发便作诗以记之，阜民圩商业繁华之景象呼之欲出——那些商铺与居民掺杂在一起，呈现出高低参差的城区布局，当早晚炊烟升起的时候，城内弥漫着大米饭的芳香和自制米酒的醇香，不时还能见到去祭祀的居民路过，好一派安居乐业、四海升平的生活图景。而"阜市人烟"也由此成为当时的"廉阳八景"之一。因为阜民圩的繁华辐辏，让廉州府被誉为当时的"海疆一大都会"。

发财宝地

廉州城外的阜民圩因为商业兴盛，而被商人们视为发财的风水宝地。

其实，从汉代起，合浦郡（廉州府的前身）作为南流江的出海口和重要港口，一直是发财的风水宝地。据《汉书·地理志》载："自日南障塞、徐闻、合浦船行可五月，有都元国……有译长，属黄门，与应募者俱入海市明珠、璧流离、奇石异物，赍黄金杂缯而往。"由此可见，合浦成为海上丝绸之路的始发港之一，海外贸易甚为兴旺发达。

由于没有文献记载，汉代合浦郡的市场情况具体如何，我们不得而知。直到明代，廉州府的阜民圩才有了记载，被真真实实不曾间断地展现在我们面前。至清代初期，又有清康熙版《廉州府志》记载："阜民圩，在西门桥外；西门市，在西门外；卫民圩，在北门外……"又记曰："廉俗淳朴，衣无华彩，故贫婆亦负担贸易，以为活计。"在其"以为活计"的"贫婆"中，最著名的是挑担贩卖鱼虾的"勤礼婆"，她们盘活了海边的乾江小镇和繁华的廉州府市场。

在许瑞棠辑著的《珠官腥录》里，也提到过古阜民圩："在金肃门外，旧为形场。今某铺尚有古墓一，昔吴三桂使李成栋陷合浦，时知县金世爵不屈，相传死于此。"这也说明，当时的阜民圩在不断扩大，就连有坟墓在旁也不足惧，还将之占而盖屋为商铺。

在古时的阜民圩里，都经营些什么货物呢？我没有找到相关的文献资料，不能具体地阐述。不过，清康熙版《廉州府志》对廉州府辖区内的物产进行了记载，计有以下种类：谷属、豆属、菜属、瓜属、果属、木属、竹属、草属、杂植、药属、香属、畜属、禽属、兽属、蛇属、鱼属、介属、饮馔、货属等。本地出产的货物五花八门，应有尽有。我想，阜民圩的货物肯定以它们为主。

屈大均在《广东新语》里说道："予尝至合浦，止于城西卖鱼桥，故珠市也。闻珠母肉作秋海棠或杏华色，甚甘鲜而性太寒。《草木记》云：'采珠人以珠柱作鲊，今不可得。土人饷我珠肉，腊以为珍，持以下酒。'"在清初时，阜民圩不单是农贸集市，还是热闹的珠市。

阜民圩的得名，一是因为这里的珍珠贝壳堆积如山，取其"阜"；二是因为这里市场发育较好，物阜民丰。以上两个原因，也证实了此处确实是个风水宝地。

从中我们可以看到，活跃市场，搞活经济，可以促进当地生产的繁荣，而廉州作为府治的中心，其地位是最有优势的，为阜民圩提供了一个极好的交易平台，四面八方的货物如四水归堂般聚集，然后交易，又四处散发。

骑楼街道的兴建

清末民初，随着社会的变革，廉州的经济状况动荡起伏，阜民圩的贸易也颇受影响。这一时期，廉州阜民圩百姓的生活方式和经营方式也发生了很大的变化。在延续了几百年的圩市上出现了一种新式建筑风格的商铺，那就是骑楼。在廉州的好几条骑楼街道中，又以阜民路最为典型。

骑楼是一种近代的商住建筑，这种建筑物的底层沿街面后退且留出公共人行空间。骑楼最早起源于印度，后来新加坡的开埠者莱佛士也在新加坡设计建造了这种外廊结构的建筑，称为"店铺的公共走廊"。19世纪中后期，这种建筑形式传入中国华南地区，被称为"骑楼"。骑楼是城镇沿街建筑，上楼下廊，楼下的廊遮阳又防雨，既是居室（店面）的外廊，又是室内外的过渡空间。每一座骑楼，都是前店后屋，前街后弄，纵深多进，不少骑楼的内屋还布置有天井或者廊院，本地人又将这类建筑称为"竹筒屋"。

廉州历来受广府地区先进思潮的影响，从政治、经济到文化、社会生活莫不如此。受到众多"闯南洋"华侨的影响，广府生意人变得眼界开阔、精明强干，在岭南地区，他们的经营理念最为先进。广府人四处经商，不断开拓商业版图，其中也有一些广府人来到廉州，给廉州带来新式的经商思维和经营手段。廉州骑楼的出现，跟广府人有很大的关系。廉州骑楼不只建了阜民路一条骑楼街道，而是好几条，这些骑楼街道的风格跟广州等地的骑楼没有多少差别。

相关资料显示，1886年，时任两广总督的张之洞建议广州在珠江边一带兴建类似于骑楼的"铺廊"。与廉州相邻的广州湾（湛江），其骑楼建筑始建于1920年，建在赤坎一带，它促进了港埠商业的发展。而与廉州同处于北部湾畔的北海市区，则是在1927年开始兴建骑楼，有周德叶《中西艺术融合的结晶——北海近代建筑述略》一文为证："1927年，我市把数条离海边70米大小不等的旧路拓建（骑楼），建成后称珠海路。这是一条当时最具规模和现代化的大路，成为北海繁华的商业中心。它宽9米，两边整齐排列的商业建筑群有着统一的城市建筑基调和风格。"

廉州骑楼的兴建，大体上跟广州湾、北海市区同期。廉州骑楼主要分布于阜民圩、考棚街、槟榔街一带，这些街道，就是现在的阜民南路、阜民北路、中山路、西华路等。由此，几乎所有的商业行当也集中到了这里，造就了廉州的"商圈"，而阜民路又为其中最长的街道。前些天，我专门去了阜民路，数了它们的门牌号，其中阜民南路有195个门牌，阜民北路有120个门牌，合起来共有315个门牌，即共有315家铺面，如果按一间铺面约有4米宽计，总长度超过1.2公里。这些骑楼，以二层和三层的为主，四层和一层的也有个别，整体看起来很协调。

廉州骑楼，不但是经济繁荣的象征，更是对外开放的历史见证。可能，整条阜民圩的骑楼不是同时盖起来的，而是经多年修建而成，但这并不妨碍骑楼街道的形成，它们自成体系，且十分适合用作商铺。这些骑楼，西式风格明显，街道建成后，给后人留下了宝贵的建筑艺术和文化。当然，这些骑楼又不全都是西式风格，中间又杂糅了不少中国元素，是真正意义上的中西合璧，这又赋予了骑楼不可替代的文化价值。

一张商号铺址图

2021年，我偶然看到一位朋友在微信朋友圈上晒出的一张图——《1930年阜民北路开马路前的商号铺址》，图是手绘的，我大喜过望，真是神奇！那是一张密密麻麻的商号图，它所记载的商号现在几乎都不存在了。这张图太珍贵了，里面肯定藏有不为人知的秘密，我想，这正是我所需要的。我打电话咨询了这位朋友，想让他带我去认识这张图的主人，以便了解那些商号的历史和故事。但朋友说，他在外地忙，那张图表是他在拍摄骑楼老街时，一位姓张的老伯主动拿出来给他拍照的，地址就在阜民北路，叫我自己去找。

我立即行动，利用周六休息日，拿上一本笔记本便过去了。我在阜民北路来来回回地寻找，以期找到相吻合的住址。其时，阜民北路正在翻新路面，挡板围着街道，我只能走到骑楼下的通道里寻找。大部分人家都是关门闭户的，好不容易找到一位年长的阿姨，她开着门、坐在门前打发时间。我上前跟她打了招呼，接着跟她聊了起来，并询问关于张姓长者和商号的情况。大约聊了半个小时，她才突然想起来，张姓长者住在往南一点的某间"铺"里。这位阿姨很热心，随即带我前往该"铺"，口中念叨着，没有熟人引见，他是不会开门的。

敲门许久，终于有一位长者出来开门。他叫张振钿，阿姨介绍说，他是"圩地街"颇有名气的人物。我谢过阿姨后，进屋跟张振钿老先生聊了起来。张振钿生于1930年，当时已是91岁高龄，眼神还行，看书报没问题，就是有点耳背，腿脚也不灵便，不能带我到各"铺"去转转了。他的反应也不够利索，说话条理不够清晰，时有重复、混乱。我知道，毕竟他年纪太大，记忆力好不到哪儿去了。

我难得找着他，便耐着性子，坐下来跟他慢慢聊，听他聊身世、家庭，聊"圩地街"，聊商号，聊骑楼，聊交易情况，聊抗日战争，聊"张广声"，聊西门江……总之，聊到了许多关于老廉州的事情。

原来，张振钿的父亲是廉州大名鼎鼎的商人张午轩，在中共合浦县委统战部编辑出版的《合浦同心人物志》里，对张午轩有专门的人物介绍，称他是"归国华侨，著名实业家"。1916年，张午轩在合浦创办了"张广声"炮铺。炮铺的名堂十分响亮，其产量一度占据廉州爆竹行业产量的一半以上，畅销两广地区，还出口到港澳地区和越南、马来西亚、新加坡等国家，风靡几十年，张午轩被称为"著名实业家"属于实至名归。

张振钿出生于缸瓦街，即现在的惠爱西路。惠爱路跟阜民路是十字交叉的两条路，前者是东西走向，后者是南北走向。位于十字路西端的惠爱西路，跟位于北端的阜民北路相距并不远。在廉州，缸瓦街是一条颇具传奇色彩的老街，它的街道建筑跟阜民路的骑楼有所不同，大部分是中式建筑，属于青砖黛瓦、深宅大院的那种。原来，缸瓦街里住着不少"大户人家"，譬如以靠读书求取功名的严家、庞家、王家等，也有以做生意出名的庞来福、张午轩等人家。这条街里面有好几处三进式的大宅院，还有骑楼式的钢筋混凝土楼房，王氏祖屋和张午轩故居还是县级文物保护单位。

张振钿说，在他小时候，因抗日战争的战火蔓延到廉州，他的父亲张午轩便决定举家迁往越南，那时候越南属于法属殖民地，相对安全，"张广声"炮铺也迁到了那边，分别在中越边境的东兴、越南的芒街做起了生意，设分号为"张广栈"。张振钿说，他是在越南芒街的华人学校读完小学的，从三年级读到五年级。抗日战争差不多要结束时，他又回到了廉州。

现在张振钿居住的地方在阜民北路22号，在图表上的商号是"华珍"。他为何没有住在缸瓦街呢？话说抗日战争末期，廉州的局势逐渐平稳，生意又重新红火起来，张午轩在缸瓦街的老宅子依然是作坊兼铺面。为了扩大经营，他又购买了阜民北路的"华珍"一铺，这边的铺面更"当街"。原"华珍"的主人，跟张午轩是老朋友，同往越南芒街开铺，他回国后要把生意迁往北海，因资金原因，决定把该商铺售卖出去，便找到张午轩洽谈，张午轩把这个铺面盘了下来，以"张声栈"的分号来经营爆竹。

廉州马路两旁的建筑映照着时光的印记

开通马路

张振钿说，父亲的"张广声"炮铺，直到中华人民共和国成立后才结束了它的历史使命。那时候，国家对所有的店铺进行公私合营改造，"张广声"也改为集体商号。而张振钿也参加了社会主义建设，成为一名人民教师，不再想着商铺的事。在闲谈中，我发现张振钿老先生说话很有文采，原来他曾做过老师，有很好的文字功底，退休后还写一些诗词和文史文章，不时发表在报刊上。这让我有点意外，怪不得当地人说他在阜民北路一带小有名气。

直到 10 多年前，接近八旬高龄的张振钿老先生觉得记忆力越来越差了，便想着要把阜民路以前的商号记下来，否则就没人知道了，于是就有了上述的那张图表。我好奇地问过他，为什么要记下这个，而不是记其他内容？他说，那是一种情怀，他父亲是经商的，经常跟别的商号打交道，自己小时候的记忆和快乐都在商号里面，耳濡目染之下，那些商号就成了记忆的一部分，记下来也是一种美好的回忆。他还挠了挠头说，有点可惜，现在那些商号已经记不全了，陆陆续续记下的只有这些，有些始终记不起来了。

张振钿对《1930 年阜民北路开马路前的商号铺址》这张图做了解释。他说，1930 年是他出生的那年，自他有记忆始，"圩地街"的骑楼便是这个样子，几十年都没有发生改变。他还说，"开马路"是当时的一种市政建设，不单是县里的道路要建设，合浦与各县之间、合浦与乡镇之间也要修公路。最早的公路是 1924 年修的，修通了廉州至北海的公路。1928 年，白沙公路桥建成，公路可通到山口。1930 年，廖国器任合浦县县长后，更加重视发展交通，推动合浦县至灵山县的公路开工建设，开辟阜民北路的马路，实现北海至广州湾（湛江）的公路通车等，合浦通往钦州的公路也在规划之中。

"圩地街"没开辟马路之前，这一带的街区为了防止贼匪抢劫，分别在阜民路的南北两端和缸瓦街的西端设置城门，白天打开城门，晚上则关起来。但这样不利于货物的进出，对发展经营活动不利。随着县际公路的陆续开通，经济活跃了，为了方便汽车进入阜民圩附近运货，人们便把这些城门都拆掉，运来石块铺垫，筑成阜民北路的马路。

张振钿说，自从阜民北路开通马路之后，鸡公车、双轮车均可以通行了，偶尔也有汽车进来，这里成了廉州最为热闹的地方，附近的村民挑来蔬菜、薯芋等在路的中间摆卖，而那些商号也是顾客盈门，生意红火。说起这些往事，张振钿逐渐兴奋起来，语速也变快了。

十字路口以南的阜民南路，以前叫作"旧鱼街"，以经营鲜海鱼和干海味为主，还兼营渔船用品、捕捞用具。西门江东边沿岸，有一段路是没有商铺的，是一个长长的码头，船只在这里停靠，装卸货物。而阜民北路（直到现在，老街坊依然称它为"圩地街"）以经营百货为主，像现在的商业一条街。阜民北路东边商号的背后不能直通西门江，它的后面还有一条小巷与之并行，小巷之后才是西门江，故这边没有码头。

我拿着图表数了一下，上面的商号密密麻麻，共有85家。据张振钿说，这还仅仅是比较出名且他记得住的商号，在这几十年间，商号的变动比较频繁，很多商号做一阵子便搬走了，又换上卖另一种货物的商号，所以他也难以准确记忆。

这个容易理解，但能够记下这么多已经不容易了。我拿起图表，当着张振钿的面念了起来："瑞祥栈、永安贞、严寿昌、福和号、保和堂、永同泰、和兴祥……"我读着这些商号，竟如念诗一般，朗朗上口。商号里面的美好寓意，以及期望生意兴隆的念想，隐约可窥，伴随而来的是一阵阵民国商海的热风。

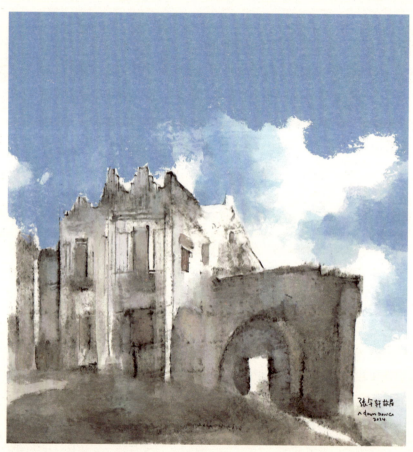

廉州著名实业家张午轩的故居

商海轶事

张振钿说，"圩地街"上的商号，经营的货物大多与民生息息相关。他指着图表上的一些商号，给我讲起了他们的经营门路和范围。比如他们家的"张声栈"，是经营爆竹的，之前叫"华珍"，原是经营金银饰品的；"严寿昌"是经营香烛冥镪的；"裕元堂"是经营中药材的；"蔡记"原来是理发室，后改为餐饮；"振昌"是经营京果纸料杂货的……

自从阜民北路开通了马路，本地的、外地的商家便不断进驻，让这里成为"寸土寸金"的投资热土，荟萃了这一时期执廉州商海之牛耳的富商巨贾。投资资金和经营规模越来越大，除了广府商家，还有上海商家、苏杭商家，以及周边的阳江、高州、玉林、博白、钦州等地的商家进驻。

商号的经营范围，计有苏杭店（绸缎布匹店的旧称）、洋货店、土布店、杂货店、爆竹店、土产店、药材店、烟丝店、草席店、灯笼店、毛笔店、轿铺店、裱画店等，还有皮箱、制鞋、制秤、打金银等手工作坊。这样的店铺文化与骑楼建筑文化结合在一起，孕育了民国时期廉州特有的商埠文化，让廉州声名远扬。

让廉州声名远扬的，还有阜民北路的出口批发业务。不少商家除了开店铺，还利用店铺代理进出口业务，如爆竹出口、土产出口、靛蓝出口、生猪出口等，进口的业务有洋杂货进口、煤油进口、洋纱进口等。这些货物办理好手续后，即可在西门江岸通过船只进行运输，这又养活了一大批的码头搬运工人。

本地商人经营生意，除了自己出产的货物，对其他非本地出产的货物的经营均不如过埠者，尤其是广府人，不论是文化素质还是经营眼光，本地商人都难以与他们匹敌。但在长期的商海角逐中，本地人若能奋起直追，学习借鉴他人的经验，发挥好本地优势，尚能讨得点便宜，并占有一席之地。尤其在烟花爆竹、咸鱼海味、靛蓝等领域，因为货源、技术和销售渠道等全由廉州本地人占据，外地人亦染指不了。

阜民北路也带活了不少的服务行业，甚至"五馆"齐全。哪"五馆"？曰酒馆、旅馆、烟馆、赌馆和妓馆之谓也。那些不良的社会风气长期在这里徘徊，诸如吸鸦片、攀花折柳等，搞得乌烟瘴气，成为一段历史的污垢。

入夜之后，一些店铺点上灯笼，灯火阑珊时，这一带成了食客、赌徒、瘾君子、狎客、妖姬出没的地方。偏僻点的小巷里，不时传来种种喧嚣，或猜拳行令，或弹丝品竹，或呼卢喝雉，不绝于耳。当然，也有在码头上卸货的工人，满身汗水，提着镜灯，小心翼翼地挑着货物上岸，为几斤下锅的大米拼命；也有因吸鸦片而流落街头者，或因赌博而破产的失魂落魄者。这些也是社会面貌的真实反映，如窥一斑而知全豹。

廉州"上货"

在阜民北路，有不少商号是经营进出口业务的，进口的货物有花纱、匹头、呢羽、鸦片、西药、煤油等；出口的货物要杂一些，以土特产为主，有爆竹、靛蓝、板糖、麸油、大米、纸张、八角、桐油、八角油、云南锡板、牛皮、陶器、铁镬等，这些货物有输送到香港、澳门、上海的，也有运往新加坡、越南的。在出口货物中，以爆竹、靛蓝和板糖为最大宗，是廉州土产的拳头产品。

张振钿家里是做烟花爆竹生意的，他说起这事如数家珍。当时，中国制造烟花爆竹的著名产地有四个，除廉州（合浦）外，还有广东东莞、湖南浏阳和江西万载。燃放烟花爆竹是民间习俗，在节庆、嫁娶、开张、入伙、白喜事、扫墓、拜神等活动中都需要燃放烟花爆竹。不单国内时兴燃放烟花爆竹，在南洋的华侨也时兴，所以烟花爆竹的出口量比较大。据统计，仅1911年，廉州出口的爆竹就达981担，价值7851关平银。

廉州制造烟花爆竹的传统悠久，其历史长达200多年，孕育出的商号、作坊很多，其中以"张广声""洪成发""庞廉声""许有隆""马益隆""苏和声""声声响"等最为著名，生产能力较强；其他商号有四五十家，属分散的家庭作坊，为社会也做出了贡献。长久以来，许多廉州居民靠从事烟花爆竹加工讨点生活费，养活了不少人。烟花爆竹业又催生了不少的连带行业，如造纸、火药、运输、加工等。在合浦，烟花爆竹业有"一业兴，带动百业旺"的说法，可见其在合浦社会经济生活中的地位。

张振钿又把经营烟花爆竹的商号说了一番。他说，周边街道都分布有商号或者加工点，如阜民北路的"张声栈""金声祥""吴中信""忠和兴"，阜民南路的"合益祥""张广声""许钜隆""成华""马益隆"，西华街的"苏华声""庞祥发""洪仁昌""苏怡记""李福隆"，惠爱西路的"康泰号""陈绍发""庞廉声""茅正声""凌多福""徐秀珍""福生祥""邝钦记"等，他屈着手指头点，不时停下来。他说，这些只是一部分，记不全了。由此可见，廉州的烟花爆竹行业在当时是十分兴旺的。

在钦廉地区，客商都来廉州采购烟花爆竹，不是他们制造不了爆竹，而是制造的爆竹质量不行，货不好卖，他们走陆路来，每次要奔走几天时间。邻近的粤西地区、广西大部的商人，亦都是过来合浦采购。海外的客商也是如此，近点的像越南，远点的像新加坡、马来西亚这些地方，客商都指定要大牌子的"上货"。在他们眼里，廉州爆竹就是公认的上等货物，销售状况较好。

同样是廉州"上货"的还有靛蓝。靛蓝是一种用蓝草沤制的半流质软膏状的靛浆，又叫"水靛"。它是一种染布的有机染料，主要用来染土布。自清代中叶起到民国年间，廉州的靛蓝一直是贸易出口的大宗商品。

廉州的靛蓝市场，主要集中在阜民北路和下街，两者仅仅隔着一条西门江，有惠爱桥连通。靛蓝的店铺主要分布在阜民北路，客商的客栈以下街居多。廉州周边的靛蓝商家将货挑到廉州进行交易后即可回去，但"上八团"（合浦北部，即现在的浦北县）的客商通过水运或者担挑靛蓝来交易，是要住店的，故下街很热闹。

各靛蓝商号收购靛蓝后，将其集中堆放在西门江边的码头。他们用灰砂拍成地坪，把一桶一桶的靛蓝堆放在上面，方便货物装卸。这些商号里，以阜民南路的"福益号"最为出名。

与此同时，廉州的染坊也应运而生。在阜民北路有一间由上海人陈阴宾来合浦开设的"锦兴号"，很出名；本地人开设的"徐宜兴""马锦瑞""黄恒兴"，以及华西路的"莫和益""大时新"等染坊也都比较出名。他们购进优质的靛蓝来加工、织染土白布，成品叫作"毛宝蓝布"，十分畅销。

在阜民北路的北面，还有一条专营木材的街道，叫作"上柴栏"，这里的商号也跟靛蓝生意有关联。因为靛蓝是半流质的，需要密封的容器来装，于是，一些商号就把杉木板加工成专用的木桶来盛装靛蓝。靛蓝桶的制作有统一的规格，桶高二尺五，上口大下口小，上口二尺，下底一尺二，呈倒圆柱体状，可装靛蓝一百斤整。

在香港市场，合浦靛蓝以质优而闻名，每担靛蓝价值白银十两，比别处的价高。廉州靛蓝的出口量很大。据《华洋贸易关册·北海口》显示，仅民国二年（1913年），合浦出口的靛蓝就有16076担，金额达

109318关平银，占出口总额的11.9%。在民国时期，称得上廉州"上货"的出口货物还有板糖、生猪、花生及其制品，这些都是大宗的出口商品。

阜民北路的嬗变

民国时，合浦有一文化名人，叫林朱赞，曾于民国二年（1913年）写过一首诗来赞颂廉州骑楼街圩："电光灯影缀楼台，眼界于今又一开。花册行家增旧额，米珠酿户出新醅。工商发达推茶肆，巫觋精能胜药材。听说今年还赛会，彩幡金鼓迓神回。"这说的就是民国时期廉州骑楼街圩的盛况。

以阜民路为中心的商圈，随着人口的增多和人口结构的不断变化，越来越繁荣，商铺和居民住宅不断外扩，由此辐射形成了其他的专业市场。

惠爱西路的前身叫作"缸瓦街"，其本身就是一个集中经营陶瓷器皿的市场。廉州有一个草鞋村遗址，其重要考古收获是合浦郡汉代城址的确认和大规模、完整的汉代制陶作坊遗迹的发现，该遗址被国务院公布为全国重点文物保护单位。由此可知，合浦有悠久的制陶历史。明清时期，南流江沿岸又有许多的缸瓦窑，窑场将产品运抵廉州，在缸瓦街出售，这种经营方式一直延续到了民国时期。

惠爱东路这边，连接的是下街、上街、槟榔街和蔑行街。这边也有一些专业市场。如下街是经营靛蓝的一部分专业市场，前面已经说过了。槟榔街，是以买卖干果、京果、果脯为主的街道，因合浦解放后廉州城的西城门、金肃门和城墙被拆除，拓宽了街道，改名为"西华路"。上街和连着的蔑行街，则是蔑货市场，专营竹制品，如畚箕、簸箕、竹篮、斗笠等。

阜民南路，又叫"旧鱼街"，有一群很活跃的卖海产品的妇女。这群妇女是西门江下游的勤礼（乾江古镇）人，她们很勤劳，每天挑着海产，包括刚刚捕捞的鲜鱼和晒干的海味，走八九公里的路程，到这里出售。人们把她们叫作"勤礼婆"，以示对她们的尊重。有人说，地角街和廉州鱼市都是"勤礼婆"用肩膀挑出来的。

　　连着阜民北路的北边，还有上、下柴栏，专营木材和柴火。附近还有专营猪苗的"旧猪行"。

　　这些市场，活跃的都是日常的生活消费买卖，颇具农耕时代的气息，反映了当时的社会性质和生活状况。中华人民共和国成立后，这样的商业生态奄然发生了嬗变，让人始料未及。

　　以烟花爆竹行业为例，1953—1956年，国家对农业、手工业和资本主义工商业进行了社会主义改造。1956年初，合浦县对阜民街骑楼里爆竹行业中资金较大、劳方及从业人数较多的商号和作坊进行了改造，将生产资料折价入股，组成了廉州爆竹生产合作社，让这些商号和作坊走上了社会主义道路。合作社组织起来后，优势很快就得到了体现，爆竹生产和销售额连年递增。至20世纪60年代，廉州爆竹的收入还成了合浦县财政收入的支柱。

　　阜民北路上的其他商号也有了显著的变化。原来经营中药材的"裕元堂"，与隔壁的"华兴"一块，依托原本的专业优势，被改造为医院，又将惠爱西路的廉州卫生院搬迁到这里，更好地发挥了"救死扶伤，治病救人"的作用。

　　原来的"德隆""成新""广荣"等商号，一排连着的几间铺面，都是金姓大地主的商号，骑楼后面还有菜地和池塘，地盘很宽敞。解放军解放廉州时，这些商号被征用作驻军的办公场所，供剿匪和解放海南岛筹集物资之用。后来，解放军撤离，县政府便把这些商号改造为一所学

道路两侧骑楼宛如"建筑年鉴",静静诉说着往昔的辉煌与荣光

校，叫"和平小学"，先是用来做"扫盲"培训工作，后来招收小学生，正式成为学校。再后来，学校改名为"廉州镇第四小学"，延续至今。

阜民街大部分的商号，不是改为合作商店，就是变为居民住宅，一些政府单位也驻扎进来，方便就近管理。合浦解放后，阜民街的商业传奇便慢慢消失了。

俄罗斯作家果戈理说过："建筑是世界的年鉴，当歌曲和传说都缄默的时候，只有它还在说话。"无疑，骑楼蕴含着丰富的历史和文化信息。到了现在，当我面对阜民路的骑楼建筑群，揣摩着它们的历史古韵时，不禁唏嘘，恍若隔世。骑楼作为"建筑年鉴"，我们还可以天天来欣赏它们的英姿，但那些曾经的人文历史和商业繁华却早已消失匿迹。

合浦中山路的前尘旧事

提起合浦，人们总会想到它的历史文化底蕴，想起那些古迹，诸如汉墓群、海角亭、惠爱桥、东坡亭、文昌塔等。这些文物古迹，证明了合浦曾经是南方沿海繁华的重要城市。

除了文物古迹，还有老城区，那是廉州府治的所在地。在老城区里，有许多的老街古巷，供市民繁衍生息。不少老街巷都很有名，诸如中山路、阜民街、槟榔街、缸瓦街、篓行街……

在清康熙版《廉州府志》的"里巷"中，还说到了具体的街道和位置："府城承宣街，府治前抵西门。还珠街，县前抵云龙桥。武安街，在武安祠前抵东城。文会巷，府右。武营，卫左。青云里，察院左。黄门里，察院右……"这些联结互通的街巷，围着府衙分布，架构起廉州老城的基本框架。延续到现在的那些老街巷，藏着许多的历史人文故事，如陈年老酒一般，历久弥香。

明清时期，广东有四大专业市场，有屈大均的《广东新语》为证，其曰："东粤有四市：一曰药市，在罗浮冲虚观左……一曰香市，在东莞之寥步……一曰花市，在广州七门……一曰珠市，在廉州城西卖鱼桥畔。"廉州珠市离承宣街不远，从廉州古城西门出去便是。屈大均又曰：

"予尝至合浦，止于城西卖鱼桥，故珠市也。"屈大均笔下的合浦珍珠，美丽异常，他说："合浦珠名曰南珠，其出西洋者曰西珠，出东洋者曰东珠。东珠豆青白色，其光润不如西珠，西珠又不如南珠。"自此"南珠"品牌名扬天下。

上面所说的"承宣街"，就是现在的中山路。到清康熙版《廉州府志》编撰出版时，这里一直都叫承宣街，是府衙前最光鲜的大街。在清代，广东省设十府（上六府、下四府），廉州府属于下四府之一，离广州较远，后来为了方便附近府县的学子参加科举考试，便在廉州府承宣街设立了试场——考棚。据考证，考棚设在现在的物资局内，当时又叫"贡院"，于是这条街又改名叫"随考街"。

话说在清代末期，随考街还发生过一桩大事。据1994年版《合浦县志》"大事记"载："光绪二十六年（1900年）……德国教士巴顾德，在廉州购考棚前民房改建教堂，群众愤而拆之，德国派兵舰到北海威胁，知府富纯屈辱议和，以考棚东的同善堂调换，并赔偿兵费6000元。"这个事件被称为"考棚街教案"，对合浦的影响还是很大的，除"丧权辱国"外，德国人还堂而皇之地建立了教堂，开展传教活动。清光绪二十九年（1903年），德国人巴顾德在廉州创立了长老会，吸收信徒，并在随考街贡院原址上创办了"德华小学"。

辛亥革命胜利后，全国各地为纪念孙中山先生，纷纷将一些主要的街道改为"中山路"。据史载，中山路的出现分两个阶段：第一次在20世纪二三十年代的南京、广州、上海等大城市出现；第二次是在抗日战争胜利之后出现。其中，南京是第一个将街道改名为"中山路"的，1928年8月，为了迎接孙中山先生的灵榇奉安钟山，南京率先将钟山附近的几条道路改名为"中山某路"。至于合浦中山路是什么时候出现的，我未找到确切的记载。

但合浦中山路肯定是改名之后的路，并且它还是最繁华的街道。民国时期，县府的行政机构，还有银行、商铺等重要经营场所都集中在这里，辐射到周边。中山路就像是一条璀璨的珍珠项链，串起了政府部门、商业场所和居民住宅。这一带的建筑又是典型的骑楼，与阜民南路、阜民北路、西华路、篓行街等组成了廉州的骑楼"阵营"，发展成为廉州的商业圈。这些骑楼建筑，既结合了当地民居的传统特色，如使用青砖、木材等为主要建筑材料，又融入了海外建筑文化的精华，如对水泥钢筋、券廊造型等的运用。这些中西合璧的新式建筑，在建筑史上具有重要意义，也是廉州从古代向现代过渡的历史见证。

中山路还保留有众多珍贵的文物古迹。街区内有廉州四大古井中的廉泉和双月池及府学孔庙、武圣宫、府衙前的石狮子等。这些古迹，基本记录了合浦古郡的发展历程，至今还熠熠生辉。

走过中山路，现在体育场大门口的两只大石狮子最为赫然。里面的体育场，原是明清时期廉州府衙的故址。门前的石狮子为明代文物，雄雌一对，均口含宝珠，呈蹲踞昂首怒吼状。狮身及基座由整块花岗岩雕成，雕工精湛，栩栩如生。这两座石雕的高度均超过3米，母狮子的脚下还有一只幼狮，这样的石狮子在其他府衙门前是少有的。一对石狮，能让人看出人文底蕴的厚重感来。这对石狮子于1981年被公布为合浦县文物保护单位。

沿着中山路再往东走，还有一座公园——中山公园，这是合浦唯一的休闲公园。该地原为明清时期合浦县县治所在地，后来廉州府撤了，县治搬到了府治。到了民国，有识之士才将其辟为公园。

据《合浦县志》载，民国十五年（1926年）"建中山公园"。中山公园是由陈铭枢率军驻防合浦时倡导、捐款开辟建设的。最初只是把县治原址圈起来，作为市民游憩的场所，两年后，蒋光鼐任南区行署主任后，才着手修建工程，由县长钟喜庚具体操办。陈铭枢时任广东省政府主席，接到县里的方案后即拨款，以个人名义捐资给予支持，还捐资在中山公园内建民众教育馆一座，供市民阅报、读书，后来，该民众教育馆变成了现在的合浦图书馆。

其实，中山路就是合浦历史的一个缩影。廉州大地曾经孕育了合浦底蕴深厚的历史文化，如以"珠还合浦""廉山留名"为标志的廉政文化，以海上丝绸之路始发港为标志的海洋交流文化，以众多的古汉墓为标志的合浦汉代文化，以七大古珠池为标志的合浦珍珠（南珠）文化，等等。这些文化积淀都离不开这块土地，离不开生生不息的合浦人，而

武圣宫是合浦发展的珍贵记录者之一

老城区也形成了浓郁的市井文化。

每当我漫步在中山路时，思绪总不能平静，总纠结于它的过去与将来。承宣街、随考街、中山路，不管名字如何变换，都让我魂牵梦萦。这种牵挂，无关它承载的儒学古韵，也无关它威严衙门的历史，因为我身边的中山路，早已融入了平民世界，走进了人间烟火。我眼前所见的，是学校、文具店、服装店、小吃店、杂货店、理发店、电器店、药店……一家挨着一家，热闹，喧哗。

在车水马龙的今天，中山路虽变得十分的逼仄和混乱，但它依然怀揣着"老骥伏枥，志在千里"的气概，"烈士暮年，壮心不已"，要走更远、更辉煌的路。

碾布石与合浦靛蓝业

　　在某展览馆参观时，我看到了一套染布用具——碾布石，惊讶于有心人将之搜集并布展。我连忙拍了些照片，心里美美的，总算看到了碾布石的"原貌"，也由此想起了一些往事。

　　那套碾布石，除没有支架外，部件几乎都齐全了。它跟我小时候在家乡小镇上看到的单一碾布石相比，部件丰富了许多。那时候，我对堆放在街边屋檐下的碾布石感到既惊奇又疑惑，它像一只展翅飞翔的鸟儿，样子很朴拙，只是底部是平的而已，如此庞然大物是干什么用的？我问奶奶，奶奶说，是以前染布用的。

　　每次，我跟奶奶到镇上去趁圩，路过营盘社时，总能看到那个巨大但样子有点古怪的碾布石。于是，总要问些关于它的问题，譬如这块石头为什么凿成这个样子？为什么要碾布？谁推得动它？不怕它压坏了布？奶奶有一搭没一搭地应付着我，让我知道了一些碾布石的用处。

　　后来，我看了不少书报，偶尔遇到有关碾布石的描述，总会留意并弄清楚它的用途。以前，人们穿的、用的都是手工纺织的粗土布，尤其是干农活的乡下人。粗土布需染成蓝色或者黑色，这是因为深颜色的衣服耐脏，穿起来也显得稳重。粗土布经过浸染和晾干之后，难免会出现褶皱，还有接口、线头松垮之类的问题，这时候就得用上碾布石了。碾布时，将布匹卷在轴上，形成布筒，把布筒放置在碾布石下面的托板上，然后将碾布石抬起压在布筒上。操作者双脚踩在碾布石的"翅膀"上，手扶支架，左右脚轮换用劲，使布轴在碾布石和托板之间来回滚动，直至布匹结实、平整、光滑。

奶奶是个勤快人，上山下田、洗衣做饭，里里外外都是一把好手。奶奶不仅做事手脚麻利，还懂得多种营生，能操持好家庭。某次，我又跟奶奶去趁圩，奶奶指着营盘社附近的一处房子说，这里原来是一家染坊，里面有一口水井，井台上经常有伙计在漂洗成堆的蓝布，热闹得很。这里的生意曾经很好，染布的、买布的、卖蓝草的人，来来往往。

奶奶说，我们家以前曾经种过一种叫"蓼蓝"的蓝草，都是挑来这里卖的。开始时只卖蓝草青苗，后来觉得卖青苗不划算，便把蓝草沤制成靛蓝再卖，得钱会多些。

奶奶不知道蓝草还有其他品种，她只知道种好蓼蓝就行。知道如何用蓼蓝沤制出上好的靛蓝，以此获得不错的收益，这个才是最重要的。奶奶说，家里除了种稻谷、杂粮，还要种些蓼蓝。蓼蓝零星地种在旮旯之处，但凡有空地都种上。蓼蓝的产量很高，水肥足的话，一年可收采十次。一亩蓝草仅能卖六十吊钱，而做成靛蓝后，可以卖出翻一倍的价格，这样就勉强解决了家里柴米油盐的日常开支。奶奶说，沤靛蓝很辛苦，要挑好多水来沤，用大水缸沤，还要加一些石灰浆液下去，起早贪黑地干；最后，将半流质的蓼蓝液倒入箩筐里，滴漏一晚上，至软膏状即成靛蓝（水靛），然后就可以挑到街上卖给染坊了。

明代宋应星撰《天工开物·彰施第三·蓝淀》里有载："凡蓝五种，皆可为淀。茶蓝即菘蓝，插根活。蓼蓝、马蓝、吴蓝等皆撒子生。近又出蓼蓝小叶者，俗称苋蓝，种更佳。""凡造淀，叶者茎多者入窖，少者入桶与缸。水浸七日，其汁自来。每水浆一石下石灰五升，搅冲数十下，淀信即结。"这里说的步骤，跟我奶奶做的基本一致。

我一直以为，奶奶种蓼蓝、沤靛蓝仅仅是小打小闹、解决油盐开支而已，想不到的是，在民国之前及民国时期的合浦县，靛蓝还是一项大产业。奶奶说，圩上的染坊，还把大部分的靛蓝卖到廉州的大铺去，卖给那里的财主赚钱更多。但我们的靛蓝量少，也没人能把靛蓝挑到县城去卖，只好就近卖了。

我后来到了县城工作，并且一干就是30余年。其间，我对廉州有了更多的了解，知道了廉州老城的不少故事，还有发生这些故事的老街道、老房子、旧码头和一些旧式专业市场。那些市场，如缸瓦街，上、下柴栏，篓行街，槟榔街等，都沿着西门江分布，而同样处在西门江边的下街，则是靛蓝行。在下街，有许多客栈，汇集了廉州周边挑靛蓝来卖的客商，有灵山县的、"上八团"（今浦北县）的，有石康、公馆的，也有附近党江、环城的。

在阜民北路和西华路，集中了好几家染坊，规模很大，如"徐宜兴""马锦瑞""黄恒兴""莫和益""大时新"等，还有一家上海人开设的"锦兴号"。这些染坊专门购进靛蓝，用来染土织的大白布，成品叫作"毛宝蓝布"，销路极畅。

靛蓝通过西门江集中到下街后，客商又通过西门江将大部分靛蓝转运出去，卖到外地，甚至出口。装船后的靛蓝，近的运到北海港，远的运至香港或者上海等地，甚至出口到越南海防。

那些装靛蓝的木桶，则是出自上柴栏的木材店，如"廉泰""蒋隆记"等商号。靛蓝与用杉木按尺寸加工成的靛蓝桶，可谓是"一条龙服务"，形成了一个大产业。据载，在香港市场，合浦靛蓝以质地优良闻名，每担靛蓝价值白银十两。

中华人民共和国成立之后，纺织业得到了极大的发展，各种纺织机械、纺织技术应用起来了，生产出精细、美观、价低、花色丰富的各种布料，落后的手工纺织布被市场自动淘汰。这样，原来的靛蓝被各种化工品取代，人工染坊也纷纷关门。于是，手工染布被机械化取代，粗土布淡出了人们的视线。

到20世纪60年代我出生时，早就没有了粗土布，奶奶也早就不种蓼蓝了，而那个叫作"碾布石"的大家伙，没人搬得远，又不能用作他途，便立在屋檐下，成了弃物。

现在，一些少数民族地区还保留有染布技艺，或者专门复古，把蓝染花布从生活用品变成旅游商品。我在云南大理和浙江乌镇，都曾看到过染布，那些蓝印花布很吸引人，那种宁静的蓝，仿佛纯净的天空，承载着历史，又记录着今天。

我在展馆里再次看到碾布石，内心还是有点激动的。仿佛听到了奶奶正在讲述当年的故事，那种蓼蓝似乎渗入了我的血液中，心里暖暖的，朴实而温馨。

穿行在斑驳旧色的老街

　　白居易曰："大隐住朝市，小隐入丘樊。"在我看来，阜民老街就像一位天生的隐者，在车马喧嚣、日新月异的城市里，独守一方宁静。

　　在古城廉州，除了静静流淌的西门江默默地讲述着身边逝去的岁月，还有不少的老建筑也印证了这方水土悠久的历史，诸如海角亭、东坡亭、惠爱桥、孔庙……古汉墓群离得有点远，暂且不提。当然，反映市井文化的老街巷也不少，如中山路、西华街、篓行街、沙街尾、石桥街、阜民路……它们是老廉州的组成部分，承载着市民对老城区的追思情怀和历史记忆。

　　在这些老城街巷里，最具代表性的当属阜民路了。阜民路，南北走向，位于西门江的西边，与之并行，分为阜民南路和阜民北路，很长，在街头看不尽街尾。阜民路连接和辐射的街道还不少，如头甲社、二甲社、三甲社、沙路沟、上柴栏、下柴栏、大猪栏、钦州巷、兴贤里、担水巷、横街、玑屯街、篓行街、西华街、中山路……整个廉州古城的商业圈子都围绕着阜民路。它是廉州的中心地带，兼顾了水路和陆路的交通运输，积淀了深厚的历史文化底蕴。

　　西门江，自古便是黄金水道，是海上丝绸之路的主航道之一，在

2000多年前便孕育了合浦这座古城。惠爱桥是一个焦点，在还没有建桥之前，这里是一个渡口，南来北往的船只在这里靠岸、装卸货物，甚是繁华。梁思奇在《去了一趟宋代合浦》里说道："我们先去看廉州码头。码头就在现在廉州中学附近，连着西门江，热闹非凡。码头靠着一个贸易市场，还有一个驿舍，身着官服的人在盖戳办理货物进出口手续。在一个船步旁，一些挑夫正把货物从岸上挑到船上，准备起航运往海南或越南。货物倒不少，有麻布、水果、铜器、漆器，还有砂煲瓦砵、锅碗盘碟、水缸瓦瓮等，这些陶瓷器皿一看就是当地土窑烧的，粗糙笨拙，它们用稻草一层层垫着，装在舱底，顺便作为压舱用。"西门江的繁忙，大致是这样的，但那个"码头"，我认为在上游一点的西门渡更为合适。

　　西门古渡历来被称为"廉州第一渡"，可见其交通位置的重要性，码头设在这里名正言顺。明正德年间，知府沈纶造了桥，命名为"西门桥"，此桥直接沟通了两岸，方便了百姓和商贸的往来，而码头的作用也进一步得到了加强。

　　西门桥即后来的惠爱桥，它贯通了东西。这个交通路口，成了阜民路的中间点，往北叫"阜民北路"，往南叫"阜民南路"。因西门江航运与商品交易的作用，自明代起，阜民路便兴盛起来。那时候，这里还不叫路，叫"阜民圩"，又叫"阜民坊"，俗称"圩地街"，就是一个交易市场。

廖元仲在《廉州赋》里说："廉阳古景十二，西门江独占二焉：一曰阜市人烟，一曰海角潮声也。"西门江边的"阜市人烟"，说的就是阜民圩。能够成为景观，可见其"曼妙之姿"。

明成化年间，饶秉鉴到廉州府任知府，很注重疏导和恢复市场。从前的廉州市场是货场式的交易场所，随处而设，没有固定场所。后来，因靠近西门江而发展形成了阜民圩和西门市。这里既有河道航行的便利，又是钦廉古道的咽喉，每当水陆货物运送到岸时，这一带便成了货物集散地。但货物销完后，交易场所就只剩下一块空地，人货皆散。有货时成圩，无货后便空空如也，人们便以"圩地街"称之。饶秉鉴引导做买卖的人约定"圩日"，使市场固定下来。一时间，廉州城内人流络绎不绝，贸易兴隆。

商业贸易的发展，让一些人发了财，也让商铺建设得越来越漂亮。到了清末民初，在阜民路陆续盖起了南洋风格的建筑——骑楼。骑楼是西方古代建筑与中国南方传统民居结合演变而成的建筑，亦是西风东渐后典型的近代商业建筑。人们选择在阜民路这一带盖骑楼，是因为这里是廉州的商业中心。

骑楼的特点是岭南式屋顶、西洋式屋身，南洋建筑的拼花、细作、线脚，再配上百叶窗、推拉窗、玻璃窗等，这个组合不可思议，却又和谐自然、相得益彰。建筑物一楼临近街道的部分建成行人的走廊，走廊上方则为二楼的楼层，犹如二楼"骑"在一楼之上。

骑楼的店铺是连贯的，从这一头开始，一家家排列到另一头。每一间铺面看起来都不大，只有四五米宽。木梁架在两侧的承重墙上，支撑起各个楼层。然而，店屋内则别有洞天，一家店屋的进深起码是其宽度的几倍，西边街直通后巷，东边街直通江边。屋内分割为楼梯、房间、走廊、厨房，中间还会安排一两处天井。天井改善了采光和通风，在炎热的夏天可以创造出幽深清凉的环境。在天井里，可以养一两盆花，摆一张茶几，很有"大隐隐于市"的意味。

阜民路得以一枝独秀、惊艳群芳，还与一些文化名人的"助阵"有关。据介绍，不少骑楼主人盖好房子后，纷纷邀请书法家或者名人过来题写商号大名，如苏健今曾题写了"国强酒家""信源饼家"，许甘谱题写了"廉芳""南华""一品香"，铁禅和尚题写了"怡栈""佑生"，于右任题写了"绪园"，等等。店铺在门面的装饰上也十分讲究，除了绘画、雕刻，一些商号还请民间艺人用"糖灰"塑上浮雕，有"渔樵耕读""富春江水""百鸟归巢"等图案，甚是精美。

阜民路的商业中心地位，直到改革开放之后，才被新的开发区所取代。骑楼老街的热闹繁华逐渐消退，慢慢显出了疲态，真有点不堪重负了。但固守阜民路的老居民还在，他们还过着不曾间断的老街生活，一如既往。悠长的阜民路，连通的小巷，还有不再做买卖的铺面，爬满青苔的青砖墙，掩着的木制栅栏门……都是老街的生活气息，犹如一种文化的积淀，愈久愈醇香。

曾经在阜民路居住过的本土作家，对那种生活有过深刻的描写，让人甚为向往。素木在《老巷旧人家》里说："我仿佛看到，黎明时分，又或者是暮色霭霭时，深深的担水巷里，那些挑水女子，手提四角镜灯，裙裾随光起舞，咯吱咯吱的木屐声悠然回荡，顿生'此身在何处，今夕是何年'的无限感慨。"描述了阜民路十分细腻的日常生活。

余居贤在《西门江》里写道："一年当中，西门江不是没有几个特殊的日子让人难以忘怀。例如汐期到了'七眼子'，海潮上涨，有时候江水还会倒流，要是正好我在江中游泳，准会呷一口这可遇不可求的咸淡水，怪怪的感觉别有一番滋味。"这样的生活，已经不复存在了。

严广云在《廉州老街》里说："沿着阜民路一直向南，街边的生意依旧红火，往来的人潮仍然熙熙攘攘，几个退休的老头照样一杯烧酒二两牛腩坐到大晌午。只是，昔日的叫卖声换成了麦克风，卖米粉的大嫂已变成大妈，箍桶二爷的儿子却改行卖起了五金，补鞋的老宋不知何时只剩下墙上的照片……"很地道的老街风情。是啊，我每次走进阜民路，仿佛都能听到历史重重的叹息声。

阜民路的骑楼已经老去，物是人非。这里曾经漂亮结实的楼宇，难免会衰草枯杨；雕梁画栋，难免会苔痕上阶绿，蛛丝结满窗。而我，穿行在斑驳旧色的街巷，为的就是在寂静的时间里听听它的历史足音。

中秋夜，烧番塔

现在的合浦，过中秋节时还保留有一种传统风俗——烧番塔。到了中秋节这天，白天会有一些小孩子找来砖头瓦片在庭院或者街边搭起一座小塔，到了晚上又捡拾柴火将塔烧起来，如举行一项重要的仪式。他们玩得挺高兴。

这样的习俗，在廉州老城区见得多些，新开发的街区则少见。我不是廉州本地人，是从乡下进城来工作的，我小时候所生活的客家乡村没有这种习俗，故而没见过烧番塔。20世纪80年代末，我参加工作时，廉州古镇还保持着历史旧貌，老城区典型的市井生活味很浓郁。到了中秋节，我路过一些街巷时，总能看到坊间的小孩子烧番塔。离我住处不远的沙窝街、文蔚坊和康乐街，在中秋节的晚上都很热闹，孩子们将番塔烧起来，不时还撒一些助火的东西进去，火苗一下子蹿得很高，一派欢腾热闹之景。

所谓的"番塔"，是一座手工搭成的小塔。它的底座一般用砖头固定，并围成四五十厘米的圆圈，留出三个口子。然后，在砖头上将瓦片一块块地搭建起来，围叠而上，塔身渐收，至八九十厘米高封顶。小孩子做这事的时候，也没见大人指点，全凭他们的"心水"（喜好），搭成自己想要的模样。晚上烧番塔的时候，分别从三个口子添进柴火，火苗从瓦片的空隙里冒出来，照得亮堂堂的。为了助燃，他们时不时还撒一把木糠在塔身上，一边让其燃起高高的火苗，一边欢呼着。还有更出彩的，他们甚至往烧得通红的塔上撒一把海盐，霎时塔发出噼噼啪啪的声响，并绽放出众多的小火花。这个活动，可以持续三四个小时，孩子们可过足了"玩火"的瘾。

关于"烧番塔"的起源，民间有两种说法：一种说法是，元代末年，百姓为反抗残暴的统治者，于中秋时起事，举火为号得来；另一种说法是，为了纪念抗法名将刘永福将逃入塔中的"番鬼"（法国侵略者）烧死的英勇事迹。这些说法是否真实，有待考究，但烧番塔作为一种中秋风俗流传下来，倒是真实的。

我阅读过许瑞棠辑著的《珠官脞录》，里面有关于烧番塔的记载。他说："是夕，吾邑旧有'烧番塔'之俗。是日，各地儿童自为结合，十数人分任搜集烧番塔之资料。所谓番塔云者，即佛氏之浮屠，因其始自西域，故有是称烧番塔之事。先由儿童一面搜寻断砖残瓦以为结构番塔之用，一面四出采集柴薪以供焚烧，凡有竹头、木屑之属皆捡拾之。然后择定地点将砖瓦堆砌成直径数尺之圆塔，高约数尺，以柴薪实其中。月上之时，举火烧之，其光熊熊与月色相辉映，儿童相顾而乐，拍掌欢呼。火势稍弱，则以酒投之，助其烈焰呈五色光，直至夜深柴烬，始尽兴而罢。每年应节举行，亦一种热闹之游戏也。"可惜，许瑞棠并未说明烧番塔的由来。

中秋节烧番塔这种风俗，不单廉州有，在广府地区，如广州、佛山、肇庆，以及潮州等地也有，或许烧番塔本身就是广府人的中秋习俗，后流传到了廉州。烧番塔，在不同地方又有不同的叫法，如"烧花塔""烧瓦塔""烧瓦子灯"等。番塔的外形也有大有小，佛山那边的最高大，用火砖搭建而成，高可达二三米。

我之所以有这样的推断，是因为在《粤游小志·风俗》里，亦有关于烧番塔的确切记载："东省人呼浮图为番塔，中秋夜，儿童毕集通衢，舁碎瓦甓叠成塔，玲珑可观，中实以薪，火焚之，撒盐其上，使焰爆高起，戏笑为乐。迩年则有游民，先期鸠金择地，輦瓦舆薪，聚合数百人，结塔丈许，火光烛天，华闻数里矣。"文中所述风俗，与廉州烧番塔的习俗并无二致。

《粤游小志》的作者是晚清的张心泰，江苏江都人，其父张联桂曾在两广地区任职。张心泰少时跟随父亲生活、学习，游历各地，每到一处，他发现其风俗习惯与江南迥异，便将所见所闻记录下来，汇集成这本书。

张心泰所说的"呼浮图为番塔"和许瑞棠所说的"所谓番塔云者，即佛氏之浮屠"，都是把"浮图（浮屠）"叫作"番塔"。《佛学大辞典》中解释道："浮屠，亦作浮图、休屠，皆即佛陀之异译。"浮屠又称为"佛塔"，佛塔被佛教视为宝物，而造浮屠则被视为是建功德的事。在民间，浮屠还是施福护财之地，因此备受崇拜。

原来，他们笔下的烧番塔都与佛事有关，均是为了"建功德"，及得到"施福护财"的保佑。那么，为什么要烧番塔呢？愚以为，这里的火烧，不是破旧立新，一烧百了，而是要锦上添花，越烧越旺，达成心愿。

小孩子当然不知晓其中的含义，只觉得好玩，很有意思，便加入了烧番塔的队伍，伴着四射的火光，快乐地玩耍一个晚上。这样的节庆风俗，便一年年地流传了下来。

不管怎样，烧番塔都是一种美好的祈愿，可以祈求风调雨顺、步步高升、生活兴旺，乃至祈福求财。而烧番塔也从民俗转化为一种市民文化，成为积极向上的精神引领。

康乐街的底色

  康乐街，是合浦县城廉州镇的一条古街。我自 20 世纪 80 年代到廉州工作后，一直住在康乐街 1 号的大院里，甚是了解这条古街的变迁。

  康乐街有多古老？我没有考究，它的俗称叫"沙街尾"，所有人都叫它"沙街尾"。大概，它以前是古镇较为偏远的街巷，故以"尾"来命名。这不奇怪，它是古镇沿着西门江盖起的一条古巷，因水路并行，河街相邻，人们追求临水而居的悠然与便利，便觉住得远点也无所谓。

  我初到这里工作与生活的时候，看到的巷子地面还是青石板铺就的，凸凹不平；一些老房子、四合院还是明清风格的，一派古旧的底色。后来，几经修整，路面铺上了水泥，道路也硬底化了。不少人家也将自家的瓦房拆了，盖成二三层的楼房。这样一来，才让街道换了点新的色彩。

  新旧色彩相杂的康乐街，呈南北走向，依着西门江延伸，从北边的西华街一直往南延伸，直到我居住的康乐街 1 号大院——我们的大院是最南端了。这条狭窄的小街，约莫一公里长，有点弯曲，很难一眼看到尽头。小街的中间又横生出一条条更小的巷道，像一棵树伸出的枝丫，叠印着百姓人家生生不息的脉络。

以前，人们在康乐街上穿行，可以随意自在地行走，因为这里进不来小汽车，即使进来了，也无法掉头出去。稍大点的车辆便是三轮车，行人让一让即可过去。走在康乐街上，又得时时小心，因为这里虽铺上了水泥路面，但由于一些扯不清的邻里问题，并没能统一意见去开挖下水道，所以家家户户的污水都沿着街边流，脏兮兮的。

　　但这些，正是老巷子的底色。

　　西门江里，已经没有了声声摇橹，江水也被污染得浑浊不堪了，少有鱼虾可抓捕，一条曾经热热闹闹、清澈见底的江流，慢慢地寂寞了起来。但康乐街并不寂寞，生活气息反而愈加浓郁。街边的店铺开张如常，并不缺少一家，更有不少新的店铺不断进驻。老字号店铺如开杂货店的、早餐店的、理发店的，或者小摊如卖米的、卖猪肉的、卖蔬菜的，一溜儿都还在。新开的服装店、音像店、打印店、影印店、录像店等，给古街带来了新气象。走在街上，不时还能听到有人在敲扬琴，叮叮咚咚，很动听；转过几间店铺，又有点电焊的，吱吱作响，火光四射。

　　说起来，这里没有惊天动地的故事，也没有叱咤风云的人物，都是普通的人家，过着平淡的日子，就连回忆都是风轻云淡，波澜不惊的。

康乐街犹如一幅青石板绘就的古老画卷，展现着社会的斑斓万象

康乐街的性格便是如此，无拘无束，我行我素。也不管你喜不喜欢，它就这么活着，像一个社会万花筒。

说起来，康乐街还是保守了点，几十年里变化都不是很大。而走出康乐街之后，便是车水马龙，道路规规整整，有行车道、红绿灯和人行道。停步再回望康乐街，那里依然是老街区，屋密且逼仄，管线麻乱，仿佛在告别一个时代。

这种状况持续到 2010 年，政府对西门江沿岸进行整治，对这个片区进行了拆迁和改造。经过市政改造后，我居住的康乐街 1 号大院不再属于康乐街，而是变成了独立的小区，大门改向新开的大街道。原来的康乐街也是大变样，靠江那一边的居民房子被拆除了，曾经狭窄的古街变成了半边开口街，看起来开阔了许多。

政府在拆迁地上修建了江边行车道，还开辟了人行道，铺上大理石地砖，安装上石制护栏，添上沿途的绿化景观，让西门江一下子亮丽起来。早晨、夜晚，这里成了居民散步、休闲的好地方，人气挺旺。

据搬迁去新区居住的老邻居们说，他们现在住得很"敞亮"，不像以往住在康乐街时那般局促。他们嘴里的"敞亮"，说的是新盖的房子敞亮，门外的街道敞亮，但心里的喜悦更"敞亮"。

可我并不厌恶这条老旧的半边巷子，我有空还常去走走，去默听一代又一代人远去的脚步声。无论如何，康乐街曾经有过惊人的人流量，挨挨挤挤。现在，这里还遗存几分难得的舒缓绵长的韵味，并不急于脱胎换骨。

走在改造后的康乐街，我突然想起了戴望舒和他的《雨巷》："彷徨在悠长、悠长／又寂寥的雨巷／我希望逢着／一个丁香一样的／结着愁怨的姑娘。"戴望舒能够写下《雨巷》，是因为他生活在苏州的丁香巷。我相信，他要是生活在康乐街，也一定能够写出富于康乐街风情的"雨巷"来。

这样的推断，或许是不讲道理的。我认为，写诗仅仅是一个美好的心愿而已。生活的本质，实际上还是一份心底的念想。像康乐街，画着旧时的梦，还流淌着让人回不去的惆怅。

廉州好妹仔

　　吾地作家廖元仲君著有好文《廉州赋》，他在文中对廉州妹仔评价颇高。其曰："三江妇女，如下凡仙女，其肤色粉红，其肌理细滑，其身段修长且丰腴。三江者，廉州之属地也。一曰乾江、总江、党江是也；一曰西门江、乾江、总江是也。物丰养肌理，好水润肤色。三江女人，知书达理，勤劳美丽，下可入厨房，上可进厅堂，内外皆主。呼哉，岂止顶半边天耶？故民谚云：'灵山好白米，廉州好妹仔。'"

　　好个"廉州好妹仔"！与北方人叨叨念念、昼思夜想的"江南女子"相比，有过之而无不及也。

　　据清康熙版《廉州府志·包显祖叙》记载："廉，古合浦也，虽逖居濒海，然自汉孟尝还珠之后，遂为名郡，其山州之秀，物产之奇，殆非他郡可拟。"廉州与合浦，这两个地名在历史上可以互换。这里历来好山好水，物华天宝，出"好妹仔"是自然的事。依江靠海、惠风和畅的廉州，四时有润润的风、弱弱的水和柔柔的雨，沐浴出了一代代"好妹仔"。

　　今天，你随便走进某条街巷，看到某位袅袅的廉州女子时，大概会想起戴望舒的《雨巷》："一个丁香一样的 / 结着愁怨的姑娘 / 她是有 /

丁香一样的颜色／丁香一样的芬芳／丁香一样的忧愁……"一股清新的气息已扑面而来。

自汉武帝设置合浦郡起，廉州一直为郡府治所，历时2000多年，实为一块风水宝地。廉州虽地处南疆，远离中原，却沃野环绕，江河纵横；任土所丽，众献而储；人员交流，择土而居，安能没有"好妹仔"？

在古代合浦仍属"百越杂处，各有种姓"之时，居住的都是"南蛮鴃舌"之人，在自以为代表天下正统的中原士人看来，那是落后愚昧的地方。然而，就是如此被人轻看的"南蛮之地"，在中原人陆陆续续到来、民族相互交融之后，便不断出美人，世代延续。那些个"好妹仔"，或种桑养蚕，或纺纱织布，或读书弄琴，出落得亭亭玉立、顾盼生辉。

周胜皋在《何日珠还话合浦》里说道，各地移民的交流通婚，造就了"廉州好妹仔"："路博德等平定南越，设置九郡，应有许多中原人士随军入住（合浦）。此后，历代中央政府所任命的合浦郡太守、刺史、知府和知县等，亦应有随从人员到合浦助理政务或者居留者，其生活起居交际等事项，对地方有相当的影响。"

合浦拥有便利的出海通道，曾是中国海上丝绸之路的始发港，加上合浦历来是珍珠产地，买卖兴盛，吸引着富商巨贾、达官贵人接踵而来，其中不乏定居此地者。一些"胡人"来合浦做生意，也留下来，与当地人相互融合了。

一时间，合浦成了轻裘肥马、吟诗作对的贵族集聚地，有"江南佳丽地，金陵帝王州"之气象。

隋炀帝杨广曾咏诗于江南女子："夜露含花气，春潭漾月晖。汉水逢游女，湘川值两妃。"我想，杨广要是到了合浦，也会这样去吟咏廉州女子的。

廉州梓里，亦是重文兴教之地，廉州人或耕读传世，或寒窗苦读以求金榜题名。文化的熏陶，对女子意味着什么呢？在小处着眼，是腹有诗书气自华；在大处着眼，是知书达礼重情义。廉州好妹仔，从来都是文雅娴静、恬淡从容、纯粹干净的。

你在西门江边溜达，见船尾有一女子持桨荡舟，全身白衣，长发披肩，头发上束了条金带，阳光映衬，灿然生光。那船慢慢荡近，只见那女子正当韶龄，肌肤胜雪，娇美无比，容色绝丽，不可逼视。此乃黄蓉似的女子也。

你在海角亭内游览，迎面走来一女子，娇媚俏丽，圆圆的眼睛，乌黑的眼珠骨碌碌地一转。眼珠灵动，脸上的笑容如春花初绽，自有一股气韵；肌肤雪白粉嫩，光滑晶莹，身材娇小玲珑，娇俏可喜，是一位天下少见的美人。此乃阿朱似的女子也。

你在东坡亭下怀古，一女子也在瞻仰。只见那少女一双纤手皓肤如玉，映着绿波，便如透明一般……说话的声音极甜极清，令人一听，便有说不出的舒适。这少女约莫十六七岁，满脸都是温柔，满身尽是秀气。你一定会嘀咕："想不到廉州妹仔，一美至斯！"此乃阿碧似的女子也。

或许，你会说我是金庸小说看多了，走火入魔；毋宁说，金庸也许曾到访廉州，回去后才写的小说。

廉州妹仔之好，是说不完的，让我用柳永的一句词，来作它的注脚——天然嫩脸修蛾，不假施朱描翠。盈盈秋水。恣雅态、欲语先娇媚。

南珠那点事儿

南珠的叫法始于何时

"南珠"是个专用名称。这个响亮的名称,自屈大均著《广东新语》始得。之前都是叫"珍珠",其中以合浦出产的珍珠最为著名,又叫"合浦珍珠"。屈大均在《广东新语》里说:"合浦珠名曰南珠,其出西洋者曰西珠,出东洋者曰东珠。东珠豆青色,其光润不如西珠,西珠又不如南珠。"对于"南珠"的提法,从来没有人质疑过,大概是因为南珠的高品质。以后在提"南珠"的时候要区分清楚,清初以前的要叫"珍珠",之后才可以叫"南珠"。

至于"其出西洋者曰西珠,出东洋者曰东珠"的说法,人们在认知上有偏差。有人认为,西洋就是大西洋,"西珠"就是大西洋出产的珍珠,其实,这是错误的。话说明代初期,郑和率船队浩浩荡荡下西洋,一共七次,影响非常之大。郑和下"西洋",是沿着中南半岛、马来群岛、印度半岛、阿拉伯半岛走,最远去到东非沿岸。可见,西洋应该指的是印度洋,而"西珠"即为印度洋沿岸所产的珍珠。"东珠"的提法也有人质疑,如余汉桂在《鱼文化在广西的积渐》一文中说道:"屈氏所说'出东洋者曰东珠'则不确。当时的东珠为淡水珠，产地辽宁松花江下游及其支流。"这个质疑，也是有一定道理的。

珍珠的色泽从何而来

珍珠的色泽很鲜艳，令人爱不释手。那么，珍珠的绚丽多彩从何而来？民间的一些相关传说颇具神秘色彩，也很美丽，如滴露成珠、鲛人泣珠、映月成珠等，都是令人遐想的故事，但真相不是这样的。1925年，柴萼在他的著作《梵天庐丛录》里，揭开了蚌贝、珠母成珠的秘密——"由有沙粒等物窜入蚌壳，蚌体受其刺激，常以膜摩擦……其所分泌之真珠质附着于物体之面，久之……遂成真珠"。传说归传说，不一定真实，科学原理和事实依据才是最真实的。

与珍珠有关的地名

合浦产珠几千年，有很多与珍珠有关的地名，如古时候的珍珠湾、珠场八寨，有些地名看似与珍珠无关，如鲎港、廉州城西卖鱼场等，实则它们都曾是珠民下海采珍珠时的港口，或者卖珍珠的地方。原来合浦党江的一处沙滩，是停泊采珠船的地方；后来，采珠船的建造、旧船的修理作业，都在这个地方进行，慢慢地这里就成了船厂；再后来，商贩也到这里讨生活，定居在此的居民越来越多，房子也越盖越多，便形成街道，称为"船厂街"。还有北海的高德镇，此处原为一墩台，是军事驻点，也供渔民、珠民出入歇脚。后来这里发展成为"享乐"之地，有些人出海"卖力"赚了点钱后，就在此地吃喝、赌博、寻欢，久而久之，人们便把这个地方叫作"风流墩"。后来，大家觉得这个名称实在不雅，乃反其道而行之，以"高德"之名取代，意在褒扬、崇尚道德，以奉劝出海、做海的珠民、渔人不要沉溺于此。

南珠的文献记录

每次开海采珠，都要朝廷颁布诏书后方可进行，地方政府还要将诏书内容录入当地志书作为文献保存，可见朝廷上下对采珠的重视。在元代之前，合浦是唯一的天然珍珠产地，元代之后别的地方才有珠场。在这个时期，多有文献记录采珠的事情。古代涉及珍珠的文献史料不下50种。《明史》卷五十八有明代廉州珍珠采集的记录。清康熙版《廉州府志》记录得较多，如："嘉靖四十一年春，诏采珠。冬，复采珠。是岁，竹有花实。"很少有在一年里采两次珠的，因为多采一茬会加速珍珠资源的枯竭。又如："万历二十九年冬，采珠。实支银六千两，广州府银二千两，惠州府银一千两，高州府银一千二百两，肇庆府银一千三百两，廉州府银五百两，堪进珠二千一百两，有奇不堪细、扁、歪、小珠一千九百七十两二钱，卖银解布政司贮库，抵充船只、工、木之费。"采珠的账目公开透明，很详细。

珍珠如何分等级

珍珠肯定要分等级的，这样才能定出不同的价钱，不同等级的珍珠其价钱差别很大。定级的基本原则有"以大小分两定价""身分圆而精光者价高"等。如南朝宋沈怀远曾提出按围长定珍珠为九品。但后来，珍珠产量越来越少，定级越来越困难，定级标准便发生了变化。明代王三聘总结前人经验，得出了珍珠品鉴的"大、重、圆、净"四大原则。而明代宋应星在《天工开物·下篇·珠玉·第十八》里说得很详细："自五分至一寸五经者为大品。小平似覆釜，一边光采微似镀金者，此名珰珠，其值一颗千金矣。古来'明月''夜光'即此便是。白昼晴明，檐下看有光一线闪烁不定，'夜光'乃其美号，非真有昏夜放光之珠也。次则走珠，置平底盆中，圆转无定歇，价亦与珰珠相仿。次则滑珠，色光而形不甚圆。次则螺蚵珠，次官雨珠，次税珠，次葱符珠。幼珠如粱粟，常珠如豌豆。碑而碎者曰玑。自夜光至于碎玑，譬均一人身，而王公至于氓隶也。"屈大均在《广东新语》里也有类似的描述，以珍珠形状来判断其贵贱好坏。

珠郡名称的变化

自汉元鼎六年（公元前 111 年）设立合浦郡始，该地便有了管理珍珠采收、交易的机构。三国吴黄武七年（228 年），合浦郡因采集珍珠而更名为"珠官郡"，孙亮在位时又恢复合浦郡旧称。唐贞观六年（632 年），唐太宗在越州南部设立了珠池县，专事采珠。五代时期，南汉后主刘鋹置媚川都，"媚川"取自陆机《文赋》里的"水怀珠而川媚"。合浦在宋代为廉州合浦郡，元代为廉州路，明清又为廉州府。

名称的变化为合浦留下不少的古遗迹。在北海市铁山港区营盘镇的海边，有白龙珍珠城遗址。在合浦县廉州中学校园内，有为纪念东汉太守孟尝"珠还合浦"的政绩而建的海角亭，该亭几经修缮、重建和迁址而定于现址。合浦县城东北曾有还珠亭，现亭已不存，只遗楹联："孟尝何处去了，珍珠几时飞回。"据廖国器主修的1931年《合浦县志》记载，此前尚有孟太守祠，今考证也无踪。

珠市设在哪儿

往事如风已如烟，人生如梦已如尘。世事更迭，已无处寻觅。珍珠的交易场所一般设在哪儿？留有记录的尚有两处。

一处是廉州城西卖鱼桥，此为民间市场。屈大均在《广东新语》里说东粤有四市："一曰药市，在罗浮冲墟观左，亦曰洞天药市。有捣药禽，其声玎珰如铁杵曰相击。一名红翠，山中人视其飞集之所，知有灵药，罗浮故多灵药，而以红翠为导，故亦称药师。一曰香市，在东莞之寥步，凡莞香生熟诸品皆聚焉。一曰花市，在广州七门，所卖止素馨，无别花，亦犹雒阳但称牡丹曰花也。一曰珠市，在廉州城西卖鱼桥畔，盛平时，蚌壳堆积，有如玉阜。土人多以珠肉饷客，杂姜蔗食之，味甚甘美，其细珠若粱粟者，亦多实于腹中矣。"屈大均还说："予尝至合浦，止于城西卖鱼桥，故珠市也。闻珠母肉作秋海棠或杏华色，甚甘鲜而性太寒。《草木记》云：'采珠人以珠术作鲊，今不可得。土人饷我珠肉，腊以为珍，持以下酒。'"珍珠螺肉都吃出了高度，可见珍珠市场的热闹。有人猜测，该市场位于现在的廉州镇还珠桥一带。

另一处是白龙珍珠城，此为官方市场。明洪武七年（1374年），朝廷下令在合浦白龙村一带建造白龙城，其南北长320米，东西宽233米，墙高6米，城墙内外砌火砖，中心每10厘米一层黄土夹一层珍珠贝壳，层层夯实，珍珠城由此得名。珍珠城开有东、南、西三个城门，门上有楼，可监视全城和瞭望海面。城内设有采珠太监公馆、珠池大使官邸、珠场巡检司。现在的珍珠城已是遗址，周围还可见古代加工作坊的遗迹和明代钦差大臣的《李爷德政碑》《黄爷去思碑》等遗迹。残贝散落，遍地皆是，可见当年采珠之盛。

合浦珍珠与海上丝绸之路的关系

"骑马客来惊路断，泛舟民去喜帆轻。"两汉时期，合浦郡是当时重要的对外门户。《汉书·地理志》记载："自日南障塞、徐闻、合浦船行可五月，有都元国；又船行四月，有邑卢没国；又船行可二十余日，有谌离国；步行可十余日，有夫甘都卢国。自夫甘都卢国船行可二月余，有黄支国，民俗略与珠厓相类。其州广大，户口多，多异物，自武帝以来皆献见。有译长，属黄门，与应募者俱入海市明珠、璧流离、奇石异物，赍黄金杂缯而往。所至国皆禀食为耦，蛮夷贾船，转送致之。亦利交易，剽杀人。又苦逢风波溺死，不者数年来还。……自黄支船行可八月，到皮宗；船行可二月，到日南、象林界云。黄支之南，有已程不国，汉之译使自此还矣。"

这段话的意思是说，汉使臣带领满载着丝绸、黄金的船队，浩浩荡荡地从合浦等港口起锚出发，穿越碧波万顷的南海，沿着中南半岛，航行到东南亚、南亚等地，去与那里的沿岸国家交换璧琉璃、珍珠、琥珀、玛瑙、水晶、香料等奇珍异宝。而合浦珍珠，不只供应给中原的王侯、富贾，还通过这条历史通道，换回海外的珍珠，辗转供应给中原。这条海上丝绸之路，不仅仅是商贸之路，更是文化交流之路。

珍珠的消费者是谁

所谓的珠光宝气，实则是一种身份高贵的象征，谁都会喜欢珍珠的光彩。屈大均说："今天下人无贵贱皆尚珠，数万金珠，至五羊之市，一夕而售。"买珍珠的人很多，即便是价值万金的珍珠，一夜之间也能售空。屈大均又说："富者以珠多为荣，贫者以无珠为耻，至有金子不如有珠子之语，此风俗之所以日偷也。圣明在上，不宝珠玉，以朴俭身先，是所望于今日矣。"人人都想将出彩的珍珠据为己有，这样的风气很不好，应当杀一杀了。

尽管合浦珍珠素有"掌握之内，价盈兼金"之说，但顶级的珍珠也不是谁都可以买得到的。许多有名的珍珠，只闻其名，不见其身。于是，便有了不少的传说。据说慈禧太后皇冠上镶嵌的数千颗珍珠，都来自合浦；英国女王皇冠上那颗拇指大的璀璨珍珠，也来自合浦。

"珠还合浦"的历史意义

"虽然地远轻无益，幸得珠还古有名。""珠还合浦"的典故，大家耳熟能详，需要指出的是，这个成语如"玉出昆山"一般，让合浦成为为数不多的构成成语的地名，意义非凡。而"珠还合浦"还藏着一个勤政廉政的故事，勉励历代合浦人，要勤勉做事，取财有道。"珠还合浦"到了今天，已经成了一种文化力量。我们追寻某种文化轨迹的时候总会发现，民间口口相传的传说、故事，才是这种文化得以生长、发展和繁荣的根基与沃土。"珠还合浦"要表达的内容，无非就是——合浦的历史与珍珠是无法分割的，合浦的历史有多悠久，合浦珍珠的历史就有多悠久。正如屈大均评价合浦人时说的："生长海隅，食珠衣珠。"

南珠对本地人取名的影响

合浦有美名，如"还珠之郡""媚川之都""沉珠之浦""禺珠之乡""珠厓之国"。出生于此地之人，多是秀丽而文雅的。月生于日，珠生于月，而人又生于珠，所以很多本地人都爱用"珠"字来起名，这也算是一种荣耀吧。《广东新语》里有实例，屈大均曰："吾粤所宝者珠，在古时凡生男子多命曰'珠儿'，生女多曰'珠娘'。珠娘之可知者，交趾王之女曰'媚珠'，双角山之女曰'绿珠'是也。"

凑巧的是，我在查阅有关南珠的资料时，也发现了一个以珠命名、写南珠故事的人。她叫陆敏珠，祖籍是广西宁明县，曾为中央民族大学教授，她写了一本书——《行走在时间上的南珠乡》，向全国读者推介南珠。这是一种巧合，还是冥冥中自有注定呢？

南珠对诗词的影响

合浦珍珠历来名贵，而且品质高洁，迁客骚人喜欢将珍珠入诗，以美化诗境。例如，唐代有王维的"明珠归合浦，应逐使臣星"，张祜的"月上连城璧，星环合浦珠"和白居易的"可怜九月初三夜，露似真珠月似弓"，宋代有苏东坡的"合浦卖珠无复有，当年笑我泣牛衣"和郭祥正的"莫向沙边弄明月，夜深无数采珠人"，金代元好问的"骤雨过，珍珠乱撒，打遍新荷"，明代凌濛初的"若是遗珠还合浦，却教拂拭更生辉"，清代冯敏昌的"白龙城外暮云行，珠母海南秋月明"，当代有田汉的"玉润星圆千百斛，南珠应夺亚洲魁"和陈毅的"看今朝，合浦果珠还，真无价"等，这些诗句对南珠的状境描写，极尽赞美之词。

南珠对中医药的影响

南珠不但可以用来装饰、搭配、美体、养颜，还可用于中医治病。早在千年前，人们就认识珍珠并利用珍珠治病，如南朝梁的《名医别录》，把珍珠列为重要药材。不少的医药古籍，如南朝梁代的《本草经集注》、唐代的《海药本草》、宋代的《开宝本草》、明代的《本草纲目》、金代的《雷公药性赋》等，都对珍珠的疗效有明确的记载。

据说唐武宗时的宰相李德裕，认为将珍珠粉、雄黄等物提炼成丹，服用后可长生不老、鹤发童颜，遂以珠宝粉、雄黄、朱砂煎汁为羹，每食一杯耗钱三万，过三煎则弃其渣，这样的奢侈做派，令人瞠目结舌。梁代陶弘景在《本草经集注》中说，珍珠有治目肤翳、止泻等作用。唐代的《海药本草》认为，珍珠可以明目、除晕、止泻。金代元好问的《续夷坚志》里说过"盛夏以蜜水调之，加珍珠粉"。而一巷子的美娇娘，在日常喝水时，也加入蜜糖和珍珠粉饮用，认为这样的饮料既可以滋补，又可以防暑。

廉州，宛若我的私人电影

我本非廉州出生，待长大参加工作后才到了廉州，30多年来我一直生活在这座优雅的小城。她，宛若我的一部私人电影，那些变迁，都凝成了一帧帧的画面，保存在我的记忆里。

我住在康乐街1号原县政府大院，那里面藏有高矮不一的新旧楼房共20余幢，其中还包括我曾住过的四合院"夏官第"。那个四合院，也不知道是何年何月建造的了，古老得发霉，墙根爬着青苔，雕梁画栋上结着蜘蛛网，颇有清代遗风。这里的住户都是机关干部及其家属，相互间都认识，和和气气的，但也免不了有鸡飞狗跳、唇枪舌剑的时候。自成一统的大院，安宁祥和。可惜的是，自打开辟了还珠大道延长线，把住宅大院一分为二之后，那个开阔而宁静的港湾，已是面目全非，仿若萧瑟秋风刮过。

大院的大门外是还珠大道。这还珠大道是当年最宽敞的新兴街道，被称为"样板路"。还珠大道的那一头，就是美人鱼小广场，那个美人鱼雕像，捧着一颗大珍珠，正对着大院门口，像是一位虔诚者献上一颗忠诚的心。而美人鱼小广场一带，则是商业中心，以前有还珠大厦，现在有永好百货、东旭国贸中心、君怡大厦、金世纪广场等，这里商贾云集、车水马龙、霓虹闪烁。

而在阜民南路、西华街、中山路一带的骑楼老街，则是另外一番景象。这里是平静的老城生活，慢条斯理的。你看，大部分人家的铺面，都是一块块可以拆卸的门板。开门的时间一到，店员就卸下门板，将它们一块块地叠在一旁。这些门板都标着号码，每一块都有自己特定的位置。那时，我很喜欢看店员卸门板，他卸下一块，铺面就亮起来一块，直到铺面最深的地方都亮起来。然后在他洒水、扫地时，第一位顾客就已经在一旁等着了。这片街区，分布有布匹店、土杂店、五金店、文具店、裁缝店、中药铺、教堂、餐馆、理发店、补鞋摊、凉茶铺、照相馆、菜市场……这是为人们过日子而存在的街道，各种店铺和生活设施，足够你流连一辈子，不必再远走高飞。

其实，解放路电影院那一带才是廉州的心脏。那时，这里是人流出入最多的场所，最为热闹，围绕着人工湖，有文化宫、百货大楼、电影院、新华书店、烟糖公司、妇幼保健院、还珠宾馆……在人工湖的边上还有热闹的还珠奶店和水上茶楼。看电影的、喝茶的、唱粤曲的、跳舞的、打球的、闲逛的、看热闹的，人们像赶集一样涌向这里。当然，凉茶摊、烟摊、书报亭、水果摊、酸料摊、煲仔饭铺……各种摊贩也扎根在这里讨生活。我还记得，我经常来这里看电影，看到的都是人头攒动。我有时早早地买了票，等在这里或溜达溜达，到点了才随着人流进场；也有迟到的时候，匆匆地捏着票，在黑暗里跟着查票员去找我的座位。我挨着那些正在黑暗中张着嘴巴的人们的膝盖，一点一点地挪过去。查票员的电筒射出一道光，指着我的位子，然后他的光熄灭了，银幕上，另一个世界的光亮了起来。

在文化生活单调的年代，我最喜欢的还是去逛逛有文化遗迹、有文化气息而少嘈杂的地方，如拥有海角亭、魁星楼的廉州中学，有东

合浦中山图书馆 Adam DONG

合浦中山图书馆是一座二层的仿西洋建筑，与东坡亭隔湖相望

坡亭、东坡井的合浦师范学校。到这些地方，我可以邀伴踢踢球，也可以独自看看书，没有人干扰。尤其是东坡亭，闹市里藏着这样一个林木幽深、湖光潋滟的幽静处，真是福气，尽管亭前真君塘的水已经开始变黑，湖水不时有些臭味。进入这样的地方，我忽然有种"接天莲叶无穷碧，映日荷花别样红"的感觉。东坡亭里面，常见一位老师在一对一地教学生拉小提琴，教的人卖力，学的人认真，在有文化的地方，连人的姿态都不同了。亭的后面、水的中央有个图书馆，是个像《红楼梦》里面潇湘馆那样的地方，百叶窗外面是湖影波光，周围是难得一见的串钱柳、鱼木树、凤凰树，风姿绰约，摇曳着万种风情。我曾在这里想象，有时似嗅到了苏东坡所穿长衫的气味，看到了他在吟诗作对；有时像瞥见了苏东坡躺在藤椅里打鼾，正与周公相会。

继续往北河街走就走远了，还是回到康乐街来。康乐街也是一条狭长的老街，背靠西门江，俗称"沙街尾"，里面包罗万象。从大院出去，往左拐就是沙街尾。我经常穿越沙街尾，去别处玩。走得多了，对这里就有了不少的了解。从春到秋，总是有人在某座老屋门前讲一些虚张声势的故事，周围竖着一双双麂鹿般的耳朵；有人在某栋小楼的二楼里叮叮咚咚地敲扬琴，陶醉得一塌糊涂；有人在用老式唱片机放柴可夫斯基或者贝多芬的某一乐章，不知听懂了没有；而有人在点电焊，旁边又有人在弹吉他，两声齐发，就好像沙街尾是挺"文艺"的地方！"锦城丝管日纷纷，半入江风半入云。此曲只应天上有，人间能得几回闻？"这样的场景，并非仅在杜甫的诗中……还有西门江，那曾是廉州老居民的骄傲，20 世纪五六十年代，沿江居民还可以到江边洗菜、淘米、洗衣、游泳，不少人家还挑水回家做饭，清幽漫流的水，多美啊。后来，西门江变脏了。

日子如白驹过隙，生活却丢失了从前。现在，廉州已大变样。沙街尾被拆去大部，成了一段废墟；门板店面换成了卷闸门；电影院改头换面变为家电商场；电影院前面的人工湖被填埋了，建成了还珠广场；那条西门江也进行了景观升级……曾经悠然宁静的小城，急剧扩大，变得喧嚣起来，还附带着无法消弭的浮躁和怨气。

我的心头五味杂陈，廉州慢条斯理的日子，已渐行渐远，大概，只能从我的电影胶片里寻找了。

窗外的粤曲

　　是从哪一天开始发现窗外的粤曲声声的？我已记不太真切了。我每天晚上外出散步回来，那些咿咿呀呀的唱声准会一阵一阵悠扬地飘进窗来。

　　我们的住宅楼是老式的步梯房，我家住四楼，楼下围墙外的某幢居民楼里，常聚集有一群粤剧"发烧友"，他们上演着一场场"群英会"，乐此不疲。那些粤曲便不依不饶地传过来，也让我有了得到熏陶的机会。

　　那些从窗外飘来的南国"大戏"，听起来不甚专业，但他们唱得很投入，也很执着。那些腔调说不上余音缭绕，也不一定令人沉醉，却因他们的热爱而夺人耳目。在我看来，即便是"路边档"的曲韵，也不含糊，它仿佛成了最醇厚的老酒，潜伏在我的记忆深处，等待发酵后开坛。

　　我得说，我再怎样投入也达不到粤曲发烧友的级别。只是到了现在这般年纪，没有了过去的盛气和急躁，多了些耐性，反而喜欢上了那种民间的喜庆滋味和快乐因子。

　　其实，生活就如大浪淘沙，波涛过后总会剩下些厚重的东西。听着窗外的粤曲，我惊觉过来，从前不甚喜欢的东西好像慢慢回归了，比如春节的年画、对联、鞭炮……以前觉得吵闹又俗气，而现在，已经变得喜庆、欢乐。还有粤曲，那些窗外的悠扬音韵，我已经可以接受它们那不甚专业的腔调，那种氛围如春雨潜然，遍布了房前屋后。我总要倾听一会儿，才去干别的事情。那一刻，我心已潮湿。

我想起了母亲，她一直嗜爱粤剧，从未改变。我小时候随母亲居住在乡下，那时基本没有文化生活。镇上每每有"戏班"来，母亲就会邀伴前往。邀不到伴时，母亲便拉上我，毕竟，那条通往镇上的长满马尾松的泥土路还是比较瘆人的，尤其在晚上。进到剧场来，不久我就百无聊赖了。那些个剧情，怎么又冗长又啰唆，老是咿呀扯不完。那小生，跪在那里一唱老半天，膝盖不疼吗？《胡不归》中那大段悲咽的唱腔，真的那么悲伤？

母亲忙不迭地给我启蒙："你看，武行中最大的动作是翻跟斗，但关公不能翻跟斗，他是儒雅的。你看关公的像，没有瞪着眼睛拿刀乱砍的，他多半是在读《春秋》。"原来，剧情还是有讲究的，有人可以粗野地翻跟斗，有人则须儒雅地读书。

母亲还有精辟的话语，如"那花旦，一出场就艳得惊人。你看，台下那么多人为她心动""那老生，一张嘴就满腔荒凉，肃杀杀的苍凉呀，看得大家心里都是寂寂黄沙""那小生，一身白衣，长相英俊，一声'小姐啊！'叫得人心里都软了下去"……

　　经过母亲一次次地"洗脑"，我总归放弃了抗拒心理，在旁观中也看出了些小门道，听到后来好像也有点顺耳了。再后来，我到县城参加工作，生活丰富起来了，有了唱卡拉OK的机会，其中就有《禅院钟声》《帝女花》《分飞燕》等粤曲。起初我是听着别人唱，后来是尝试跟着唱。潜移默化间我慢慢地对流行的粤曲有了些小喜爱。就好像，属于你的东

窗外传来的粤曲唱腔悠扬回荡，氛围如春雨潜然，遍布房前屋后

西是命中注定的，早晚都会相遇于某处。

莫笑我剧曲不分，一时粤剧，一时粤曲。我的理解是，唱段为"曲"，唱段串联就成了"剧"。那些优美的唱段让我喜欢，而冗长的整剧则令我有所抵触。我可以接受那老生眼角流露出的半生沧桑，但不愿受折磨于花旦那没完没了的咿呀。有人喜欢像一口深泉的整剧，譬如母亲，而我仅尝到半瓢泉水的凛冽甘甜就已满足。

又过了些年月，母亲已进入古稀之年，再也不往剧场里钻了，我们就买些碟带回去给她看。那时，父亲也退休在家，也爱听粤曲。这些成了老两口精神生活的一部分。

我们回老家过年时，母亲说起小时候常带我去看"大戏"的片段，还会戏谑般"邀请"我一同看碟，并演唱。谢客无聊时，我倒也能平静"入戏"，于平静中有所"斩获"。客人在场，我是不敢唱的。

说起来，那些磅礴或凄美的粤剧，还是很动人的。犹如从《诗经》中得到启示，再佐以几千年的杀伐征战，或是世世代代的爱恨情仇、耕耘劳作、困苦煎熬，孕育和酿造出了足以提神解乏、释疑人生的文化精华。

对一些人而言，是粤剧把他们人生中的怀想与思考、灰心与失望、孤寂与郁闷、哀怨与仇恨等融入到生活中，那些疾风骤雨或者行云流水般的锣鼓钹铙的打击，还有唢呐高胡的吹拉、生旦净丑的演唱，已经成了那一代人的心灵家园和精神寄托。

我不敢肯定我是否属于这样的人，但我的母亲和父亲是，还有现在我家窗外的那群发烧友，不管是吹拉弹唱的，还是围观助兴的，也都是。

我的后半生，大抵是不会以梦为马，全身心地去追寻粤剧的美丽与苍凉的。但是，在逍遥小憩时，听一听粤曲，不管是窗外的还是窗内的，抑或是陪着母亲重温一番生旦净末丑的表演，在唱念做打、出将入相的转换间，能够寻觅到片刻的愉悦或酸楚，足矣！

漫说廉州担水巷

　　在廉州古城西门江的两岸，古老的商业街道与江流平行排布，如阜民南路、阜民北路、西华路、篓行街，还有辐射出去的惠爱东路、中山路、上街、下街等，形成了一个商圈。街道都是骑楼建筑，内巷则有不少明清时期的青砖老宅，古色古香。这一带是老城的核心地区。

　　合浦郡因这条西门江而成为海上丝绸之路的始发港，商贸活动历来频繁。溯西门江而上便是南流江，南流江自汉代起一直都是航运的黄金水道。到了明代，古城西门江的两岸已经发育形成了不同的专业市场，一些专业市场还保留到今天。即使市场不在了，亦留下地名，如"缸瓦街""篓行街""上柴栏""下柴栏""大猪栏""槟榔街"等，历史的印记刻在了时光深处，叨念着这些地名，让人浮想联翩。

　　在这个商圈里，有较为宽敞的街道，两边商铺林立，骑楼迢迢，商家开铺经营，品类五花八门。顾客徜徉在骑楼底下，不受日晒雨淋，自由自在地购物或者消遣，一派兴旺祥和的景象。

　　然而，当我们转入一些小巷子时，情况迥乎不同。有不少窄小的巷子，夹杂在商铺中间，每隔一段距离便有一条，这头连着街道，那头通往江边。这样的小巷子，不设商铺，居民顶多开一扇侧门，这是为挑水而留下的便道。小巷子不太宽，仅一米左右，人们挑水时，有迎面而来者，须侧身才能勉强通过。这些设在青砖高墙下的小巷子，被居民称为"担水巷"。

在廉州话里，挑水叫作"担水"，因而廉州人把这些小巷子叫作"担水巷"，自然得很。担水巷，自然是作为挑水专用，闲时很少有人走。当然，它有时也用作船只货物上下的临时通道，当停靠在西门江的货船过多，码头容不下时，一些小船也会停靠在某一条担水巷口，直接装货或者卸货。

因为西门江取水的便利，古时的人们很少在这一地带打井取水，偌大的廉州古城，仅有屈指可数的几口老井，沿江居民均挑西门江水来饮用。在20世纪70年代及之前，西门江的水都很清澈，人们在江里淘米、洗菜、浣衣等，青少年则到江里洗澡。那时候的西门江，河床里堆积着厚厚的沙子，经过河沙过滤的江水清澈见底，挑回家吃喝根本不成问题。古人造城时很聪明，且眼光长远，为了以后坊间挑水方便，在初始搭建房子、形成街区时，已经有意识地留出一条条狭窄的小巷子，辟为挑水通道，可谓独具匠心。

阜民老街巷子的每一条"担水巷"，都承载着无数人的悲欢离合

西门江边有不少码头，码头除停靠船只、供装卸货专用外，码头的沿江阶梯也是居民重要的活动场所，尤其是早上和傍晚，江边的热闹不亚于菜市场。早上，人们为了及时赶往工作场所，得先把家里的水缸挑满，来来回回的男女勤快地挑水，见了面还互相打招呼，然后身姿矫健地侧身而过。傍晚，担水巷口下的层层台阶又成了小媳妇们的搓衣台，水里则是洗澡的孩子们，有节奏的搓衣声伴随着孩子们的嬉闹声，汇成了欢快的场景。挑水的男人，来去匆匆，他们要把家里的水缸灌满了，才能趁着夜色过来洗澡。

曾有在西门江边居住过的本土作家，对那种生活进行了深刻的描写，颇让人羡慕。如素木在《老巷旧人家》里写道："我仿佛看到，黎明时分，又或者是暮色霭霭时，深深的担水巷里，那些挑水女子，手提四角镜灯，裙裾随光起舞，咯吱咯吱的木屐声悠然回荡，顿生此身在何处，今夕是何年的无限感慨。"他刻画了十分细腻的日常生活场景，如同描摹一幅人物肖像画。

从前，生活确实不方便，即使是生活在廉州古城的居民也是如此，他们每天既为米缸发愁，也为水缸发愁。一些家庭因主要劳动力早出晚归而没人挑水，常常要等收工后由主要劳动力挑水，给生活造成了诸多不便。一些缺少劳动力的家庭，困难更甚。由是，廉州街上催生了一个行当——担水工，他们以挑水为业，每天挑着水随街叫卖，也有指定的，按照约定时间挑水上门。

说起来，廉州西门江边的那一条条担水巷，隐藏着许许多多的往事，已随着时间的推移消失在历史的烟尘中。我在廉州生活了30多年，经常到老街区寻访，去沿着担水巷走一走，看一看，试图寻找解封老时光的钥匙，以开启担水巷那一扇扇尘封的大门。

我几乎打量过每一条担水巷，那一条条深陷在高墙之下的担水巷，逼仄、修长、光怪陆离。它们东一条西一条，却像古代的大家闺秀，大门不出二门不迈，躲在僻静的深闺里，轻易不肯抛头露面。它们不是乡村的陋巷，泥泞坎坷、杂草丛生，而是以石块铺地或青砖镶底，硬气得很。它们也不像作为卖场的街道，人来人往，影影绰绰，众楚群咻。它们孤僻地存在着，直至没了挑水人的身影。

我漫步在这些担水巷里，如同要寻觅那隔绝了市廛的一段段红尘。那些或长或短的担水巷，几乎都是笔直的，往江边倾斜下去。然而，巷陌深深，幽静无声，却是容不得闲人去打搅的。似乎，是我缺少教养了，总是一个人来到担水巷，打搅它们的清净。不过，我仅是寂寂地走，静静地看，并不发出声响。那种寂静很是彻底，尤其是黄昏时刻，走在其间可以听到自己的脚步声在幽深的小巷子里回响。

每一条担水巷的临江口下，其台阶都不存在了，可能是人们都不用挑水了，损坏之后便无人再修整。原来的汲水处已长出了灌木、野芋头或者藤蔓，再也没有以往的光滑和整洁。临江住户的后门，又都砌了砖墙，封闭起来，仅留一扇窗户采光。然后，不知谁家还养着狗，当我走近时，朝我狂吠。

在我看来，现在的担水巷，其动人之处就是无比的悠闲，根本不受世风的影响，也不跟谁攀比。我只需走进去，便能体会到一种平和的感觉，而不是阴森可怖。我知道，那是岁月沉淀的结果，已凝结成一种闹中取静、别有洞天的况味。

我还想着，它们可能也是一条条现代的"乌衣巷"，记录着老城区人家的富庶与贫困、欢乐与悲哀，人文底蕴深厚。但我只看到担水巷尽头的夕阳斜照，却打捞不起担水巷曾经的故事。唯我转过身时，又吸入一阵江风带来的水汽，一下子洗净了我的胸腔，让我忘忧。

风云十甲子，沧桑六百年。20世纪七八十年代后，廉州老城区都接通了自来水，境况不同了。那些担水巷步入了寂寞的时光，逐渐被人们遗忘。现在的廉州古城，人们的生活面貌发生了巨大的变化，再也没人想起曾经的担水巷，更不知晓它们曾对居民的生活产生了多大的影响，好像水龙头一打开，就已把过往的历史都给冲走了。

　　每每徜徉在幽深的担水巷，夕阳明晃晃地洒落在窄窄的水泥路面上，似在等着我来倾听那些湮没了的故事。我驻足片刻，夕阳似乎又絮絮叨叨地讲起担水巷的老故事，语调平和、亲切。

廉州自古烟火气

一

廉州兴于一条南流江，自古繁华。

南流江源自大容山，向南流淌 287 公里注入北部湾。汉武帝在南流江支流西门江的出海口附近设置合浦郡，自那时起，合浦成为古代海上丝绸之路始发港，向海经济繁荣。唐代时，合浦郡曾改名"廉州"，州治上移 50 公里至一个叫作"旧州"的地方。历经种种变化，宋代时，府城回迁西门江边故城原址。

据清康熙版《廉州府志》载："廉州府城池：宋元祐间创，绍圣间，知府罗守成修。洪武三年，百户刘春增筑六百九十丈五尺，谓之旧城。二十八年，指挥孙全复移东城一百五十丈，增广土城四百一十八丈。宣德间，指挥王斌砌以砖，谓之新城。门三：东曰朝天、西曰金肃、南曰定海。俱有兵马司厅。城外浚壕一千五十一丈，尚浅。成化元年八月，为贼所陷。二年，知府林锦、都指挥徐宁复浚外壕七百九十五丈。"明代时，廉州府城被不断扩充和加固。在整个明代，来自西面和北面的民族不断骚扰或攻打廉州府，廉州需要坚固的城池来保护城内的百姓。

砖砌的廉州新城仅有三个城门，分别是东门"朝天"、南门"定海"和西门"金肃"。不论是达官贵人，还是市井小民，都离不开城池的护佑，由此酿造了廉州的人间烟火气。三座城门中，最繁忙的当数金肃西门，这里挨着西门江，南来北往的船只停靠在这一带的码头，很是繁忙。

　　明成化年间，在廉州知府饶秉鉴的倡导下，西门江西岸建成了有圩期的市场——阜民圩和西门市，四方物产经外海和南流江源源不断地运来。饶秉鉴写有《阜市人烟》一诗赞扬当时的交易情况。这一带的商业氛围最为浓厚，分别形成了珠市、鱼市、米市、盐市等集市，堪称方圆几百里的大集市。

　　这里之所以叫作"阜民圩"，是因为合浦珍珠交易市场的存在。珠民收获贝壳之后，将一部分运到这个市场进行开蚌、取珠和交易。《荀子·赋篇》曰："有物于此，生于山阜，处于室堂。"正是因为这个市场遗弃的珍珠贝壳日积月累已堆积如山，所以取名"阜民"。据屈大均《广东新语》载："古时合浦人以珠易米，珠多而人不重。今天下人无贵贱皆尚珠，数万金珠，至五羊之市，一夕而售。"可见当时珠市的兴盛。

还有卖鱼桥，也是大名鼎鼎。屈大均在《广东新语》里说道："予尝至合浦，止于城西卖鱼桥，故珠市也。闻珠母肉作秋海棠或杏华色，甚甘鲜而性太寒……土人饷我珠肉，腊以为珍，持以下酒。"鱼市伴随着珠市而生，出海作业的渔民在西门江边汇集，于是西门桥得到了"卖鱼桥"的俗称。到了晚上，停泊在江边的渔船灯火点点，形成"江涨渔火"的奇观。清康熙版《廉州府志》亦记载："廉俗淳朴，衣无华彩，故贫婆亦负担贸易，以为活计。"其中"以为活计"的"贫婆"，靠挑鱼贩卖，盘活了府城市场。

鱼市之外，是米市、盐市和百货。南流江冲积平原是著名的鱼米之乡，历来出产优质大米，在清康熙版《廉州府志·谷属》里，记录有30个水稻品种，可证当时廉州农耕经济的繁荣。谷物收获之后，一部分运至廉州的市场进行交易，建立了江边批发粮仓，新鲜的大米运进来，又陆续批发出去。对于漕运海盐，廉州也是中转站，进进出出的船只全年不歇。其他物资也都转入廉州府，如白石水的铁锅，小江的瓷器，北通的烟叶，灵山的大米、茶叶和荔枝，博白的猪苗，沙河的土鸭和石灰等，都在西门江上岸。

俗话说，民以食为天，还真是这样。林林总总的物资在西门江云集，为廉州府老百姓的生活提供了便利，柴米油盐酱醋茶，属于市民；吃喝玩乐、游山逛景，属于客商。这也是廉州最具烟火气的地方。

"樯帆卸泊，百货登市"，热闹常常持续到深夜，廉州城里不再是落日即打烊的冷清模样。每日都熙熙攘攘，人影杂沓，如圩日一般，这成为廉州繁华的缩影。

二

廉州府城的老百姓要吃饭，来这里经商的贩客同样要生活，于是，

合浦大东门
Adam DONG
2024.

大东门亦是最热闹的街区之一

运粮食、鱼虾、百货的人都汇集到西门江码头，然后将货物搬至各自的店铺里，有条不紊。来自附近各县的商贩，也要采购之后才运货离开，这一来一往，廉州想不兴旺都难。

那些坐贾行商，从中赚了钱，自然是满心欢喜，消费起来大手大脚。如今的阜民南路、阜民北路、缸瓦街、篓行街、大猪栏、上柴栏、下柴栏、西华路、中山路，曾有好多可以玩乐的处所，如酒肆、客栈、茶楼、戏院、青楼、烟馆等，花样既多，又很好玩，廉州的名气自然是越来越大。

一些走货的客商，为了节省时间，往往是采购好货物，住一晚便走。如来自灵山县或者"上八团"（现浦北县）贩运靛蓝的客商，集中在下街一带的客栈住宿，卖出靛蓝之后，又采购一批海味，第二天马上返程。当晚，他们也要在廉州舒舒服服地享受一番。

出海做生意的人，也是一样。购买好本地产的货物，诸如板糖、花生油、靛蓝等，在西门江岸边装船，运往香港、上海，以及海外的越南、新加坡、马来西亚等地。返程时，又运回洋纱、煤油、洋钉等货物。廉州就是一个集散地，吸引着四面八方的客商。

南流江流域独特的水陆地理环境，造就了廉州的传奇。廉州古城东靠高岗而西临流水，古时人们对水路严重依赖，廉州西门江沿袭2000多年的港口码头，除了是军事要津，还是民间货船的停靠点。

明代之后，迁居至南流江上游地区的人越来越多，他们开荒垦殖，造成水土流失加剧，南流江沉淀的泥沙逐年增加，造成拥塞，西门江河运出现困难。明清时期，几任廉州知府曾组织人力对西门江进行疏浚，但效果均不佳，大船只能从干流出到廉州湾之后，再从西门江出海口上溯来到廉州。

后来，陆路通道开通了，水运不再是运输唯一的依靠。廉州东边有府治到化州的官道，往西有至钦州的官道，往西北有通往灵山县的官道，每隔一定距离还设有驿站，供往来的公吏和商贾歇息。但西门江码头和市场的地位并没有改变，依旧是忙碌的卸货场和仓储地。

有需求、有物流、有人气，西门江两岸自然是廉州的交易中心，鱼盐、粮食、百货交易的地位一直不变，由此带动和养活了不少商业行当，促进了廉州经济的发展。几百年来，廉州商品经济的发展催生了不少专业市场，如阜民南路的海产、阜民北路的百货、下街的靛蓝、槟榔街的果脯、缸瓦街的砖瓦、上下柴栏的木材、大猪栏的生猪、上街的蒐货……市集很是繁荣。

因商业的繁荣，廉州府官员和文人也来凑热闹，为廉州的景观吟诗作对，以对应经济的昌隆。在明代，文人评出的"廉阳八景"，在西门江一带便有三处：海角春风、阜市人烟和泮池月夜。市井烟火与文人雅致，在这里神奇地交融，人走岸上，舟行江里，城市烟火，美景徐徐展开。

三

明清时期，廉州府城一直是官员和市民的安乐窝，高大的围墙内布设有府衙、孔庙、道观、民居和一些必不可少的店铺。随着人口的不断增加，这里显得有点逼仄，如在螺蛳里做道场。于是乎，一些住家、书院、店铺摆脱环境的制约，纷纷沿着城门和西门江往外盖房子，形成新的街区。尤其是民间经济，早已突破城墙的桎梏，在西门外形成了一个商圈。

海边地头晒盐白，江上稻浪香扑来。家家园地棉麻豆，户户门前晒鱼虾。廉州府城的有钱人，赚了钱便不断地扩充田产，在周边地区购置稻田和盐田，在街边购置店铺，把财富牢牢掌握在手中，过上土豪士绅的生活。而一般人家，则为了一日三餐，不断出卖苦力，以换取足够买米下锅的钱。

如果说田产、盐产和房产是大财主的身份象征，那么从事服务行业的小商小贩，只能靠勤勤勉勉来赚取一些生活费。特别是到了清末民初，随着海外贸易的发展，廉州的社会经济实现了飞跃，经济更加繁荣。小商贩积攒到一定的财富之后，学着精明的广府生意人，在西门江两岸盖起了骑楼，正儿八经地当起了老板。

当时，廉州的骑楼里有不少的洋货商铺，售卖花纱、匹头、呢羽、鸦片、西药、煤油等；也有本地时髦的商铺，如苏杭（绸缎）店、灯笼店、毛笔店、轿铺店、裱画店、打金店等。廉州本地产的优质货物又叫作廉州"上货"，如爆竹、靛蓝、板糖、麸油、大米、纸张、八角、桐油、八角油、铁镬等，这些货物被转运到香港、澳门、上海，也有出口新加坡、越南的。其中以爆竹、靛蓝和板糖为大宗，是廉州土产的拳头产品。

以靛蓝为例。各靛蓝商号在收购了足够数量的靛蓝后，将其集中在西门江边的码头，用灰砂拍打成平整的地坪，将一桶一桶的靛蓝堆放在上面，然后装船运出。在这些靛蓝商号里，以阜民南路的"福益号"最为出名。

其他的货物也都是在西门江边收购、转运、外销的，商业服务一应俱全。可以说，是商业的繁荣带动了廉州服务业的发展，从业者也得以解决温饱问题。

这里还驻扎有不少的西医馆和中药堂，本地文化与外来文化在此交融。附近还建起了一些庵堂庙宇，如保子庵、北山庵、社坛等，逢年过节都要举办各种祭拜活动，香火旺盛，非常热闹。

在骑楼的商业活动中，为了彰显文化特色，商铺主人还会请一些文

廉州的风雅，就在这一条条街道、一座座宅院中

化名人来助阵，邀请书法家或者名人过来题写商号大名。商铺在门面的装饰上也十分讲究，如绘画、雕刻甚是精美，营造了一股浓郁的文化氛围。

四

　　廉州历来生机十足，西门外的街市，望两岸居人，虽竹篱茅屋，皆清雅淡远，充满了烟火气。这里的繁华，离不开商业的发达，就算是角落里的杂货店、理发店，都能发挥出特有的功能，而那些随街摆卖的小吃摊、水果摊，依旧有着强劲的消费氛围。廉州的繁华，既在红墙碧瓦、樊楼风月里，也在勾栏瓦肆、街边作坊之间。

民国时期，仅阜民街便拥有一大堆的商号——瑞祥栈、永安贞、严寿昌、福和号、保和堂、永同泰、和兴祥……读着这些商号，感受其美好立意，商家期望生意兴隆的心思隐约可窥，伴随而来的是一阵阵民国商海的热风。

廉州有一股风潮，哪里人越多，人们就越爱去哪儿凑热闹。来了卖膏药的，很快就会围起一圈看热闹的人，人来得越多，耍把戏的就越卖力表演。这也是廉州古时最喜闻乐见的娱乐场景，并且是免费的，不像唱大戏（粤剧），需要买票进场。

逢年过节，各大市场都挤满了人，路边摊档也是人头攒动、摩肩接踵。在廉州，这叫"趁圩"。趁圩时，买卖者没有高低之分，在平等的氛围中肆意地讨价还价。老街小巷包子铺，邻里坊间白炊烟。这样的市井生活，烟火气十分浓厚，显得亲近、触手可及。

流年旦夕间，小事皆烟火。对于每个廉州人来说，他们趁的是圩，聚的是人气。街上的人气来了，买卖便旺，而趁圩者多少都得拎一些货物回家。这样的趁圩，很接地气，好像散发着一股神秘的魅力，吸引着老老少少前来，又仿佛他们可以捡到实惠一样。

悠长的街道，林立的铺面，笑脸相迎的是老板或者店小二。道路深处的小巷，藏着不做买卖的人家或仓库，人流量少些，呈现另一种住家风格。廉州有不少青砖老宅居于小巷，宅中有园，园中有屋，屋中有院，院中有树，树上见天，天中有月，多让人满足。拐角处的人家，可见爬满青苔的青砖墙体，掩着一扇木制栅栏门，尘俗习气十足，犹如一种积淀的文化，愈久愈醇香。

风雅廉阳

Adam DONG 2013.7

古籍里的合浦小人物

古籍，记载的都是从前的事情。闲翻古籍，不经意间就会遇到一些不同朝代的合浦乡间人物。

这些人物，不一定是达官贵人，可能是社会中的小人物，也可能是文化或者修行水平较高的人。他们并不想张扬，博得什么名声，却被文人无意中记录下来。尽管他们的事迹在古籍中仅仅有寥寥几行，甚至几十个字，却成为一个个经典故事。他们的故事因此而流传，被后人记住。

合浦，因合浦郡而起，后改称廉州，再改称廉州府，是曾经的海上丝绸之路始发港，因珍珠而闻名于世，经过2000多年的历史积淀，自然是文化底蕴深厚。元人范梈曾曰："钦廉僻在百粤，距中国万里而远，郡南皆岸大洋，而廉又居其折，故曰海角也。"合浦虽地处偏僻的海角，却又是海外贸易繁忙之地，因而造就了合浦人包容的性格，既有江南的婉约，又有中原的豪爽，还捎带有胡人的幽默。遇见古籍里的合浦小人物，证明了我所生活的这座古城，在岁月中还真沉淀了一些不曾失去的东西。

《苏轼诗集》卷四十三《戏和愈上人韵》曰："合浦愈上人，以诗名岭外，将访道南岳，留诗壁上云：闲伴孤云自在飞。东坡居士过其精舍，戏和其韵：孤云出岫岂求伴，锡杖凌空自要飞。为问庭松尚西指，不知老奘几年归。"这位愈上人，在苏东坡的眼里，是"以诗名岭外"者，必是作诗高手。可惜了，苏东坡与愈上人擦肩而过，要不然二人在诗词上过招一二，肯定又为我们留下更多的佳作。

苏东坡在《东坡志林》里又有《记苏佛儿语》云："元符三年八月，余在合浦，有老人苏佛儿来访，年八十二，不饮酒食肉，两目烂然，盖童子也。自言十二岁斋居修行，无妻子。有兄弟三人，皆持戒念道，长者九十二，次者九十。与论生死事，颇有所知。居州城东南六七里。佛儿尝卖菜之东城，见老人言：即心是佛，不在断肉。余言：勿作此念，众人难感易流。老人大喜，曰：如是，如是。"这位苏佛儿，虽是卖菜的，却"养生非但药，悟佛不因人"，了悟佛理，可以跟苏东坡唱和，真不简单。

还有一位爽朗的小人物——朱均玉。据明代重臣陈琏所著《琴轩集》载："合浦朱均玉，于所居东凿一池，种莲自娱。殁后逾五十年不生。永乐三年夏，池中忽出叶，如青钱。逾旬则翠盖红华，云锦灿烂。

山口永安村的安静一隅

时均玉有子琼，为靖州同知。琼子惠，明年登乡榜，后遂第进士，为监察御史。所居在合浦北八十里。"且不说朱均玉的子孙如何有出息、当了什么官，仅就其凿池种莲的雅好，已让人羡慕。所居有莲，自带格调，风骨始生也。

何孝子，又是另外一位爽朗的小人物。《珠官脞录》载："何孝子，水洞口人，家贫，事亲孝。殁后，邑人于其地建祠祀之。合浦县谢镜澄为之传云，孝子者何姓，文秀其名也。家贫，习竹枕藉以养父，年老未婚，朝夕不离父侧，得所售值则市酒脯以进。暇辄歌以娱，亲声闻乡里，远近异之。父子皆享遐龄，始终如一日。"守孝道者，逢处皆有，唯能建祠祀之者，却不多见也，足见何孝子品行之高洁。

在合浦，像朱均玉、何孝子这样的人物在古籍里应该还有许多，囿于本人知识面，不能一一罗列出来。他们可能是乡绅、文人，亦可能是小摊贩、手艺人，他们的一举一动让人觉得舒心和信服，而且他们都很低调、谦和、慈善，不爱争强好胜。这样的人物，有着可贵的品质，经得住时间的淘洗，从而成为后人敬仰的榜样。

那些被记录下来的人物，是一座古城的文化标杆之一，具有籍贯属性和人格特征，是古城性格的一部分。人有性格，古城也有性格。纵然因时光的阻隔，我们不能与之谋面，但他们活在古籍里，我们总能够在讲述古城故事的古籍里，与他们相遇，从而领略他们的风采。

历史上的"石康县"

石康在历史上曾经是常乐州州治和石康县县治的所在地，地址在现在的石康镇顺塔村宋城遗址。

在《读史方舆纪要》里有记载："南汉咸亨初置常乐州，领博电、零禄、盐场三县。宋开宝五年州县俱废，改置石康县。"《一统志》载："石康县治南有常乐废州治。是也。本属廉州，元因之。明洪武初改属雷州府，十四年还属廉州府。成化八年，为广西徭贼所残破，并入合浦县。"也就是说，在设置石康县之前，这一带曾经设置过常乐州。由于没能查找到关于常乐州的历史记载，我无法讲述它的前尘旧事，甚为遗憾。

"石康"之名，从石康县设立时便开始使用，有"经久长存，令民安乐"之意，寓意十分美好。据《宋史·卷九十·志第四十三·地理六·广南西路·廉州》载："廉州，下，合浦郡，军事。开宝五年，废封山、蔡龙、大廉三县，移州治于长沙场，置石康县。太平兴国八年，改太平军，移治海门镇。咸平元年复。元丰户七千五百。贡银。县二：合浦，上。有二寨。石康。下。本常乐州，宋并为县。"之前的石康县，除了设置过常乐州，还设置有长沙场，是管理盐务和税收的机构所在地。

从南汉乾亨元年（917年）置常乐州到明成化八年（1472年）并入合浦县，石康积淀了深厚的历史文化底蕴。

为什么要在石康设置州治和县治呢？这与南流江上珍珠和海盐等物的运输有密切关系。石康地处南流江最大支流武利江的三角地带，具有独特的地理位置，也是海上丝绸之路的重要站点。这条闻名遐迩的海上丝绸之路的水运河流，是古代中国与外国交通贸易和文化交往的向海通道，也是已知的最为古老的官方往来海上航线。石康在这条东西方经济文化交往线路中，发挥着重要的作用。

在南流江航运的催化作用下，宋代时南流江沿岸已经先后孕育了不少的城市。我们知道，古代城市的选址主要包括自然地理条件和交通两个重要因素。从已知的位于南流江畔的大浪古城、草鞋村遗址、越州故城、亚山古城、石康宋城等古代城市遗址来看，它们都属于秦汉至唐宋时期岭南通往中原的重要交通站点。

早在南汉时期，官府就已经在石康设置了长沙场盐仓，建立了以转运食盐为主的水运枢纽，说明了石康古城的建立与当时的海盐运输息息相关。

至于石康古城遗址是唐城还是宋城，周家干在《合浦石康宋城遗址小考》里说道："石康城址位于合浦县城东北 16 千米，今石康顺塔村境内的南流江畔。……因宋城紧靠南流江，年长月久，东北部分城墙遗址已被洪水冲塌。现剩西南城基 143 米，东北城基 300 米，城基高 3.2 米，宽 8.6 米。现南门外低洼稻田为当时的护城河遗址，河宽约 13 米，城内尚有残存的城砖、陶瓷器碎片及瓦当。"由于在当时的古城遗址出土的文物中并未发现唐代的遗物，而发现过宋代遗物，故周家干认为石康应是宋代建立的城市。

宋代，廉州在白石、石康修建盐仓，囤贮海盐，利用南流江水道销往广西全境及湖南南部。这种内销状况一直持续到明代，当时朝廷在石康设海北盐课提举司，置盐船 300 艘以运输海盐。

据《宋史·卷一百八十三·志第一百三十六·食货下五》载："廉州白石、石康二场，岁鬻三万石，以给本州及容、白、钦、化、蒙、龚、藤、象、宜、柳、邕、浔、贵、宾、梧、横、南仪、郁林州。"周去非的《岭外代答》也有类似的记载："盐场滨海，以舟运于廉州石康仓。客贩西盐者，自廉州陆运至郁林州，而后可以舟运。斤两重于东盐，而商人犹艰之。自该行官卖，运使姚孝资颐重，实当是任。乃置十万仓于郁林州，官以牛车自廉州石康仓运盐贮之，庶一水可散于诸州。凡请盐之州，曰静江府、融、宜、邕、宾、横、柳、象、贵、郁林、昭、贺、梧、藤、浔、容州，各以岁额来请。"这些海盐均从石康盐仓经南流江运出。

《岭外代答》又载："朝廷岁拨本路上供钱、经制钱、盐钞钱及廉州石康盐、成都府锦，付经略司为市马之费。"石康盐仓赚取的费用，还被拿来购买战马，可见其在宋代时的重要作用。

历代朝廷都在石康设置有盐税管理机构，从南汉时的长沙场，到明代时的盐课提举司，都为朝廷所倚重。《读史方舆纪要》有载："又有海北盐课提举司，旧在雷州府城内，洪武初迁于石康县西，成化中迁于府城内，领白沙等十五盐课司。"石康凭借着南流江"庶一水可散于诸州"的交通枢纽地位，不但输送海盐，而且还是官道要枢，苏东坡获赦北归，走的便是南流江水路。

石康除了盐仓，还有陶瓷，其运输都是凭借南流江便利的水运。石康境内的高岭土存量十分丰富，其陶瓷生产历史悠久。石康人世代从事陶瓷生产、运输与销售，使之成为石康传统产业。石康宋城遗址因紧靠南流江，城内尚有残存的城砖、陶瓷器碎片及瓦当。那些陶瓷碎片，即是宋青花。可见，石康早在宋代即有陶瓷生产。而在距离石康古城不远的武利江支流旁，又发现有豹狸村明代缸瓦窑遗址，补充了石康作为陶瓷产地的实物。

因为石康的富庶和交通位置的重要性，朝廷不敢放松，曾设置石康千户所来镇守。所谓的"千户所"为军事机构，金代始置，元代相沿，其军制千户设"千夫之长"，隶属于万户。到明代，卫所兵制亦设千户所，千户为一所之长官，驻重要府州，统兵1120人，分为10个百户所。石康千户所设于何时？我没查到具体资料，但它肯定是设置有的，主要的职责是防范北边大藤峡的"獠人"沿着南流江下来抢掠。

据清康熙版《廉州府志·备倭》载："皇明洪武二十七年七月，始命安陆侯吴杰、永定张金宝等率致仕武官往广东训练沿海卫所以备倭，是时方有备倭之名，天下镇守凡二十一处。"《廉州府志·军备》载："永安城守御千户所旧在石康安仁里，洪武二十七年为海寇出没奏迁于合浦海岸乡，千户牛铭始建城。"明初，倭寇侵扰我国沿海地区，百姓深受其害。明洪武二十七年（1394年），朝廷诏命沿海备倭，在海边筑城镇守，防止倭寇侵袭，这时候才将石康千户所迁至永安，永安千户所仍受石康县管辖。

跟石康县有关的历史人物的记载并不多，比较著名的有欧阳晦夫和罗绅父子。

欧阳晦夫，北宋时石康县令。苏东坡获赦北归量移廉州时，欧阳晦夫从石康到廉州来看望他。欧阳晦夫看到宦途坎坷的苏东坡获赦北归十分高兴，因为当时遭罹贬逐的人，大多已登鬼录，此时陪伴苏东坡的只有他的小儿子苏过。知己好友在天涯海角处重逢，竟如梦境一样。欧阳晦夫将自己的诗稿拿来请教苏东坡，并要求苏东坡为他写乳泉赋，苏东坡一一满足了他的要求。苏东坡写了一首《欧阳晦夫遗接䍦琴枕戏作此诗谢之》："见君合浦如梦寐，挽须握手俱汍澜。妻缝接䍦雾縠细，儿送琴枕冰徽寒。"欧阳晦夫的妻子为苏东坡缝头巾，儿子给他送琴枕，情谊深厚。

苏东坡还偕欧阳晦夫、张左藏和邓拟等人游了海角亭。海角亭紧傍廉江，面临浩瀚的大海，他们听着海角潮声，远眺茫茫大海，临流赋诗。苏东坡挥毫写下了"万里瞻天"四个大字，抒发了他对家国的怀念，为古亭增辉不少。

为纪念石康县最后一位知县罗绅，石康人建造了罗公祠。罗公祠又名忠孝祠，旁边是万善寺，两者内部相通。罗公祠的建筑形式为庙宇式的大屋顶，厚墙黑瓦，歇山顶，四梁八柱，红窗彩绘，上下二进，中间天井，包含了中式建筑的基本元素。

罗公祠原址在石康旧县址，即现在石康镇顺塔村委一带，始建于明成化二十二年（1486 年）。后来，石康圩东移，罗公祠便迁至现址，于清乾隆十八年（1753 年）重建于圩镇东北角。此处的罗公祠又叫新庙，至今香火甚旺。如今的罗公祠为合浦县文物保护单位。

明天顺二年（1458年），罗绅赴石康任知县，次年匪寇攻打县城，其长子罗鉴战死，次子罗钦也战死。至明成化三年（1467年）冬，匪寇再次攻打石康，罗绅被俘，因没有索取到期待中的赎金，匪徒残忍地将罗绅杀害。罗绅父子三人护境殉国后，石康民众专门为他们建了一座祠庙以祭祀，取名为"罗公祠"，廉州知府饶秉鉴为之作表立传。在合浦县石康镇耀康村，还有罗绅父子墓，亦为合浦县文物保护单位。

　　在匪寇这次攻陷了石康县后，民众纷纷迁离，造成"百里无人"的局面，于是，朝廷把石康县并入了合浦县。据《明宪宗实录》卷九十九载："（成化七年十二月戊寅）并广东石康县于合浦县，从左布政使张瑄等奏县邻广西，频年为瑶贼杀掠，民物稀少也。"又据《天下郡国利病书·广东中·廉州府》载："（成化）七年，以石康县并入合浦。时知府林锦具奏裁革。"石康县是由廉州府知府林锦、广东左布政使张瑄奏请裁革的。从那以后，石康再无县级及以上建制的设置。

陪苏东坡"过合浦"

对于合浦人来说，苏东坡无疑是一位令他们倍感亲切的古人，人们聊起他，就如同跟他一块儿散步，一块儿聊天，无须仰视。

"自过鬼门关外天，命同人鲊瓮头船。北人堕泪南人笑，青嶂无梯问杜鹃。"可见苏东坡被贬海南儋州时，他的内心可以说是五味杂陈的，因为在宋代，放逐海南岛是仅比杀头罪轻一等的处罚。三年之后，当他接到获赦的通知——量移廉州安置时，估计就如杜甫说的那样："却看妻子愁何在，漫卷诗书喜欲狂。"由是，便有了我们陪苏东坡一起"过合浦"的旅程。苏东坡一行，有他的小儿子苏过作陪，以及他那只叫作"乌觜"的狗。

苏东坡历来都是豁达的，把多舛的命运看得很淡，而他所走过的道路也确实十分坎坷。他就算离开海南岛，也因为渡船而多耽搁了几天时间才得以动身，可谓一波三折。

据《萍洲可谈》记载，苏东坡在前往雷州半岛的路上，心情十分激动。元符三年（1100年）六月二十日夜半渡海时，他不断扣舷而歌。岭南七年，海岛三年，颠沛流离，亲人久隔，乡音难觅，如今又能和亲友相聚了，让他怎能不歌唱？同是天涯沦落人的好友秦观，亲自到徐闻递角场来接他，并到秦观被贬谪的雷州府上做客。

跟秦观告别之后，苏东坡继续北上，这时候，下起了连日的暴雨，无法前行，苏东坡一行只好在蚕村港上岸避雨，住进了兴廉村净行院。苏东坡在此写下了《雨夜宿净行院》一诗："芒鞋不踏利名场，一叶轻舟寄渺茫。林下对床听夜雨，静无灯火照凄凉。"苏东坡满腔的热情被雨天浇灭得差不多了。

连日的暴雨将道路、桥梁损毁得很严重，沿着古道行进不可能了，于是他们改从海上"过合浦"。在《东坡志林·记过合浦》里，苏东坡记曰："余自海康适合浦，连日大雨，桥梁大坏，水无津涯。自兴廉村净行院下乘小舟至官寨，闻自此西皆涨水，无复桥船，或劝乘蜑并海即白石。是日六月晦，无月，碇宿大海中。"苏东坡"并海"即沿着海岸走，"即白石"来到白石登陆，晚上"碇宿大海中"，十分无奈。

苏东坡在白石驿走出登陆的"第一脚步"之后，用了四天时间，经白沙、公馆、闸口、十字路抵达廉州。按照每天走十几公里的路程，大体是合适的。于是才有了苏东坡七月四日写下的《记过合浦》一文。

苏东坡在合浦暂居的两个月，做了以下几件事。

一是尝合浦龙眼，写诗纪念。苏东坡在合浦时正值龙眼成熟的季节，苏东坡品尝后诗兴大发，写下了《廉州龙眼质味殊绝可敌荔支》一诗赞赏合浦龙眼，认为其味道堪比荔枝，诗句尾联说到龙眼生长于蛮荒之地不为人知，反而避免了被妃子玷污的命运，这可能也是苏轼借龙眼来比喻自己的人生，表明保全清白气节的珍贵。

二是吃猪仔饼，做千年广告。中秋节时，苏东坡吃到了合浦的糕饼——猪仔饼，当场写下了《留别廉守》一诗，为合浦猪仔饼做了广告："编萑以苴猪，瑾涂以涂之。小饼如嚼月，中有酥与饴。悬知合浦人，长诵东坡诗。好在真一酒，为我醉宗资。"诗中的"编萑"是用一种灌木条编成的小猪笼，笼里装着用黑豆做成眼睛的猪仔饼，猪仔饼的上面还涂了蛋液，这广告还真不赖。

三是与故友相逢，谈文叙旧。时任石康县令的欧阳晦夫是苏东坡好友，听闻苏东坡在合浦，即带着家眷过来拜访。欧阳晦夫提出希望苏东坡为他题诗，苏东坡便欣然留下了诗作《梅圣俞之客欧阳晦夫使工画茅庵已居其中一琴横床而已曹子方作诗四韵仆和之云》。为感谢欧阳晦夫的妻子帮他缝补头巾，其子送他琴枕，苏东坡又作《欧阳晦夫遗接䍦琴枕戏作此诗谢之》《欧阳晦夫惠琴枕》两诗以表感谢。

四是访海角亭，手书留念。苏东坡游览了海角亭，该亭是合浦人为纪念东汉合浦太守孟尝而修建的。苏东坡见亭中碑刻甚多，感叹"孟尝高洁，施政廉明，去珠复返，无怪乎千古誉为盛事"。在海角亭，苏东坡亲手书写了"万里瞻天"四个大字，惊为天人。

五是拜访愈上人，遇苏佛儿。苏东坡听闻合浦东山寺僧人愈上人诗才出众，即前往拜访，但不遇。苏东坡见愈上人在墙壁上留有题诗"闲伴孤云自在飞"，即兴题写《戏和合浦僧》以和。苏东坡在廉州时，有一个老人来访，老人名叫苏佛儿，年已82岁，仍精神十足。两人相谈

苏东坡曾在东坡亭所在之地与老友饮酒赋诗,不亦乐乎

甚欢,苏佛儿的修佛感悟独到,认为"即心是佛,不在断肉"。后来,苏东坡把与苏佛儿交往的趣事整理成《记苏佛儿语》,录入《东坡志林》。

六是挖东坡井,惠及居民。现在的东坡亭东面有一口水井,传说为苏东坡所挖,井水清澈甘美。苏东坡到廉州后,得知廉州百姓是挑江水回来饮用,就问人们为什么不打井。人们告诉他,在城内挖井取水会破坏风水。苏东坡不以为然,为了说服百姓,他出资在自己的住处清乐轩附近挖了一口水井,井挖成以后又请当地士人前来品尝。大家都认为这井水味甘质好,于是纷纷来这里挑水。苏东坡离开廉州后,人们把他出资挖的那口井取名为"东坡井",并刻字纪念。

七是赴饯别宴,作诗留念。苏东坡终于等到了通知,任舒州团练副使，永州安置。苏东坡赴任前，张左藏、邓拟等人于清乐轩设宴与他饯别。席间忽闻笙箫之音，苏东坡与好友皆惊叹，于是好友请他题诗纪念，苏东坡当场作《瓶笙诗》以纪念。八月二十九日，苏东坡离开合浦。

苏东坡在合浦生活仅两个月，却在当地留下不少佳话，不仅当时的合浦人深感荣幸，后人也仰慕苏东坡的风流，千百年来不断追忆怀念。后人为了追忆苏东坡，不仅修建了东坡亭来纪念他，还命名了东坡井、扁舟亭，为合浦留下不少物质和精神财富。

我们陪苏东坡"过合浦"，实则是为了纪念他给合浦历史文化带来的深刻影响，那些浓重的东坡色彩，在合浦的历史文化长河中占据着重要的分量。当年苏东坡"过合浦"，或许只是一种机缘巧合，连苏东坡本人也不曾料到，他留下的精神财富，让合浦人民追思和怀念长达千年之久。

后来，苏东坡为啥不去永州了

苏东坡在合浦留下了不少的文化痕迹，为后人所津津乐道。专家学者对苏东坡的研究也颇多，只是，我心里还有一个疑惑，当年苏东坡在廉州等候分配、接到"受舒州团练副使、永州安置"诏书后，为何最后没去永州？

我们知道，苏东坡在儋州获赦后，一路北回，心情放松却路途坎坷。北宋元符三年（1100年）正月，宋哲宗崩，年幼的宋徽宗继位，向太后听政。二月，苏东坡被赦免，并诏他量移廉州安置。"量移"为唐宋时期的公文用语，是指官员被贬谪远方之后、遇恩赦迁往距离京城较近地区。直到六月，苏东坡才离开海南岛，具体日期有《洞酌亭诗》为证，其序云："庚辰岁六月十七日，迁于合浦，复过之。"又有《六月二十日夜渡海》诗，说明这期间耽搁了四天时间才启程。

苏东坡除了跟老朋友吴复古一起上船外，还带了小儿子苏过，以及一只叫作"乌觜"的狗。苏东坡作有《乌觜诗》，序云："予来儋耳，得吠狗曰乌觜，甚猛而驯。随予迁合浦，过澄迈，泅而济，路人皆惊，戏为作此诗。"

六月二十一日，苏东坡一行登陆雷州半岛的递角场，直奔徐闻与秦观相会。吴复古就此分别，而苏东坡则与秦观到海康。四天后，苏东坡作《书秦少游挽词后》，云："庚辰岁六月二十五日，予与少游相别于海康，意色自若，与平日不少异。"可知苏东坡是日惜别秦观，离开海康。

苏东坡父子离开海康后，遇"连日大雨，桥梁大坏，水无津涯"，只好寄宿于兴廉村净行院。据苏东坡在《东坡志林·记过合浦》里补记曰："……乘小舟至官寨……或劝乘蜑并海即白石。是日，六月晦，无月。碇宿大海中……七月四日合浦记。"他们于六月三十日在大海中过夜，次日到达白石，即今山口镇永安村，经陆路抵达合浦，苏东坡在七月四日写下日记。

苏东坡在合浦有些什么活动，做了些什么事情，多有文献记述和文章颂扬，本文不再赘述。下面，我们来说说苏东坡离开合浦的时间和为什么没有去永州的曲折经历。

苏东坡在廉州逗留了两个月，在这期间接到朝廷诏命，然后启程离开合浦。他被任命为舒州（安徽安庆）团练副使，移永州（湖南永州）安置，接到诏书的具体日期无法考证。苏东坡有《瓶笙诗》引："庚辰八月二十八日，刘几仲饯饮东坡。中觞闻笙箫声，杳杳若在云霄间。"也就是说，合浦刘几仲等人于八月二十八日为苏东坡饯别，苏东坡次日即踏上新途。又有《东坡文集》之《与欧阳元老一首》载："秋暑，不审起居佳否？某与儿子八月二十九日离廉，九月六日到郁林，七日遂行。"由此可知，苏东坡是八月二十九日离开合浦的。

苏东坡到了郁林（玉林），得悉秦观在藤州（藤县）去世的消息，决定赶往藤州。九月七日，苏东坡从郁林出发到铜州（北流），坐竹筏，沿圭江（北流江）到容州（容县）再到藤州。苏东坡赶到藤州，是为了吊唁秦观，但秦观的灵柩已经离开藤州。苏东坡短暂停留后，于九月中旬乘船沿西江抵达梧州。

据林语堂《苏东坡传》载，苏东坡原打算在梧州雇舟溯贺江北上，至湖南永州任职的，但发现贺江水道枯浅，无法行舟，只好走一条远而弯曲的路，先到广州，再往北过大庾岭，进入江西后再往湖南。

十月，苏东坡到了广州，又可以与儿孙团聚了。在苏东坡快到广州前，大儿子苏迈就已带着一家老小赶到广州；远在宜兴的二儿子苏迨，也赶到广州来等候父亲。苏东坡在广州见到儿孙，感觉生活如梦，写诗道："北归为儿子，破戒堪一笑。"苏东坡每到一个地方，都有朋友和仰慕他的人包围着，引他游山游庙，请他题字。在广州，自然也有众多"粉丝"为他设宴，请他游玩。

据孔凡礼《苏轼年谱》载："十一月，诏苏轼官复朝奉郎、提举成都府玉局观、在外州军任便居住。"也就是说，苏东坡获得了"解放"，可以自由选择居住地，不必前往永州。于是，苏东坡一大家子人，一块乘船往南雄北上。一路上，苏东坡考虑着定居的地方，他觉得在常州尚有一些田产，可以安度晚年，于是往常州而去。还未走远，前文说到的吴复古及一群和尚追上了他们，又耽搁了一些日子。

可是，在宋徽宗建中靖国元年（1101年）正月，苏东坡穿越大庾岭，到达赣县时，遇上了瘟疫，家中多个孩子染病，六个仆人病逝，生活一下子陷入困境。一家人被滞留在赣县长达七十天之久。

至于苏东坡后面的行程，孔凡礼在《苏轼年谱》里说得很清楚，现借来一用："苏轼在北归途中，正月过大庾岭，有《赠岭上老人》《赠岭上梅》《予昔过岭而南，题诗龙泉钟上，今复而北，次其韵》《过岭二首》诸诗，至南安军、虔州，作《刚说》《南安军学记》等。晤刘安世。三月离虔州，至南昌。四月至南康军，与刘安世同入庐山。过湖口、池州、芜湖，抵当涂，五月至江宁府、真州，本欲赴颍昌府与苏辙聚，后决定往常州。六月如病，瘴毒大作，舟赴常州，上表请老，以本官致仕。七月，径山维琳禅师来访，二十六日作《答径山琳长老》，为绝笔。二十八日卒。"斯人驾鹤西去。

苏东坡究竟是怎样的一个人呢？林语堂在《苏东坡传》里说得极好："是人间不可无一难能有二的。"苏东坡的一生，多才多艺，多灾多难，多姿多彩。林语堂说："苏东坡是个秉性难改的乐天派，是悲天悯人的道德家，是黎民百姓的好朋友，是散文作家，是新派画家，是伟大的书法家，是酿酒的实验者，是工程师，是假道学的反对者，是瑜伽术的修炼者，是佛教徒，是士大夫，是皇帝的秘书，是饮酒成癖者，是心肠慈悲的法官，是政治上的坚持己见者，是月下的漫步者，是诗人，是生性诙谐爱开玩笑的人。"

林语堂还说，苏东坡"具有蛇的智慧，兼有鸽子的温柔敦厚"。

陶弼与廉州石

　　宋人陶弼写的那首诗《廉州石》，现在被玩南流江石的人奉为圭臬。玩石，本来即是玩文化，有一首诗助兴，当然锦上添花。

　　该诗曰："使君合浦来，示我海滨石。千岩秀掌上，大者不盈尺。"此诗没什么文采，叙述很直白，含义不深奥，谁都读得懂。但它是唯一颂扬"廉州石"的古诗，自然得廉州玩石者喜爱。

　　要理解"廉州石"，必须弄清楚其来龙去脉，切入口当是该诗的作者，以及历史背景。该诗的作者陶弼，何许人也？有文章是这样说的："陶弼（1015—1078 年），湖南永州人，北宋庆历年间任廉州团练使。"该文章还说："陶弼事见《二十五史·宋书》《合浦县志》。"

　　陶弼真的任过廉州团练使吗？慎重起见，我查了 1994 年版《合浦县志》，没有记载。可能是其他版本的，但我手头上没有。再查《宋书》，才发现《宋书》是记载南朝时期刘宋王朝的事，即从 420 年刘裕起兵推翻桓玄建立政权，至刘宋王朝 479 年被萧齐所灭这 60 年间的史事，时间比陶弼生活的年代早了 600 年。

　　为此，我又查了《宋史》，才找到了相关的《陶弼传》。在《陶弼传》里，记载了他的经历：早年随杨畋征讨湖南"苗瑶叛乱"，"以功得阳朔主簿"，后调阳朔令。接着"知宾、容、钦三州，换崇仪副使，迁为使，知邕州"，后来"徙鼎州。……荐为辰州，迁皇城使。降北江彭师宴，授忠州刺史。郭逵南征，转弼康州团练使，复知邕州。……建所得广源峒为顺州，桄榔为县。进弼西上阁门使，留知顺州"。

在陶弼的一系列任职中，没有"廉州团练使"的记录，是不是作者在查阅古籍时，误将"康州（广东德庆县）"读作了"廉州"？但陶弼跟廉州肯定有关系。他不但写下了《廉州石》，还写有《题廉州孟太守祠堂》《合浦还珠亭》《寄石康县曹元道》等涉及廉州的诗，他与时任廉州知州的李时亮也多有诗歌唱和，并结集为《李陶集》，可惜该文集已失传。但我们从《李陶集》的关系中，可以看出他们之间的友情，而且，陶弼过世后，李时亮还为陶弼撰写了碑记，交情匪浅。

话说宋代是一个重文轻武的时代，解除了唐代之前的"宵禁"，百姓晚上可以自由活动，促进了社会生活的繁荣，朝廷里极度奢靡享乐，"暖风熏得游人醉"，连社会风气都是如此。于是，词曲、歌舞、器玩、声容、饮馔、颐养……甚为流行，乃至在稍后的宋徽宗时期，还出现了"花石纲"。据宋史记载："每花石至，动数十舟……大率太湖、灵璧、慈溪、武康诸石；二浙花竹、杂木、海错；福建异花、荔枝、龙眼、橄榄；湖湘木竹、文竹；江南诸果；登莱淄沂海错、文石；两广、四川异花奇果。""花石纲"已不单只搜刮石头，读着都让人咋舌。

陶弼与李时亮同为封疆大吏，都是知州，染上一些奢靡之气不可避免，玩石也是自然的事。于是，李时亮探访陶弼时，便带去了"廉州石"，对应此句"使君合浦来，示我海滨石"。但李时亮带来的"海滨石"是什么东西？没有解释。是珊瑚或是砗磲？从下一句"千岩秀掌上，大者不盈尺"来看，此物又不似指海中之物。它应该是江中石头，廉州有廉江（南流江），大概就是江滩石了。

如此，终于可以言归正传了。

南流江是一条水流量很大的江河，因地质结构的变迁，又因大自然的外力作用，一些石头被冲刷得形态各异，鬼斧神工。一块石头，不管是质地如玉，还是造型别致；不管是花纹精美，还是图案丰富，都让人心生欢喜。将美丽的东西据为己有，是一般人的思维。而得了精美之物，既可增长知识、陶冶情操，又可与人欣赏、怡乐其中。

可以想见，李时亮与陶弼在欣赏"廉州石"时，那种沉醉的尽美情形。

而我，也曾到南流江捡过石头。当然，我是瞎玩的，与陶弼的赏析有着天壤之别，也与当下玩石人的情致不一样。

我的调子不高，但情趣盎然。阳光下，我站在波光粼粼的南流江边，思绪伴着静静流淌的河水涌动。我在河滩上寻觅，翻拣着石头。我知道，牛筋石没有了，其他好看的石头也没有了，但我不在意，有三四颗纹路特别点的就行。

江滩上都是些鹅卵石，黄色的、褐色的都有，色泽粗哑，纹路凌乱，我一边捡，看了不合适，又一边扔掉。偶尔发现一颗如花螺的，便握在手里。

它跟长在海里的花螺一般大，粗粗的，握着有一种暖暖的温情。把玩时，那披着纹路的贝扇颇有趣味，忽地打开了。再仔细瞅，它又合上了。我再用心等待时，忽地又打开了。

我手握着花螺继续前行，生命的宗旨就是不停地前行。前行的路，没有终点。人生路上，何必要给自己设置终点？终点在哪里并不重要，没有终点的前行，更具魅力与召唤。

我又捡了几块小石头，两只手都抓得满满的，有点不可名状的欢乐。这些石头，带有江流的温度和气息，自此离开河床、离开故乡，随着我走天涯。不知道李时亮给陶弼"示""海滨石"时，心情是否跟我一样，因满足而得意？

　　诚然，我也不是一味地得意，离别总是伤情的。当李时亮带走的"海滨石"，当其他人带走的牛筋石，以及我带走的"花螺"，它们离开"母亲"南流江时，是否会流露出一丝不舍和难过？是否流着泪来一场哭泣的告别？我想说，当我用心抚慰着手中的石头时，我仿佛听到了它们与"母亲"告别时的窃窃私语。

　　离别，没有归期。离别之后，从此不再回头。无论是陶弼、李时亮、我，还是那些石头，都是如此。

屈大均与南珠

  屈大均有一股难得的南珠情结。可以说，他是"推广"南珠的第一人，他的"东珠不如西珠，西珠不如南珠"，在广告效应上可与"珠还合浦"相提并论。

  屈大均，广东番禺人，生于明崇祯二年（1629 年），殁于清嘉庆二年（1797 年）。屈大均有很高的文学成就，是明末清初著名的学者和诗人，与陈恭尹、梁佩兰并称"岭南三大家"。屈大均晚年隐居，著述讲学，移志于广东文献、方物、掌故的收集编纂。事实上，"广东"一词明代才出现，屈大均为言志而弃传统的"岭南"称谓不用，而采用"广东"做书名，可见其颇有蔑视当朝之勇气。

  屈大均有《广东文集》《广东文选》《皇明四朝成仁录》《广东新语》等著作，其中的《广东新语》最为出彩。至于为何要取这个书名，屈大均在自序里说道："吾于《广东通志》，略其旧而新是详，旧十三而新十七，故曰《新语》。《国语》为《春秋》外传，《世说》为《晋书》外史，是书则广东之外志也。"《广东新语》内容庞杂，被誉为"广东大百科"。全书共 28 卷，每卷讲述一类事物，即所谓一"语"，如天、地、山、水、虫、鱼等，分事而述。

在《广东新语卷十五·货语》里，有一节是"珠"，是专门介绍珍珠的。别看它仅仅是一节，可是洋洋洒洒三千言，让合浦珍珠占了很大的篇幅，可见屈大均对南珠的重视与厚爱，情怀都倾注在里面了。

"吾粤金山珠海，天子南库，自汉唐以来，无人而不艳之。""粤故多珠，蚌、蛤、蠃生珠，鲛人慷慨以泣珠，鲸鲵目即明月珠，朱鳖吐珠，蚝亦有珠，复有骊龙之珠。"粤地多处产珠，但历史悠久且持续不断的唯有合浦，合浦珍珠2000多年来享誉于世，可不简单。屈大均的评价，看似中规中矩，实则偏向了合浦珍珠。

屈大均敢于力排众议，对合浦珠池位置进行了厘清，这是对合浦珍珠的首要贡献。长期以来，有关合浦珠池的名称、数量以及具体海域，有各种著述、史料和说法，众说纷纭，莫衷一是。屈大均在《广东新语》里给予了界定，后人基本以他的说法为准则："合浦海中，有珠池七所，其大者曰平江、杨梅、青婴，次曰乌坭、白沙、断望、海猪沙。而白龙池犹大，其底皆与海通。"如果按顺序来说，则是："南珠自雷、廉至交趾，千里间六池，出断望者上，次竹林，次杨梅，次平山，至汗泥为下。"据考证，断望池在营盘镇婆围村南面，与广东乐民池相对；乌坭池在山口镇英罗港外海；平江池在北暮盐场至川江村一带；白沙池在白沙镇榄根村；海猪沙，又名海渚，在营盘镇白龙港以南。"然皆美于洋珠。"即是说，这些珠池产出的珍珠，质量要好过任何海域的珍珠。

因为合浦珍珠圆白光莹、细无丝络、粒大质高，往往是一粒千金，引得南来北往的商贾云集合浦，抢先贩卖珍珠，以求取巨额利润。"今天下人无贵贱皆尚珠，数万金珠，至五羊之市，一夕而售。"足见合浦珠市之繁荣。

然而，历朝历代的统治者为保证珠贡采取了严厉的禁市措施，又因采珠无度以致珍珠资源枯竭，导致合浦陷入"行旅不至，人物无资，贫者饿死于道"的境地。"人多而物不给，卷握之中，亦无甚难得之货。蚌珠且尽，况于龙颔之珠乎？"说起来，整部合浦珍珠史，满满的都是疍珠户受苦受难的血泪史。合浦珍珠是美丽的，但当它成了权贵们炫富斗糜的尤物时，便颗颗都沾上了疍珠民的血泪。看到这种凋敝之境况，屈大均作诗描述曰："海上馀珠市，城中尽竹房。居临鲛室近，望入象林长。野旷秋无色，江清水有霜。炎州惟此地，风景最荒凉。"

屈大均当年曾削发为僧，以化缘为名云游四海。多方奔走使他见多识广，对他地的风土人情、天物地理都知晓熟悉。"予尝至合浦，止于城西卖鱼桥，故珠市也。闻珠母肉作秋海棠或杏华色，甚甘鲜而性太寒。"从屈大均的描述可知，他到过合浦，还吃过珍珠螺肉，"土人饷我珠肉，腊以为珍，持以下酒"。游山玩水之余，还有酒肉相伴，屈大均的这段小日子过得还算滋润。

"白日每不归，青阳时暮矣。"三春可是踏青的好时光，屈大均还跑到了白龙池的采珠现场，看看珠民是怎样采珠的。"采珠之法，以黄藤、丝棕及人发扭合为缆，大径三四寸，以铁为耙，以二铁轮绞之。缆之收放，以数十人司之。每船耙二，缆二，轮二，帆五六。其缆系船两旁以垂筐，筐中置珠媒引珠。乘风帆张，筐重则船不动，乃落帆收耙而上。剖蚌出珠。"屈大均观察很仔细，看到采珠已经"机械化"了，马上作诗赞扬："暮春争赛白龙池，挂席乘潮采不迟。千尺螺筐垂海底，翻波不使大鱼知。"

屈大均看到的是一片大好的繁忙景象，虽然他也知道"凡采生珠，以二月之望为始"。但是，许多困境、险境他没见着。明嘉靖五年（1526年）冬，合浦大雪纷飞，天寒地冻，南海雨雪，这在天文史上是罕见的。大批穷苦人被冻死，官吏还是强迫疍珠民下海捕珠，冻死了不少疍珠民。当然，这是屈大均出生前100年发生的事，他不知道也不奇怪。

有道是"长川含媚色，波底孕灵珠"。凭借自身的见闻与学识，以及勤学好问的态度，屈大均知晓了海水浓度影响珍珠生长的奥秘，他说道："海水咸而珠池淡，淡乃生珠，盖月之精华所注焉。故珠生池中央者色白，生池边者色黄，以海水震荡，咸气侵之，故黄也。"由此看来，屈大均不虚此行。

经过摸底调查，掌握了第一手材料之后，屈大均终于向世人发布了酝酿已久的结论："合浦珠名曰南珠，其出西洋者曰西珠，出东洋者曰东珠。东珠豆青白色，其光润不如西珠，西珠又不如南珠。"这就是那句最佳广告词的来源——"东珠不如西珠，西珠不如南珠"！

说真的，合浦出产的珍珠浑圆粒大、凝重结实、晶莹光润，珠光艳丽而柔和，同一角度有多个闪光点，可谓熠熠生辉，十分吸引人。南珠不但色彩斑斓，而且色泽经久不变，历来为进献宫廷的贡品，堪称国宝。

行文至此，该结束了吧！且慢，屈大均还有一招留在后面，屈大均拿出在珠池里学到的绝招，教后人怎样"养珠"。他说："养珠者，以大蚌浸水盆中，而以蚌质车作圆珠，俟大蚌口开而投之，频易清水，乘夜置月中。大蚌采玩月华，数月即成真珠，是谓养珠。养成与生珠如一，蚌不知其出于人也。蚌之精神，盖月之精神也。"现在人工养殖的珍珠，大概也是经过育苗、养贝、植核、育珠、收珠等环节，方式方法跟屈大均所述差不多，他们是不是都师承于老先生呢？

屈大均终究还是诗人，茶余饭后便吟作一两首。我们来欣赏一下他作的珍珠诗。

《采珠词（其一）》："合浦清秋水不波，月中珠蚌晒珠多。光含白露生琼海，色似明霞接绛河。"

《采珠词（其二）》："中秋月满珠同满，吐纳清光一一开。明月本为珠作命，明珠元以月为胎。"

《珠人曲》："一唇有数珠，大小相连缀。采珠乘月圆，扬帆入龙穴。水淡珠多白，水咸珠多黄。月光化为水，来养明月珰。娶女得珠娘，自解孕明月。与卿若蟾兔，长在太阴窟。生长珠池旁，食珠如食米。日夕剖神胎，珠肉荐芳醴。儿女抱珠筐，细珠弃不取。珠母肉微红，色似海棠乳。珠母当秋孕，精华得月全。明珠无大小，都在口唇边。"

"还珠之郡，媚川之都，沉珠之浦，禺珠之乡，珠匡之国。生其地者，人多秀丽而文，是皆珠胎之孕育者也。"屈大均为树立"南珠品牌"，可谓是不遗余力了。

南流江的文化积淀

南流江是合浦的母亲河，千百年来哺育了两岸的合浦人民，积淀了深厚的历史文化。

南流江并非大江大河，河道才 287 公里长，很不起眼，但在古代它却是一条不可忽视的河流，它在汉代的对外活动中，是最早与海外沟通的海上丝绸之路黄金水道。南流江起源于大容山，流经北流、玉林、博白、浦北和合浦五市县，往南注入北部湾。它一路裹挟支流与小溪，在现在的合浦县境冲积成肥沃的三角洲，合浦古城廉州就坐落在三角洲上，成为海上丝绸之路始发港。

南流江由此在历史上给合浦带来巨大的影响，对合浦文化的形成与发展产生了重要作用，如孕育了合浦珍珠文化、海上丝绸之路文化、古汉墓文化、廉政文化、客家文化和疍家文化等，这些文化的生成与发展，历经千年，从而积淀了合浦古郡自秦汉以来的丰厚文化底蕴。

在南流江的哺育下，合浦成为一个包容性极强的古郡，对中原文化、骆越文化和海外文化都予以接纳，并为我所用。有《汉书·地理志》记曰："自日南障塞、徐闻、合浦船行可五月，有都元国；又船行四月，有邑卢没国；又船行可二十余日，有谌离国；步行可十余日，有夫甘都卢国。自夫甘都卢国船行可二月余，有黄支国，民俗略与珠厓相类。其州广大，户口多，多异物，自武帝以来皆献见。有译长，属黄门，应募者俱入海市明珠、璧流离、奇石异物，赍黄金杂缯而往……"中原王朝通过南流江对外输出黄金、陶瓷、丝绸、茶叶等，并购入珍珠、琉璃和奇珍异物，不但交流了货物，还传播了文化，合浦就是这条海上丝绸之路的重要据点。

鲁迅在《花边文学·〈如此广州〉读后感》中说过："汉求明珠，吴征大象，中原人历来总到广东去刮宝贝。"历史上各朝各代，官员或者商贾都爱到合浦搜刮珍珠，因为珍珠价重。由此，对合浦的采珠业产生了不良的影响。东汉太守孟尝到任后除弊兴利，休养生息。未曾逾岁，合浦一带又变得有珠可采了，原来靠采珠为生的百姓又有了活命的生计，去珠复还。典故"珠还合浦""孟守还珠"便产生了。现在的合浦县廉州中学校园内，有海角亭，是为纪念孟尝"珠还合浦"的政绩而建。合浦县城东北曾有还珠亭，但亭现已不存，只遗下楹联："孟尝何处去了，珍珠几时飞回"。珍珠文化的印记，长留在了合浦。

合浦是海上南传佛教的首个登陆地。在接二连三的古汉墓发掘中，合浦发现了几件"莲花顶"器物。有专家认为，这些"莲花顶"是属于南亚的佛教供器，而全国范围内目前只在合浦发掘出这样的陶器，它们在合浦汉墓里出土，说明了南亚的佛教文化最迟在东汉时已经通过海上丝绸之路传到了合浦。

传进合浦的还有"钹子"，又叫"铜钹"，是一种古代乐器。它出土于合浦寮尾汉墓，其隆突底部有四个对称的穿孔，而孔洞通常为穿线所用，方便抓握或悬挂，说明它是手持之物，跟现代的"钹子"相似。《隋书·音乐志》载："天竺者，起自张重华据有凉州，重四译来贡男伎，天竺即其乐焉……乐器有凤首……铜钹、贝等九种。"古人认为，铜钹从天竺传来，而且寮尾汉墓出土的汉代文物铜钹是一件实物。

上述记述，还说明了汉王朝与海外交易频繁，创造了海上丝绸之路的贸易文化。是那种频繁的交易，让合浦郡的面貌发生了变化，由偏远的边陲之地慢慢变为贸易大港，承担起了两汉时期的海外贸易重任。同时，合浦郡也成为不同文化的交流之地，是这些文化的碰撞与交流，造就了合浦文化的多元性。

沿着南流江，合浦古郡还哺育了另一种文化——廉政文化。因为东汉时一位著名的清廉名臣、在史书上被称为"节义至仁"的合浦郡太守费贻，让廉洁的节气在合浦气贯长虹，影响深远。唐贞观八年（634年），朝廷将原合浦郡改名越州，再改名廉州，取意为"弘扬廉洁勤政吏治之风"，合浦当之无愧。明崇祯版《廉州府志》载，费贻"仕合浦太守，政轻简，民怀其德，或曰合浦江山皆有名'廉'者，以贻故也"。于是，合浦有了廉山、廉垌、廉江、廉泉、廉州等以廉为由的地名，这种特殊的廉政文化，再度夯实了合浦的历史文化底蕴。

奔腾不息的南流江，继续为合浦创造着奇迹。合浦由汉代的向海发展转向了唐宋的内地漕运，又进入了新的发展阶段。北部湾连接着南流江，烟波浩渺，船来船往，运送的是物资，承载的是文化。到了宋代，朝廷把一度北移的廉州重新南迁现址，使之成为漕运海盐的中心，廉州再度繁荣。

而著名文人在合浦的活动，也留下了痕迹，擦亮了合浦的文化招牌。合浦人盖了一座海角亭于城西南郊，以纪念东汉施政廉明的合浦郡太守孟尝。古人谓这里"亭南江流怒走入海，海潮汐至，潮声轰然"。宋元符三年（1100年）苏东坡获赦，量移廉州安置，为海角亭题写"万里瞻天"横匾。到后来，清光绪年间陈司权为海角亭题写了对联"海角虽偏山辉川媚，亭名可久汉孟宋苏"，把苏东坡放进亭里一并怀念，延续了合浦的多元文化之火。

一条名不见经传的河流，因为种种历史机遇的结合，为合浦积攒文化力量起到了举足轻重的作用。历史源流和机缘巧合，让南流江流淌和积淀起丰厚的历史文化。这样的天地造化，可遇而不可求，每一样因素都不可或缺，每一个环节都必须恰到好处。南流江就像一位神奇的导演，导出了合浦深厚文化精彩上演的伟大作品。

南流江，从大容山逶迤而来，从容地南流入海。尽管没有楚辞汉赋的记录，也缺少唐诗宋词的赞美，却也能够形成自己的文化长河，丰盈和装饰了合浦这一方水土，善哉喜哉，美哉壮哉。

石湾旧桥记

那座石湾大桥，曾是石湾人的骄傲，因为旧去的缘故，且有了新的大桥代替，故人们称之为石湾旧桥。

石湾旧桥位于石湾镇南流江边，是一座颇有传奇色彩的大桥。它从1977年开始动工兴建，大概到了2000年左右，那座大桥就被定为危桥，在2023年6月16日深夜轰然坍塌，完成了它的历史使命。一座大桥从此淹没于历史风云中，让人唏嘘。

从2011年开始，在旧大桥下游约250米处，人们又另建一座更大型的新桥，旧桥被封闭起来。2022年，一场大洪水，对石湾旧桥造成了冲击，于是，在7月6日，石湾镇人民政府发布了公告——"石湾旧大桥因年久失修，已成危桥，经近期洪水冲击，大桥出现桥拱位移、桥面断裂现象，随时有崩塌危险。为保障人民群众生命安全，石湾镇人民政府决定对石湾旧大桥进行全面封闭，严禁人员通行。如有擅自拆除、转移封桥路障的，政府将追究相关人员责任。因私自过桥造成人员伤亡的，一切后果自行承担。"政府的警告很严厉，旧桥的使命确实完成了。

然而，就是这样的一座大桥，依然受到人们的关注，它虽然不能通行了，却不妨碍人们来到大桥下的草坡地给它拍照留念，在它的旁边休闲玩耍，并且把它拍成视频，使之一度成为"网红桥"。说实在的，石湾旧桥的建筑技艺还是很精湛的，它的跨拱技术在当时很先进，其结构形式的上部，叫作双曲拱砼，下部叫作台U型砼墩突体砼。远远看去轻巧而富有美感，可见大桥的工程设计师是很注重观赏性的。

自从石湾旧桥成为危桥之后，我就曾多次到那里，想要领略它的风姿，生怕它什么时候被拆毁了，再也看不到它曼妙的身段。

记得我第一次来的时候，是几年前的一个初夏中午，我们来到桥下的草坪时，看到一顶撑起的简易帐篷里，有一位女孩子正在吃饭，坐在可折叠的椅子上，旁边是可折叠的小桌子，上面有一个画本。我们不是很礼貌，径直就过去跟她打招呼了，然后聊了起来——她说她在附近工作，是外地人，因为周末没地方去玩，便过来为旧桥写生。小桌子上的那个画本，画有一些铅笔速写，画得颇见功夫，估计她是一位业余画家。我们不好继续打搅她吃饭，道了别来到桥下拍了些照片。

像那位小姑娘一样来到这一带游玩的人还真不少，我每次来都能遇到。有铺着篷布的，或者是带上折叠桌椅的；有几位好友结伴的，或者是一家子人的……反正，这里就是一处景点，可拍照，可踏青，可消磨

石湾旧桥虽已坍塌，但依然印在人们的记忆里

时间，可尽兴玩耍。而这一切，都是因为有了这一座旧桥作为背景。

我不是石湾人，对这一座旧桥仅仅是好奇，谈不上有感情，但它的模样确实吸引了我。可以想象，生活跟它息息相关的人，这座旧桥一定会牵动着他们的心，把它当作一件乡愁的牵挂物，并且它是不亚于村庄的一棵古树或者一口老井的存在。

那座旧桥，能够成为"网红桥"，是因为它的历史作用，人们得到过它的恩惠，自然要留恋它，念其曾经的好，不将它轻易抛弃。从前，石湾这一带没有建起桥梁之前，受尽了过渡之苦，南流江东岸的人们要到西岸去办事，或者挑一些农副产品去石湾圩销售，必须过渡，等候和上下渡船都很麻烦。而西岸的人们要出来一趟去合浦县城，也是如此，都需要在艰难的登船、下船中浪费许多的时间。

　　相对于合浦其他圩镇来说，石湾圩并不算大，但它历史上地处灵山县武利圩、文利圩通往廉州府的咽喉位置上，是一处繁忙的交通咽喉。在清康熙版《廉州府志》里，曾记录有石湾渡口的境况："第一渡，在西门外，即今西门桥接连两岸，商贾辏集、市肆胪列于桥旁，比户可对。第二渡，在府治西五里。第三渡，在府治西十里。上洋渡，在府治西二十里。濁水渡，在府治西北十里。石湾渡，在府治北十五里。多蕉渡，在府治北五十里。"由此可见，石湾渡口至少在清代初期就已经是很重要的渡口了。

　　作为南流江流域重要的府治所在地，廉州府是附近几百里地重要的市场，灵山县的很多物资，如农副产品、手工业品等都要运输到廉州府来销售，那些大米、木材、药材、竹篾器等从陆路经过武利圩、文利圩下来到石湾渡口，再装上船运到廉州府。经年之后，便在石湾孕育出了一座圩场。

　　"石湾"一名的来历，也颇有意思。1982年版《合浦县地名志》记载："石湾，因地处南流江转弯处，湾中卵石很多得名。"在这么一个转弯处，可能水流相对不是很湍急，人们便选这里作为渡口，连带渡口的名字也有了。

　　几百年来，渡口又慢慢在南流江西岸发育成石湾圩市，让这里成为方圆几十里地的交易中心，直到现在都是如此。石湾渡口的繁忙少不了，旧木船或者竹筏都曾经是渡口的主要交通工具。但是，夏天里洪水暴涨是常发生的事，这时候往往要停止过渡，因为船只太小，容易发生事故，强行过渡会舟沉人溺，造成人间悲剧。

　　合浦解放后，合浦县人民政府加强了对石湾的道路和渡口建设。1958年，修通了合浦至灵山县武利圩的公路，这条公路是209国道的一部分，不久，至石湾江岸路段完工，但当时还没有汽车渡船，还不能通车。直到1965年，钦州地区交通局拨给石湾公社双车钢丝水泥渡船，才有了汽车渡轮，这方便了群众和车辆的来往，也增大了安全系数，初步改善了石湾公社的交通条件。

随着社会经济的发展，人们盼望在石湾渡口架起一座大桥的事，终于变成了现实。1994年版《合浦县志》记载："石湾大桥。合浦第三座横跨南流江的大桥，从石湾圩边经过，是一座附有灌溉渠道的公路桥综合建筑工程。大桥全长605.3米，桥面宽8.5米，桥面人行道板下设灌溉渠道，可引洪潮水库之水灌溉南岸农田。重力式桥台，南岸桥台冲孔及钻孔灌注桩基，石湾岸桥为钻孔灌注桩组合式桥台，上部构造双曲拱，总造价108万元，地区交通局补助40万元，钦廉林场投资10万元，其余款合浦县自筹。大桥于1977年2月下旬筹建，1980年10月1日竣工通车。"可以说，这座石湾大桥是来之不易的。

我在这座旧桥访古时，曾跟在这一带放牛的一位老伯聊过它的历史。老伯说，他当时正值壮年，生产队里抽人参加大桥的建设工作，他就在其中，主要做搬运水泥和搅拌砂浆的工作。桥梁设计工作由自治区的专家负责，具体实施工作由各村抽来的劳动力负责，全县各公社也都抽调精干力量过来支援。那时候还没有吊机、搅拌机之类的机械，全靠人力去完成，工作非常辛苦。工时也比较长，开工三年多才完成。

老伯说，那时候大家都没有工资报酬，由生产队给记工分。他们家离工地很近，他不用在工地搭工棚住宿，早出晚归，午饭在工地吃，由公社免费提供。尽管劳动强度很大，但大家的心情还是蛮高涨的，想着大桥建成之后不用再坐渡船了，心里便充满了热情，干劲就上来了。

老伯感慨道，几十年过去了，这座大桥一直运行良好，想不到后来很快就变成了危桥。那些拉沙石的大卡车，100多吨的重量，不分昼夜，轰隆隆地碾过大桥，即便是钢筋水泥建造的也顶不住。还有那些抽沙船，把桥底都抽空了，哪有不坏的道理？老伯的话，道出了这座大桥快速成为危桥的原因。

石湾旧桥终是退出了历史舞台。它的功劳是明显的，一桥飞架沟通两岸，让石湾连成一体，也见证了石湾镇社会发展的日新月异。在那几十年间，它像一位摆渡者，助力石湾两岸人们迅速摆脱贫困，进入发展快车道，体现了一种担当。

石湾旧桥被封闭之后，还能够发挥余热，歪打正着又成为游人的一个打卡地，节假日时，远远近近的人们来到其下的草坡地，以旧桥为背景，摆开"摊子"来度假和休闲，消磨惬意的时光。坦率地说，石湾旧桥仍是一个休闲好去处。

想不到，就在 2023 年夏天的一个深夜，那座石湾旧桥如风烛残年的老人，不跟任何人作别，便溘然长逝。一个合浦建筑史上的传奇，隐没于江流之中。

心有挂念，作文以记之。

探访永安古韵

仲春之际，莫负好时光。但见花光柳影，亮丽迷人，出游之心跃跃。恰得好友相邀，踏青怡情，便有了一趟山口永安之旅，探访一番明代古城遗址的古韵。

这一趟愉快的访古之旅亦是巧合，我中学时的历史老师林老师与我们一路同行，十分难得。大概是投缘吧，永安村是林老师的老家，正好可让他尽地主之谊为我们讲述更多的永安旧事。

现在的永安村，以前可是颇为风光的。早在明洪武年间，从石康县迁来守御千户所，永安的地位开始凸显。据清康熙版《廉州府志》载："武备志：永安守御千户所，旧在石康安仁里，洪武二十七年为海寇出没，奏迁于合浦县海岸乡。千户牛铭始建城壕、窝铺、门楼。城周围四百六十一丈、高一丈八尺、阔一丈五尺。窝铺一十八间，城楼四座，壕周环五百丈。岁久倾圮。成化五年，佥事林锦始凿外池以便巡守，又造通盖串楼四百一十五间，其四门楼、敌楼各八座，角楼、月城楼各四座。有正厅，有吏目厅，有左右厢房，有重门，有鼓楼。嘉靖十九年指挥耿一诗重修。"将守御千户所迁至永安，是为了抵御倭寇的进犯。而永安经过多次修筑，则成为高大而坚固的城池，是廉州府倚重的右翼海

山口永安村的繁华往事藏匿于雕梁画栋的古建筑里

防重镇。

春日晴朗，阳光普照，在永安村场上的光影层次分明，我们进入永安村时的心情就如眼前的春色一样明丽。放眼望去，既有洋气的新盖楼房掩映在树木间，也有繁华往事藏匿于雕梁画栋的古建里。我们瞻仰的明清遗存或走过的民国老街，都可以领略到时光紧锁的印痕。现代的生活和新派建筑的兴起，如同画上朱颜的留白。我们沉醉在永安村新旧相杂的坊间市井里，体味到了永安古城所焕发出的卓然风韵。

在林老师的引导下，我们依次停好车，再步行游览永安古城。

说实在的，我曾多次来到永安村，只不过每次来都仅仅瞻仰村中久负盛名的大士阁，再看看那棵有500余年树龄的见血封喉树后便离开了，至于永安古城和不为外人所知的陈年旧事，几乎不作探究。这次旅程，让我有了不一样的感受。

我们从永安古城的南边进村，最先来到的是孔庙。褐红色是所有文庙的色彩，也是古时教书育人场所必备的某种气场。墙内，有一株开满了玫红色花朵的三角梅，热烈而奔放，似在挥手欢迎我们。永安古城原是军事哨所，屯军官兵为世袭，都带来了家眷，故需要兴办教育，文庙应运而生。我们进去一看，果然，两旁设有廊庑，供教学之专用。林老师说，他读小学时就是在这里上课的，后来才又在旁边扩大了校园。

我们继续往北走，很快来到了南门下，其实已经没有南门了，要不是林老师的解说，我们根本不知道这里是南门。好在旁边还立有两块写有"永安古城遗址"的牌匾，一块是合浦县文物保护单位，一块是广西壮族自治区文物保护单位，我们才知道这里是古城的南门和墙址。

再进去百来米，便是大士阁了。它是国家级文物保护单位，所有来到永安古城的人，都要围着大士阁转一转，拍些照片留念。我们也一样，站在它的正南面，怀着打卡的想法拍了合照。在大士阁逗留，需用心去观摩它的美轮美奂。木制且经过多次重修的大士阁，古风悠悠，到了现在依然光彩夺目。伫立着的四排木柱子，高大坚固，材料是格木的，这种木材本地已经不多见。一些木柱子的根部已经腐烂，被裁掉替换，虽有一些沧桑，却掩盖不了整座建筑的庄严与威势。

参观了大士阁之后，林老师向东一指，说带我们看看东城门和民国老街。如果说，带有宋元建筑风格的大士阁，坚固而沉静，那么，我们向东进入的东门老街，则有了一股民国风。在一个小斜坡处，林老师指着一段残垣说，这里就是东门遗址，它是剩余的旧城墙遗址。我看到，夹在房子中间的残垣还没有人头高，但砖块很大，比现在的火砖要大很多，可能那时候的规格就是这样的吧。倒是那个小斜坡遗留有长长的青石条很显眼，林老师说，这些青石条是最原始的物件，而这个小斜坡的落差，是当年要在城外挖很多的泥土运进来垫高城肚子才造成的。

民国时期才兴建的东门外街区，现在依然热闹，菜市场、杂货店都集中在这边，发展成为整个古城的中心。我看到，依然有几家连在一起的木制店铺面，它们带有民国商铺最明显的特征，那些铺台、晚上售货的小木窗都还在。现在买菜购物的人流仍在。

溜达一会儿，我们往回走，折向北面，要看看这边的北极庙和城墙。北城门的城墙比东城门的高大，就如清康熙版《廉州府志》所说的"高一丈八尺、阔一丈五尺"。上面长满了树木，裸露的墙砖同样是大块头的。林老师说，村中老人说过，永安古城曾被200多个倭寇围困攻打了一个月，竟攻不下，坚固的城墙起了作用。墙砖都是本地烧制的，不像青石条需从外地运过来。我们未进入永安古城前路过的村子，那一带叫作北窑村、北窑塘，就是修筑古城时取泥烧砖而留下的地名。

林老师发觉我对古建兴趣颇浓，又介绍说，永安村还有一座民国时期的大宅子，叫作吴家大院，我们可以过去看看。于是我们又赶往古城外的东北处，去看那座宅院。该处大宅子很宽敞，围墙是用黄泥灰沙夯揰而成，高可达 10 米，很像客家围屋的建筑。大门也是客家围屋式的三重门，即拉拢门、竖柱和大木门。在大门的角落，有木梯子往上架着，原来，从这里可爬上城墙内置的跑马道，以及城墙的四个角楼，若有贼寇来攻打，城内的人即可从跑马道和角楼防御，当然，下面齐腰处也有枪眼，可以射击。

里面是三进两天井的建筑结构，房子都是用青砖砌的，木制的屏风和门扇可关可开。长长的青石条镶嵌在屋檐滴水的地下，这些青石条在附近十里八乡可都是稀罕物，它们是遥远的山里之物，经过山路和水运而来，造价不菲。遗憾的是，我们进来参观时，这里并没有人居住的痕迹，破落了也没人打理，就这样任其破败。老宅的后人呢？林老师说，都搬走了。

我们再出去，来到一口鱼塘前，它的周边都围上了仿木水泥栏杆。林老师说，这是永安村最大的池塘，是因当年挖泥土填高古城内衬而形成的。林老师打趣说，因为这些池塘，永安村人年年都可捕获不少淡水鱼，至今永安村还流行着一句顺口溜：“永安三件宝——塘鱼、白菜、黄皮果。”

林老师为我们解释了永安三件宝。他说，永安古城离海边才一公里，吃海鱼是很方便的，但吃养在池塘的鱼，不用风里来雨里去赶海捕鱼，倒也方便许多。经常耕海的人，很需要蔬菜，故而永安村的白菜也是宝贝。村里广植黄皮果，据说是屯军时一位官员带来的优质品种，果实大、皮薄、肉厚、爽口、味甘甜、核小，这也成了永安人的骄傲。

在永安村的街头巷尾，我们确实看到了许多黄皮果树，眼下春和景明，黄皮果树恰好吐露花序，一场丰收的喜剧已悄然拉开序幕。林老师说，到了农历六月，就可以采摘黄皮果了，到时候再请大家来品尝。

围屋静谧古朴，院中芭蕉树摇曳着绿意，诉说着乡村的宁静与岁月的流转

我留意的还有永安村的庙宇，林老师说，这里一共有10座庙宇，是因为当年屯军时来自不同地区的官兵把信仰都带了过来。我们曾去过或者路过孔子庙、大士阁、武圣庙、北极庙和南堂，其他的如北堂、城隍庙等都没有看到。我发现，这些庙宇都被粉刷得很新，可见村民们进香很勤快。林老师还说，永安村是有庙必有榕，榕树可以庇荫众生。我还看到，那些庙宇的对面均盖有戏台，原来，祭拜神祇时，同时要唱戏以酬神，故而戏台不可少。这也是不同神祇的信徒祭祀文化的延续，他们的后人用这种方式追思怀念再也回不去的故土。

　　诚然，是这些古老的遗址和已经翻新的古建，给永安这片有点偏僻的土地，增添了一抹古韵。如果不是当年的屯军制度，以及后来屯军机构的裁撤，断不会造成永安村"命运"的大起大落。也正因如此，永安才留下众多的古迹，让时光不老。那些带着不同朝代的文化印记，增添了村落的古韵，这已弥足珍贵。

　　在回程的路上，我想到了那句诗——"庭院深深深几许？云窗雾阁常扃"。是的，永安由古城变成现在的永安村，它走过了600多年的历程，早成了一处深深的村落。是那些古建与青石、传说与市井故事，给永安村裹上了光阴的外衣，留下了无处倾诉的沧桑。

飞阁流丹"四排楼"

　　"四排楼"是合浦县山口镇永安村大士阁的俗称。

　　永安村原来是一座明代古城，修筑于明洪武年间，为永安守御千户所驻址。现在古城遗址所存不多，而大士阁则留了下来。大士阁的前身是明成化年间建造的一座鼓楼，坐落在永安城四门相通的十字街交叉点上，位置十分显要。建筑形式为二层，重檐歇山顶，整座建筑造型稳固优美。1962 年被公布为广东省县级文物保护单位，1981 年被公布为广西壮族自治区文物保护单位，1988 年被公布为第三批国家级文物保护单位。

　　《广西地方志》2012 年第 2 期《永安鼓楼及其创建者林锦》载："永安鼓楼亦即大士阁，位于广西合浦县山口镇永安村，'鼓楼'为明成化五年（1469）创建时本名，清道光六年（1826）起，村民在此奉祀观世音改称'大士阁'……大士阁在永安城址中央，坐北向南，楼阁式木结构二层建筑，占地面积 170 平方米，高 7.9 米，前后座重叠相连，穿斗式结合抬梁式结构，36 根格木圆柱分四列支承底座，72 条格木梁连贯柱顶，俗称'四排楼'。1960 年初，认为其创于宋、明代重建；其后，又据建筑的时代特征推测造于明洪武年间；1990 年落架大修并考古发掘部分基础，最终确定为成化间海北道佥事林锦所创鼓楼，至此，其创建年代及建筑性质得出明确结论，这座古代军事建筑物，现有很高的历史、科学、艺术价值，被誉为'南海古建明珠'。"我看不到该文章作者的署名，但我认为其史实可信。

说起鼓楼，在我国古代城市里基本都建有，有将钟楼、鼓楼分开来修建的，也有将二者合一的。每天早晚撞击钟鼓，当城楼响起钟声或鼓声，即可知道报时，这也是城市管理的一种方式。永安是一处军事要塞，城里盖起鼓楼之后，即安置一面巨鼓，每日击鼓报时，方便驻军训练、生产和居民作息。历经岁月沧桑，如今巨鼓早已不存，鼓楼亦改为供奉观世音之场所，变身莲庵，但作为一座古建筑，它仍旧巍然耸立。

一座鼓楼，大抵是不需群落性的建筑来扎堆搭配的，单独出现更显庄严。如果说，进院性建筑群是一首歌，那么，大士阁更像是一声呐喊，或者一个重音符，干脆利落。当我们走进大士阁，即可领略到那个重音符的魅力——灵动、庄严、自然，余韵悠长。当我们瞻仰这座古建筑时，并没有感受到一丝的压迫，而是让我们的心灵引起共鸣。

大士阁的造型很独特，让整座建筑变得灵动起来，这个灵动并不是说大士阁本身非常奇异，而是指它的样式富于美感。瞻仰它的时候，让我想起王勃在《滕王阁序》里说过的一句话："层峦耸翠，上出重霄；飞阁流丹，下临无地。"大士阁是凌空建造的楼阁，梁柱涂抹丹漆，十分精巧美丽。

毕竟，这座建筑是一座鼓楼，从屋面上看，它有别于传统的建筑。重檐歇山顶，配以琉璃瓦，凝重而紧凑。屋脊和飞檐均筑上了灰雕，雕刻或绘有精致的纹饰，有凤凰、二龙戏珠、鸟、树、奇花异草、夔文等浮雕，具有浓厚的生活气息。最有特色的是它的琉璃瓦剪边是一圈蓝色调，瓦当和滴水都是明亮的蓝色，看起来异常醒目。《诗经》里曰："如鸟斯革，如翚斯飞。"用在大士阁上也很恰当。

"如鸟斯革，如翚斯飞"的大士阁

　　为了承托结实的屋顶，大士阁的柱网结构也十分取巧，分四排立柱支撑梁架及屋顶，这样的布局让楼阁形成面阔进深的内间。楼阁底层只有立柱，不砌砖或施木板封隔，通透且一目了然，故人们看到的仅是四排立柱，"四排楼"的俗称据此而来。

　　柱网布置的上面，是抬梁式结构，这是对宋代建筑技术书籍《营造法式》的应用，故我们称大士阁有宋代元素，即在这里。承重的构架由下到上，由里到外，张弛有度，分别起着栋梁与拱卫的作用，它们分工不同，有条不紊，这样的结构让我们感慨——古人的工艺真是精湛！

　　大士阁里不设斗拱，屋檐用三级挑梁来承担，每级均有木垫子承托，亭内各梁间也有木垫子做支撑。挑梁不算复杂，主要用作柱头和转角的铺作，简单的挑梁也是一种铺陈，不仅在承重上具有不可或缺的功能，而且让大士阁的外观更加华美，起到了装饰的作用。

在用材方面，大士阁所有抬梁式与穿斗式的木梁架，均采用坚硬的格木，用榫卯来固定与连接，全阁梁柱间不施一钉一铁。两阁均以四柱厅为中心，上层用木板围护，下层则敞开，看起来通透而开阔，可供人们休闲纳凉。

一座楼阁，其和谐的比例关系是必不可少的，可以起到稳定、均衡的构造作用。大士阁的前阁与后阁间，长宽比接近于 5∶3 的矩形，进深大于面阔，看起来十分协调。而在梁柱上，每柱以柱高三分之一制上下收杀，这也符合《营造法式》的规定。合适的比例，让这座高度仅 7.9 米的建筑物，不仅屋面平缓，观赏舒服，还保证了宽敞的出檐与疏朗的屋脊。在一众现代建筑的映衬下，气势恢宏。

很幸运，在距离海洋不到 1 公里的海边，还保存有一座明代的木结构建筑。据一些史料记载，自鼓楼建成之后，500 多年间进行了多次整修，其中有记录的有明万历四年（1576 年）、清道光六年（1826 年）、1959 年、1984 年和 1992 年，通过修缮让大士阁重现荣光。我们还可以看到，一些立柱的下部，已经做过替换。

大士阁的历程，大体上也反映了廉阳大地上古建筑的命运走向。譬如海角亭、东坡亭、惠爱桥、廉州孔庙等合浦古建筑，都是在这片土地上经历了兴建、损坏、修复，千年建筑，风采再现。就如同合浦的命运，从合浦郡、廉州、廉州府到合浦县一样，兴衰更迭，前途多舛，却生生不息。

煮海为盐

因为濒临北部湾，历史上的合浦惯于"靠海吃海"，但长期以来，人们对合浦的关注点，往往放在名贵的珍珠上，其实合浦产出的海盐也占据很重要的地位。

合浦历来是整个广西的供盐之地，不可或缺。据南宋周去非《岭外代答》记载："今日广右槽计，在盐而已。盐场滨海，以舟运于廉州石康仓。客贩西盐者，自廉州陆运至郁林州，而后可以舟运。……乃置十万仓于郁林州，官以牛车自廉州石康仓运盐贮之，庶一水可散于诸州。凡请盐之州，曰静江府、融、宜、邕、宾、横、柳、象、贵、郁林、昭、贺、梧、藤、浔、容州，各以岁额来请。"廉州是合浦的前身，由合浦郡在唐初时更改而来，宋时沿用。

在唐宋时期，合浦的海上丝绸之路始发港地位有所削弱，但其漕运海盐却蓬勃兴起。是时，廉州的盐场颇多，就整个岭南地区而言，海盐产生以广州和廉州为最重要的基地。在《宋史卷一百八十三·志第一百三十六·食货下五》里，载有关于两地产盐的盛况："广州东莞静康等十三场，岁鬻二万四千余石。……廉州白石、石康二场，岁鬻三万石。"廉州海盐产业很兴旺，产量比广州所辖盐场还要高。

这得益于廉州众多的盐场，尤其是白石场，既是盐仓又是产地，产量极大。而石康不产盐，只作为中转站贮存盐。到了明清时期，廉州已经更名为廉州府，但白石盐场作为生产重地的地位依然没有改变。据清康熙版《廉州府志·建置志·仓三》里载："白沙场。白石场。官寨、丹兜场，白石、白沙、官寨、丹兜今并为白石场，大使领之。西盐白皮场，康熙元年迁界，奉裁。八年展界复设，今俱并入白石场。"也就是说，到了清康熙年间，廉州府一带的盐场，都归于白石场统一管理，它的地位更凸显了。

在清康熙版《廉州府志·盐课》里，还提到了具体的税收和灶丁的情况："廉州府所辖三场：白沙场，实征灶丁三百四十丁，共办课银二百四十两四钱六分五厘。白石场，实征灶丁二百三十七丁，共办课银三百一十四两九钱六分二厘。西盐白皮场，实征灶丁六百九十三丁，共办课银二百九十六两一钱零二厘。"这里的灶丁，是指煮盐工。清康熙年间，税收和灶丁有所降低："康熙三十三年起至六十年止，通共白石、白沙、丹兜，西盐白皮场，实在灶丁五百九十二丁，共征正课银四百一十九两一钱六分三厘五毫，历年同。"这说明，合浦产盐业一直保持着长期稳定与繁荣。

在北部湾同一片海域，盐场的分布却是不一样的。合浦西边的西盐白皮场，即现在西场镇一带，因为注入北部湾的河流不多，盐度稳定，故而盐场不少。东部的大廉湾更厉害，这边有白石、白沙、丹兜等大盐场，还有诸如闸口福禄村的横叉、公馆盐田等小盐场。居于中间的廉州湾则不同，因南流江分几个支流在此入海，带来了大量的淡水以及泥沙，而不利于盐场的建设。但南流江带来了益处，"庶一水可散于诸州"，漕运海盐通过南流江而长盛不衰。

历史上的煮海为盐，全靠默默无闻的制盐工和煮盐工，他们为合浦漕运海盐做出了巨大的贡献，但从来没有人提起过他们。清人纪晓岚在《阅微草堂笔记·滦阳消夏录六》说过这样的话："以女嫁灶丁，助之晒盐，粗能自给。"可见作为煮盐工，他们的生活是很艰苦的，但贡献无与伦比。

煮盐是煮海为盐的基础工序，也是漕运海盐的一个重要环节。各盐场生产的海盐，先收拢挑进盐仓里安放，然后则是煮盐。盐田出产的海盐，我们称为生盐，颗粒粗大，外地人食用不惯，故要把生盐煮成细颗粒的熟盐才利于销售，也方便运输。因此，煮盐是必须的。

相比煮盐工，晒盐工的工作更加繁重，劳动强度更大。他们在一块又一块连着的盐田里作业，没日没夜，白天要抵御高温烈日和盐卤的侵蚀，有时候还要根据潮汐的变化，在晚上引潮入田。他们围绕着纳潮、制卤、旋盐、结晶、扫盐、挑盐、入库等工作，周而复始，还得靠天吃饭。20世纪70年代，我还到镇里的盐场看过晒盐工的工作，那时我还是一枚小屁孩，看着那些煮盐工晒得黝黑，整天在盐田里忙碌，很是佩服。那时，有一首歌谣是这样描述晒盐工的："一条扁担两头弯，一双脚板走盐田。一年三百六十日，世世代代把盐担。起早摸黑为三餐，十里盐田来回跑。人穷志短有办法，烂鞋烂帽烂衣衫。咸水咸菜咸米粥，咸屋咸路咸扁担。行行哪够做盐苦，两眼流下泪潸潸。"唱的都是实情。

还有贩盐工，那是社会上一支除官办盐业运输业外的盐运力量，靠着贩盐也养活了不少人。自清代起，盐业转为民营产业，解除了销售地界的限制，只要想贩盐，纳课即可。大盐商放开手脚干，而小贩们也可以分一杯羹。这种方式延续到了民国。我的父亲，刚满16岁就去贩盐。我们这一带把这些小盐贩叫作"担盐佬"，意指以贩卖私盐为活。

父亲说，那是迫不得已的事，若是家有几亩薄田，能够产出可以度日的口粮，谁会去干"担盐佬"的行当？那条古盐道，留下了多少代苦命人的足迹和汗水，为了赚取微薄的收入，每贩一趟盐，少则要走四五天，多则要10余天，沉重的盐担加上路途遥远，叫人苦不堪言。父亲还调侃说，五代十国时，吴越国的开国之君钱镠年轻时也贩过私盐，我这算啥呢。

确实，盐是开门"柴米油盐酱醋茶"七件事之一，是家家户户必备的生活日用品，而且，家里食物吃不完会腐烂，盐渍一下，可变成咸菜、咸鱼、腌肉，放几个月不成问题。食盐是人人需要的，贩盐有一定的赚头，故而加入贩盐大军里的人，不问出身，只讲需求，为生活而勇闯天涯。

到我生活的年代，已经没有了"担盐佬"，盐场也都收归国有，民间参与就少了。不过，我跟"煮海为盐"也曾有过近距离接触，当年读中学时，因为台风将镇里盐田的海堤摧毁，学校发动全体师生去帮忙抢修，我去干过两天的体力活，累得不行。我看着那些被海浪冲毁的盐田，很是心疼。

可见，自古以来的煮海为盐，还真不是件容易的事。世世代代以盐为生的人，终身役役，难得成功，大多数人仅为一日三餐而已。我们知道，那是一种说不清的苦命营生，他们只盼官府的政策宽松点就好，不求像大盐商获利颇丰。《梦溪笔谈·卷十一》有载："河北盐法，太祖皇帝尝降墨敕，听民间贾贩，唯收税钱，不许官榷……河北父老皆掬掌中掬灰，藉火焚香，望阙欢呼称谢。"皇帝只收盐税，老百姓便烧香称谢，很容易满足。

而到了现在，我们所处的时代经济繁荣、物质丰富、交通便利，食盐不再是难以获取之物，在家庭支出中属于较小的一项，以至于我们都忘记了曾经的"煮海为盐"是一件艰难的事情，也忘记了做盐人是多么的不容易。

《南方草木状》里的合浦物产

在秦汉时期，合浦对于中原王朝来说，还算是一个比较重要的地方。

中原王朝不断关注合浦，主要是源于合浦珍珠。合浦珍珠素有"掌握之内，价盈兼金"之说，秦朝时，合浦的珍珠开采已相当成熟："适秦开疆百越，尉屠睢采南海之珠以献。"珍珠因作为贡品进宫而扬名。汉元鼎六年（公元前111年），汉武帝设置了合浦郡，此时，合浦又变成了海上丝绸之路的贸易港口，经济、文化和人口都得到了极大的发展。合浦地属"蛮夷"，路途遥遥，尚未开化，这里又成了流徙官宦的地方，现在遗存的古汉墓群即是明证。

总之，秦汉时期的合浦，在中原王朝看来，越来越重要，它从隔阂之地变成了商贸兴盛与文化发展的热土。朝野上下对合浦的认知已经有了很大的改观。晋朝，嵇含著有《南方草木状》一书，书里记载了几则合浦的"草木"，又间接说明时人不但知道合浦在经贸上的地位，连小物产也有所耳闻了。

其一，《南方草木状·卷中·杉》："合浦东二百里有杉一树，汉安帝永初五年春，叶落随风飘入洛阳城，其叶大常杉数十倍。术士廉盛曰：'合浦东杉叶也，此休征当出王者。'帝遣使验之，信然。乃以千人伐树，役夫多死者。其后三百人坐断株上食，过足相容。至今犹存。"

很玄乎的记述。合浦的杉叶，当然是不可能随风吹落到洛阳城的，这只不过是术士的诳言而已。但从中也能看出，中原王公贵族流徙合浦，皇帝身边的人都怕那些人再次兴风作浪，卷土重来，便诳皇帝曰，合浦"当出王者"，应当防范之。中原人对合浦的认识与重视，已经有了不同的意味。

此"合浦叶"成了典故，纷纷入诗，且调侃且叹惋。明代杨慎在《升庵文集·卷七十九·合浦杉》里，记录了许多关于"合浦叶"的诗句："庾信诗：'传闻合浦叶，远向洛阳飞。'吴均诗：'三秋合浦叶，九月洞庭枝。'薛道衡《无趋行》：'杉叶朝飞向京洛，文鱼夜过历吴州。'皇甫冉诗：'心随合浦叶，命寄首阳薇。'杨盈川文：'合浦杉叶飞向洛阳，始兴鼓木徙于临武。'事皆本此。"一时间，"合浦叶"成了羁绊的代名词。

其二，《南方草木状·卷中·桂》："出合浦，生必以高山之巅，冬夏常青，其类自为林，间无杂树。交趾置桂园。桂有三种：叶如柏叶，皮赤者为丹桂；叶似柿叶者为菌桂；其叶似枇杷者，为牡桂。《三辅黄图》曰：'甘泉宫南有昆明池，池中有凌波殿，以桂为柱，风来自香。'"

说"桂"出自合浦，大体不假，尽管整个交州（即后来的岭南地区）都有"桂"，这般说道，是看得起合浦。而这个"桂"，按文中所述产地、形态特征来看，应当是"肉桂"，而不是桂花。

古人把科举及第叫作"蟾宫折桂"，折的是什么"桂"呢？蟾宫上的"桂"，才是吴刚所伐的"桂花树"，因为桂花开在中秋前后，坊间也有歌唱道："八月桂花遍地开。"毛泽东诗词"吴刚捧出桂花酒"，说的也是"桂花树"。何况，屈原的《九歌·东皇太一》里亦有"奠桂酒兮椒浆"之句，在屈原那个时代，先民就用桂花来泡酒了。

西方人的"桂冠"，则又是另一种"桂"——月桂，产于地中海沿岸。"月桂"在拉丁文里意为"赞美"，古希腊人视之为智慧、力量与和平的象征，所以，在奥林匹克竞赛中的获奖者，都会得到一顶月桂编织的头环，称为"桂冠"。

中原人将"桂"的产地说是合浦，也是对合浦的另一种"褒奖"。

其三，《南方草木状·卷上·吉利草》："其茎如金钗股，形类石斛，根类芍药。交广俚俗多蓄蛊毒，惟此草解之，极验。吴黄武中，江夏李俣以罪徙合浦，初入境，遇毒。其奴吉利者，偶得是草，与俣服，遂解。吉利即遁去，不知所之。俣因此济人，不知其数，遂以吉利为名。岂李俣者，徙非其罪，或俣自有隐德，神明启吉利者救之耶？"

这段记述，有点像是"传说"。不过，"吉利草"的存在，应该不是虚构的。三国两晋时期，合浦依然是毒瘴之地，环境恶劣，气候炎热，对于初来乍到的人，是一个极大的考验。李俣被流徙到合浦，一下子染上"毒"，是有可能的。而令人想不到的是，其仆从吉利，用"吉利草"给李俣治好了"毒"症。

这种"吉利草"是什么草呢？因为记录不详，不好随便猜测。我想，作为中草药，它一定是变换了某些名称，但现在还被用于医药治疗。我要说的是，那个时候的合浦，是很包容的，它将"以罪徙"者——接纳。而这些"以罪徙"者，大多是有德才的人，因为蒙冤而被流徙。别人看到的是他们身上的"罪"，合浦百姓看到的却是才德。

一泉一石，一花一草，很细微，往往被人所忽视，但当它们被冠上了地名之后，一切都改变了。从合浦叶，到桂出合浦，再到吉利草，让朝野上下都认识了它们，并因此而记住了合浦，并广而告之，合浦之名也随之流传。

《廉州府志》中的有趣记述

一

我手头上有一部清康熙版的《廉州府志》。在清康熙年间,《廉州府志》有两个版本,分别是清康熙十一年(1672年)徐化民纂修版和清康熙六十年(1721年)徐成栋纂修版。我拥有的是徐成栋版,它较为详细和清晰。每当我需要查找历史资料或者依据时,总要查阅它,有时候闲暇无事,我也会随意浏览,并乐在其中。

这是一部影印本,由北海市地方志编纂委员会校勘影印出版。其出版目的是"以继承和光大祖国优秀的文化遗产,弘扬民族精神",这也属于对古籍文献进行抢救和整理的一项措施。古籍文献是民族历史文化传承的重要载体,在合浦历史上,明崇祯版《廉州府志》是仅存古籍中年代最靠前的志书,之前所有的志书均已遗佚,而这部清康熙六十年(1721年)版的《廉州府志》,则是记录得最为翔实和规范的版本。

在出版的前言里,我了解到这部《廉州府志》并不是"现成"的。原刻本仅存于日本内阁文库,国内存有根据原刻本拍摄的微缩胶卷。这部影印重版的《廉州府志》,即是根据微缩胶卷影印,重新排版。在这个过程中，出版方坚持了忠于原著、不作校补、编旧如旧的原则。

这次整理影印出版的《廉州府志》，相关部门履行了本职职责，以积极的态度去抢救、整理和保护文化古籍，为传承地方历史文化和发展地方经济社会做出了有益的服务。与此同时，也为文史爱好者提供了可资参考的历史资料蓝本，可谓功莫大焉。

文明因智慧而流传，历史因文字而永续。当我徜徉于这部《廉州府志》时，恍如踏入时光隧道，让我领略到廉州府的社会生活和历史风云变幻。我阅读它的时候，似乎明白了明代藏书家叶盛所说的话："夫天地间物，以余观之，难聚而易散者，莫书若也。"

在阅览这部《廉州府志》的过程中，我发现它不但是一部规矩而严肃的志书，而且其中还藏有一些有趣的记述，让我着迷。

二

说起来，当年纂修这部《廉州府志》的过程是一波三折的。从明成化九年（1473 年），知府邢正纂修第一部《廉州府志》起，已经纂修了好几个版本，但都已散佚，连同明嘉靖三十四年（1555 年）知府何御篡修的《廉州府志》和明隆庆四年（1570年）知府钟振篡修的《廉州府志稿》都已散佚。直到明崇祯十年（1637年）知府郑抱素篡修《廉州府志》，该版本残存了下来。

几次篡修的《廉州府志》均命运多舛，从而湮没了不同时期关于廉州府的历史记载。到了清康熙十一年（1672年），朝廷下令敕修《大清一统志》，需要各地征集志书，时任廉州知府的徐化民重视起来，花重金到处搜寻，所幸还能找到明崇祯版的《廉州府志》残本。据广东布政使王朝恩所作《重修廉州府志序》记曰："奉敕篡修《大清一统志》，檄征郡县，急于星火，化民更出其至诚，叩天默祷，招集遗老，多金遍购，未几，得残编断简于钦州山家旧窖中。化民集多士，遴选明经相与，缺略者补，冗杂者删，未载者续。越明年癸丑而郡志成。"可见，其成书历程是多么曲折。

这部由徐成栋篡修、孙炰校正的《廉州府志》，内容丰富、体例完备，堪称佳作。据悉，徐成栋组织了21人的篡修班子，在徐化民版《廉州府志》的基础上，增补资料、分辑校订。

徐成栋，字翊苍，号石虹，金州（今辽宁大连）人，国子监生。他在任廉州知府期间，除了主修《廉州府志》，还为海角亭中门题写了"海天胜景"匾额。徐成栋在《重修郡志序》里说到了篡修《廉州府志》的理由："阅郡志偏简，乘率多残阙，且自遭兵燹犁庭以来，历今数十年曾未一为增损，倘终于承讹袭舛，必致文献无稽，是又守土者所滋惧也。然则，修辑志书以成一郡之信史，以昭一代之文明，亦廉顽立懦者之所有事乎。"这也说明了篡修该部志书的非凡意义。

孙炰，浙江嘉兴人，时任廉州府同知。同知是知府副职，孙炰在篡修《廉州府志》过程中，承担了重要的职责。他在《重修廉州府志序》中说道："诚不可无志焉，辛丑夏，炰衔命佐守三廉履任后知，刺史徐公选集三属学博绅士，重修郡志。自康熙壬子以来，举五十祀，所缺略者祥，为论定而纪之，其前志之舛讹者，悉为考订。"可见孙蟜的责任心很强。

孙蟜还说到了他和徐成栋二人对《廉州府志》的工作态度："刺史躬亲笔削，不惮寒暑，将告成书。蟜幸览全稿，不揣固谬，少参末议。"在知府和同知的带动下，纂修人员根据以前的志书，结合实地走访，辨析史料，旁征博考，终成典籍。

<h1 style="text-align:center">三</h1>

由是，廉州府所辖区域内林林总总的事情，终于有了详尽的文字记录。纂修者将它们化作舆图志、地理志、建置志、户役志、礼教志、武备志、秩官志、选举志、名宦志、乡贤志、奏仪志、艺文志、诗赋志、外纪志共14卷，涉及廉州府的风土、风情、风物等，洋洋洒洒共30万字。

志书中，记述了大量为世人所知的事情，如大廉山，"郡因此得名"；白石山，因苏东坡写有"青山南，白石北，此地嵯峨人不识"而出名。还有一些不为人知的事情，如五黄山，"相传昔有樵者迷路，遇五人，黄衣朱颜，相与谈笑，指示得归"，因此五位黄衣仙人而得名；冠头岭，因"形势穹隆、山色赤黑如冠，故名"，相传交趾黎王葬于此，彝人每年望海一祭。

在江河的记述中，很多名字与今天的已不尽相同。如廉江，即现在的南流江；新寮闸江，即现在的闸口江；香草江，即现在的公馆河；等等。我觉得，以前的名称要比现在的有诗意，且特征明显。如新寮闸江，因潮涨车马难渡，明成化年间金事林锦建木桥以济，砌闸设关，分营兵启闭；又如香草江，因江畔有香草而得名。

对于神秘的事件，志书也给予记载。如"铜船湖，在石康境，相传马援铸铜船五只，一横于此，四只将过海征林邑"。对于这样的事，书中还是严谨的，指出："按，此恐传误，姑存其旧。"又如鸦洲，即现在的老鸦洲墩，书中称其："石山载土，林木繁荫，海外周绕，万鸦集宿，故名。"再如仙人桥，为廉阳八景之石桥仙艇，记曰："俗传仙人撑石船，引大廉小港，北通石康，至此闻鸡鸣乃止，又名石鸡桥。"充满了神秘色彩。

廉州府海岸历来是合浦珍珠的产地，书中记载有七大珠池，分别是乌泥池、海猪沙、平江池、独榄沙洲、杨梅池、青婴池和断望池。还说到了明代与清代采珠政策的差异，明朝廷制定了严格的诏采政策，指派官员坐镇。而清朝时，"从无设官亦无诏采，边方赖以安宁"。采取开放政策，倒可以让地方得到安宁。

清康熙年间的圩市还不是很发达，仅有阜民圩、西门市、卫民圩、石康圩、西场圩这几处，估计是与人口不多有关。在户役志里，记载了廉州府的人口状况。宋时廉州，有户7500户，无人口统计。明洪武二十四年（1391年），合浦县有5112户、石康县有1860户，人口合浦县有30320人、石康县有11256人。到清康熙十一年（1672年），合浦县有1744户，人口不详。这时，石康县早并入合浦县，人口反而不及明初时多。我还注意到，在圩市里记曰："石康圩，在旧石康县。"由此可知，现在的石康镇所在地，至少在清康熙年间时还在顺塔村，尚未东移。

四

志书记载了本地特有的气候现象——飓风。这个飓风就是现在的台风，其特征是："飓风者，具四方之风也……初起而东、转北、而西、而南，或起于西、转北、而东、而南，皆必对时而后息。"其表现是："海吼声大震，天脚有晕如虹，俗呼风篷，即《岭表录》谓之飓母。或逾时即大作，暴雨挟之，撼声如雷，拔木飞瓦，人不能行立，马牛不敢出牧。"这样的天象，是内陆地区所没有的。

廉州古城池，现在我们已经看不到了，但志书里则把它的建城历程记述得很清楚，让我们得以知道它的来龙去脉，并加以缅怀："廉州府城池：宋元祐间创。绍圣间，知府罗守成修。洪武三年，百户刘春增筑六百九十丈五尺，谓之旧城。二十八年，指挥孙全复移东城一百五十丈，增广土城四百一十八丈。宣德间，指挥王斌砌以砖，谓之新城。门三：东曰朝天、西曰金肃、南曰定海，俱有兵马司厅。城外浚壕一千五十一丈，尚浅。成化元年八月，为贼所陷。二年，知府林锦、都指挥徐宁复浚外壕七百九十五丈。"廉州府城不断扩充和加固，因为整个明代，来自西面和北面的少数民族，不断骚扰、攻打廉州府，城内百姓需要坚固的城池予以保护。

在志书的古迹里，记述有海角亭、瑞芝亭、爱民亭、惠民亭、憩亭、仰止亭、还珠亭、鸣阳楼、澄波楼等。未见有东坡亭，因为东坡亭是在后来的清乾隆年间才修建的。至于永安鼓楼，在《廉州府志》里说到："洪武二十七年……千户牛铭始建城……成化五年，佥事林锦始凿外池以便巡守，又造通盖串楼……有重门，有鼓楼。"这个鼓楼，即后来的大士阁，清道光年间因供奉观音大士而改名。关于海角亭，是这样记述的："旧在城西南半里，明成化间佥事林锦移近城西……隆庆间佥事张士纯迁廉江西天妃庙前。"这样的记述比较客观。

对于当时的古官道，志书也有记述：主要有三条通道，一条是府城东路至雷州息安堡，一条是府城西路至钦州，一条是府城东北至灵山。府城东路至雷州息安堡的古官道最为复杂："因沿路盗贼肆劫公差，过客不便，万历十七年，廉州卫指挥蔡仕请议砍山立营，每营拨兵九名，防守道路，赖以宁静。"府衙只好拨兵守卫。

五

跟所有志书一样，《廉州府志》行文严谨，且近乎古板，读起来晦涩难懂，但喜欢文史的人则可以忽略这个问题。府志里面不经意出现的地名，可能已经跟现在的不一样了，但仍有迹可循。那些沉默的文字背后，让读者体会到当时的社会人情，看到历史事实，了解到当时的社会状况，这也是读志书有趣的地方之一。

当时民众的生活状况，可谓堪忧。志书记述曰："廉郡土瘠民贫，寇尝伏莽，田卒污莱，市无寸缣，民乏宿储。惟正之供，视他郡为艰民，几何不殚哉。"这可能是清初廉州府人口稀少所致。

不过，廉州的物产倒是很丰富，其中谷属有六禾、白禾等30种，豆属有绿豆、黑豆等8种，菜属有芥菜、萝卜等22种，瓜属有西瓜、香瓜等12种，果属有荔枝、龙眼等38种，花属有兰花、茉莉花等30种，木属有铁力木、紫荆木等30种，草属有莞、香茅等11种，杂植有棉、桑等10种，药属有58种，香属有藤香、白木等7种，畜属有马、牛等10种，禽属有山凤凰、剪刀雀等40种，兽属有虎、豹等18种，蛇属有蚺蛇等15种，虫属有蜂、蝴蝶等17种，鱼属有淡水鱼、海鱼51种，介属有玳瑁、龟等10种，饮馔有白酒、米徽等18种，货属有盐、油等5种。每一种里面还有细分项，可谓物产丰富。

这部《廉州府志》取材广泛、史料丰富，尤以地理、户役、礼教和武备等内容最为详尽。志书把廉州府城的迁移、水利设施的修建等方面的新旧内容并载，土产方物据事直书，真实反映了社会现状。在行文方面，纂修者秉笔直书，文字流畅，繁简适度。我认为，这是一部较为全面记述廉州府社会情况的志书，真实而可信。

透过清康熙版《廉州府志》，我们感动于纂修者的勤勉与执着，以及那份责任感。他们不论寒暑，认认真真地记录每一件事情，大大小小都不放过。图书虽以记录为主，不作评论，但却让我们得到了启示。就如培根所说的："读书不是为了雄辩和驳斥，也不是为了轻信和盲从，而是为了思考和权衡。"我在阅读它的时候，若能够出现一些思想火花，便已经很满足了。

每一部志书的纂修，总会凝固一份记忆和乡愁。每当读到这样的志书，广阔的历史画面便会在我的眼前铺开，我心里充满了感激。

修葺一新石康塔

在合浦县，有两座古塔镇守着这一方水土，一座是文昌塔，位于县城南郊；另一座是石康塔，位于合浦县石康镇西南的南流江边，都是明代古塔。

文昌塔在合浦县城"身边"，获得的关注度自然要高许多，人们把它当宝贝，每隔一段时间便修葺一番。而稍远的石康塔就没有那么幸运了，孤零零地守在南流江边，无人问津，直到最近才有了一次修葺。

我听闻有关部门对石康塔开展修葺，心里一高兴便立即赶过去看看。到现场一看，古塔已经修葺得差不多了，塔身主体修复完毕，但塔基围栏与排水系统尚需要完善。故石康塔仍未对外开放，还围着建筑围板。

石康塔的名声不及文昌塔大，但它的历史文化底蕴同样深厚。我查阅过一些资料，知道一些关于它的事情。石康塔建于明代末年，清乾隆年间廉州府知府周硕勋所作的《书石康塔碑后》，对它的修建有清楚的记载："乾隆十九年甲戌孟春，余按部往灵山，与石康老僧以塔碑拓本示余。按碑文，石康古县旧有萦龙墩龙兴寺镇下关水口，故人民富庶，科第蝉联。迨县废而墩与寺俱废，殊有今日盛衰之感也，邑侯胡公创建兹塔，士庶以公造福无涯，为立祠尸祝焉。胡公讳可成，别号敬完，楚南人，黔中乡贡进士。撰文……又按，世纪石康塔诞于天启五年乙丑，而碑立于崇祯三年。"从这段记述可知，石康塔建于明天启五年（1625年），由胡可成倡建。

石康塔未动工修缮之前，我已多次去瞻仰过它。那是一座叠涩出檐平座空心砖塔，原高七层的塔身只剩五层半，据说是雷击所致。八角形的造型从底层向上逐层收拢，塔身长有小灌木和蓬草，看起来有点荒凉。

那时的石康塔是没有保护措施的，空空荡荡，我好奇心来了，还钻进塔身室内看过。我还记得，进去时小心翼翼的，尽量避开脚下的牛粪。附近村庄人家的耕牛，被太阳晒得难受，便走进塔内躲避，身子痒了还往门洞上蹭蹭，把门洞的砖都蹭掉了不少。塔底层那两个叫作坤门与凤门的东西门，有一种破落的品相，却充满了历史感。我忍着扑鼻而来的牛粪、牛尿的骚臭味，待在塔内观察着塔内细节。往上看时，能看到它逐层收缩的砖样，那些砖层有点凌乱，不像塔外规整。塔的顶部如开了一个窗口，可直视蓝天。

我退到塔外，再次细看塔身，整座塔仍是"原装"的，并没有被修整过。塔身全部用青红砖混合错缝砌筑，内外均为清水墙，每层叠涩出檐，上置平座，虽然满目斑驳，但依然透着工艺的精湛。它静静地伫立在南流江边，诉说着往日辉煌和岁月沧桑。

这次我再去看修葺后的石康塔，感觉跟上次完全不一样，它原残高26米，完善后增至31米，气度迥然不同。我突然觉得塔身很新式，好像是推倒重建的，连砖缝都是新的，难道真的是这样吗？

回来后几天，我恰巧看到了合浦县融媒体中心制作的一个宣传片，对石康塔进行了比较专业的介绍："石康塔重修前，塔的主体砖墙残损已经很严重……因长期受自然和人为破坏，原有木构部分已全部缺失。根据塔身内外各层所保存的安装楼楞、挑梁木构件的墙洞分析，这座塔每层平座，设有一圈木构回廊栏杆，以及一圈木构瓦面腰檐。塔身室内各层均设木构楼板，可让人沿着穿壁台阶，回旋绕行，直上塔顶。每层内壁均设壁龛神位，可供信众祀奉。"原来，石康塔的残缺不仅指坍塌了两层，塔身原有的木构栏杆也不存在了。

而石康塔是否被推倒重建的疑问还是没有找到答案。又过几日，在一次会议上，我遇到了合浦县文物保护中心的魏主任，向他求证了这个事。魏主任说，哪能推倒重建呢，这个可是自治区文物保护单位，要严格按照程序修葺，不可能推倒重建的。他还说，维修时对塔身上的小树木和杂草进行了清理，一些脱落的地方也进行了修补，连砖缝都修补了，所以看起来像新砌的一样，其实并没有动过塔身主体。原来如此。

那么，当时为什么要在石康的南流江边建一座塔呢？这也是很多人都关心的问题。我们知道，宋初曾置石康县，直至明成化八年（1472年）才撤县并入合浦，而到了明天启五年（1625年）才建石康塔，离撤县已经过去153年，但廉州府在此时建造石康塔必有其原因。

经过精心修葺，石康塔已焕然一新，将成为合浦新的"网红"打卡地

我们来看看当年石康县的人口数，或许能找到答案。据清康熙版《廉州府志》载："明洪武二十四年，府领州一县三。……口：七万五千三百三十一，钦州一万一千一十三，合浦三万三百二十，石康一万一千二百，灵山二万二千七百三十六。"接下来又载："天顺六年口：四万六千五百二十一，钦州九千九百八十六，合浦一万三千九百七十九，石康二千九百五十五，灵山一万九千八百五十。"石康县的人口，明太祖时有1万余人，到明英宗时已锐减至不满3000人，可见其颓败之相。之后，我没能找到石康的人口纪录。

这仅是一个因素，还有其他原因的影响。至明代末年的天启年间，廉州府可谓是流年不利，遇到了天灾人祸，异象丛生。如暴发大洪水、出现彗星、城西发生大火灾等等，闹得廉州府的百姓不得安生。廉州府衙采取了措施，以减少灾害的发生。于是，改建了衙门；在海角亭附近建一座接龙阴桥"以锁水口"；为祈愿百姓的生活顺风顺水，又在上游石康旧县城附近修建了石康塔。此宝塔的寓意很明确，就是要镇煞、镇水，以保佑过往的船只顺顺利利，石康百姓能够平平安安，以及物阜民康，再度兴旺发达。

我在合浦汉代文化博物馆廉馆长的文章《合浦文昌塔说略》里也找到佐证："建于明代天启五年的合浦石康塔，形制与文昌塔基本一致，也是八角形七层楼阁式空心砖塔。石康塔伫立于合浦县石康顺塔村南流江故道岸边，取行船'顺航'之义又名顺塔，也应属'镇邪驱魔'、保佑平安之类功用的风水塔。"

还有石康塔和顺塔的称谓问题，人们对这个议论比较多。我在石康塔的东西两面看到两块石碑，都是写着文物保护单位的牌子。东边一块是1962年公布的合浦县文物保护单位的石碑，上面的名称为"顺塔"。西面一块是2017年公布的广西壮族自治区文物保护单位的石碑，叫"石康塔"。按照我的理解，石康塔是正名，顺塔是俗称。为什么这样说呢？因为，清廉州知府周硕勋的《书石康塔碑后》已经点明了题目，这个是毋庸争议的。顺塔的名称，应是当地居民对它的口头称呼，后成为习惯。1983年版《合浦县地名志》中称："【顺塔大队】位于石康圩镇西南2公里，1992人。境内有一座番塔，因番与翻同音，人们肆忌翻船，把番塔叫成顺塔。"原来，人们口头上把石康塔叫作番塔，这是因为它来自番邦，又因忌讳而改称顺塔。同样的，县城的文昌塔，人们也叫它番塔脚。

石康塔的曲折经历难以说清，但不管石康塔的遭遇如何，它终究还是引起了有关部门的重视，并及时对它进行了修葺。据报道，从2021年10月起，合浦县投入约250万元国家文物保护专项资金，对石康塔现存建筑进行了现状维修。

修葺一新的石康塔，将成为合浦新的"网红"打卡地。

四水归源总江口

总江口是一个富有传奇色彩的地方，它位于南流江边，是由古代航运码头发育而成的一处人家聚居地。

南流江是合浦的母亲河，是我国海上丝绸之路的内陆黄金水道。汉武帝在元鼎六年（公元前111年）开通的海上丝绸之路，自合浦郡起航，途经东南亚各国。开往内地的船只则溯南流江北上，过桂门关，转北流江，通过湘江进入长江水系。正是由于中原地区与东南亚各国的贸易往来频繁，南流江成为沟通南北的桥梁，合浦是中原与海外进行贸易的中转港，为海上丝绸之路的开辟和繁荣做出了重要贡献。

地理位置

南流江很特别，沿途接纳了不少的支流，其干流在一个叫作州江的地方，一分为五入海。在这五个出海口中，总江口位于中间的江上，地位非常重要。《读史方舆纪要》里记曰："合浦江，亦名南流江，又名晏江。源出广西容县大容山，南流入府界，地名州江口，分为五江：曰州江，曰王屋屯江，曰白沙塘江，曰大桥江，曰新村江，环流至府城西南入海。又府北二十里有石湾江，府北十里有猛水江，皆廉江支流也。"

总江口就在白沙江上，白沙江又称猛水江，它一直都是这五支出海通道的主干道。

　　在明代之前，发挥航运作用最大的是东边的州江，如秦汉时期的珍珠贸易，唐宋时期的漕运海盐，州江航运最为繁忙。合浦郡历来是珍珠产地，专供中原。沿海盛产海盐，合浦设有白石、石康两大盐仓，为海盐集散地。《岭外代答》记载，廉州"盐场滨海，以舟运于廉州石康仓。客贩西盐者，自廉州陆运至郁林州，而后可以舟运……乃置十万仓于郁林州，官以牛车自廉州石康仓运盐贮之，庶一水可散于诸州"。当时廉州的海盐可通过陆路和南流江水路直达郁林州。

　　到了明清时期，州江的航运作用仍在。其上游地区生产出大宗的大米，其中"以晚稻鼠牙占为最。有黄壳、白壳两种极上者。白壳米小香软，色如银，价常昂，客争贩往四方。京都称为'广西细米'"（清光绪版《郁林州志》）。当时广东米市皆以郁林米为贵，客商争相来郁林抢购大米，初步形成了"西米东输"的商贸结构。郁林州的大米主要通过南流江水道向广东输出，而安南、暹罗的大米也涌入廉州，一时间廉州成为大米集散地，转运往广东各埠，海运和河运一派兴旺。明永乐二十年

（1422年），博白县吏王延广曾上书建议："郁林州博白、北流、陆川、兴业四县，岁运粮九万余石输梧州、平乐等四千户所。今其地储积有余，而郁林州水行可至廉州，去交趾新安俱近。若从郁林及博白等县粮输廉州仓，令交趾军民自运其廉州县粮，则以输交趾新安、万宁甚便。"（《明太宗实录》）

清道光年间，廉州知府张堉春还写有《州江记》描述州江的繁忙："廉州负山临海，号称泽国。而言水利者必溯源于江，先后河海之义也。江水发源于西，自广西郁林博白汇张黄武利诸水合为廉江。至府城之北析支为四，其第一支曰江州，引廉江水下洼折入城之西偏，水势至此潆洄环绕，渟畜浩淼之观，由廉入海之要津也。廉为海疆一大都会，灌溉近郊田亩。引盐挽运关饷输江，商贾百物之流同浮于海，逮于琼惠潮，惟此江是赖。"但此后州江的航运作用逐渐减弱，物资运输和人员往来转由主航道承担。

货运码头

自明代起，南流江流域的人口不断增加，上游开垦的土地越来越多，水土流失逐年加剧，河道壅塞现象日益严重。清道光版《廉州府志》载："水利：廉江水在府治西北五十里，源自郁林、武利诸水，合为廉江南流二十里至府城北分为四。一支逶迤循城西下，名为州江，因其水口太高，沙易壅塞，冬月水浅，舟船率由廉江转出海，随潮而入，民甚苦之。正德间知府沈纶旋浚旋淤。嘉靖间知府何御辟东岸以宽其上流之势，两垒石矶以障其下流之泄，由是水势滂沛，民无转海之劳。国朝嘉庆间复塞，道光十年，知府张堉育率绅耆亲往相度，于旧江之东五里凿而通之，以直迎上流之水。下塞旧江之口，使不分其势。因势利导，庶几江流顺轨，永免淤塞矣。"到清道光年间，河道淤塞最严重的是州江，之前曾疏浚了两次，但时间长了又复塞，大船已无法通航，需从主河道出海，再从出海口绕回廉州，很麻烦。

正是因此，才造就了总江口作为货运码头的地位。据《海门回声》（贰）载："从南流江的入海口党江起至玉林船埠，经过 18 个乡镇：党江、总江、白花塘（石湾）、石康、武利江口、多蕉、常乐、张黄江口（旧州江口）、新圩、新渡、石埇、马口水库（小江口）、凌角、大龙、沙河、大岭、博白、船埠。河道宽 100 ～ 200 米，平均水深 0.30 米（中华人民共和国成立初期数字）。"从清代中期起，总江口中转码头的作用凸显。

在总江口停靠的货船，既有进口的，也有出口的。明代时，主要进口沉香、胡椒、苏木、钻石、象牙、犀角，输出盐、鱼干、牛皮、铅、锡、桐油、五倍子、陶瓷器、铁锅、丝绸等。清代时，主要出口瓷器、铁锅、糖、茶、桂皮、桐油、生牛皮、盐、海味、生锡等，进口呢羽、香料等货，间或进口安南、暹罗大米。民国时，入口货有花纱、匹头、呢羽、鸦片、药材、大米、橡胶干片、煤油、砂仁、脚踏车、面粉等，出口货有麸油、靛青、粮食、纸张、八角、八角油、云南锡板、牛皮、植物药材、桂皮、棉花、桐油、生猪、家禽、白糖、烟草等。在合浦解放后的很长一段时间里，总江口码头都很繁忙。

名称来由

我一直寻找"总江口"这个地名的相关记载，想知道它的来历，却未果。后来，我在北海市图书馆的网站上，搜索到一个资料《合浦北海圩场简介》（合浦县图书馆编）："【总江】又名总江口。天天成圩。属环城乡。在合浦县城西北 4 公里，人口 1010。汉族。操粤语。宋末年成圩。是武利江、张黄江、博白江水运物资集散地。因有'四水归源总江口'之称，故名。每日货运船数百。农贸多稻米、禽畜、水产、水果、甘蔗、竹木。赶圩近万人。合浦至钦州公路经此。"原来，总江口是因南流江及支流来的货船汇合、货物集散在此而得名，又因它江面开阔，船桅林立，气象万千。

在好些文献资料里，总江口之前的名称是"第三渡"。如清康熙版《廉州府志》载："桥渡。合浦县：第一渡，在西门外，即今西门桥，接连两岸，商贾辏集，市肆胪列于桥旁，比户可对。第二渡，在府治西五里。第三渡，在府治西十里。上洋渡，在府治西二十里。"由于南流江越来越淤塞，到清末时第二渡所在的王屋屯江也不能通航了。在现在廉州镇廉西村、马江村一带，就是原王屋屯江的旧河道，今称马江，从廉西村委的川山村起，南行约7公里西折，至总江圩复合于干流。到20世纪60年代，在川山江口筑堤封断此河道，填为农田和排水沟渠。我们今天已经找不到第二渡了，但它却见证了桑海沧田的变化。

什么时候开始称作"总江口"的，未见准确的资料。在1994年版《合浦县志》里有"总江"与"第三渡"同时出现："这期间另有一批由总江上游第三渡过江，打从县城北面前往清水江进入合山公路，然后沿路东而去。日军沿途抢劫粮食，奸淫妇女，无恶不作；烧毁总江口顾质记等商店10余间；洗劫廉州镇缸瓦街居民财物。"从这个记述来看，当年第三渡位于现在总江社区上游一点，而"总江口"应该是近代才叫起来的。

繁荣通道

抗日战争时期，广州湾沦陷，涠洲岛被占领，日军封锁了整个南中国海。合浦沿海城乡屡遭日机轰炸，公路被毁，后方所需大量的军事和生活物资，只能通过南流江运输，南流江又成了繁忙的通道，并且盛极一时。全国各地的商贩云集廉州，从事物资的贩运，南流江沿岸的党

廉州古街，静谧如画，是这座小城的独特名片

江、总江口码头停满了上下货物的船只。当时，桂、黔、湘、鄂、赣等省所需要的食盐、汽油、面纱、药品等物资，很大分量由总江口码头担负，交易繁荣。

在此期间，总江口不单停靠货船，还开通客船。据《合浦文史资料第三辑》载："由廉州至西场航运交通，在总江渡口，经常有航船两艘，每逢圩期，通航一次，货客颇多。在公路汽车不通行时，如由廉州往钦州，往往取道总江口搭船至西场，再步行至胭脂港，搭大风江渡船至柑桔村，便到达钦州，行程比较是捷径。"可见，总江口是不可或缺的存在。

民国时期，即便是开通了合浦至钦州的公路运输，但因为南流江还未架设有桥架，汽车也需要在总江口上轮船过渡。据1994年版《合浦县志》载："民国16年，继而修筑合浦—钦州公路的合浦—丹竹江路段，全长约33公里。因桥涵渡口工程多，进展缓慢，民国18年路基已修至乌家，但因总江、上洋两处渡口未配备汽车渡船而延至民国20年方能通车至乌家。民国24年才告完成乌家—丹竹江段。"没有桥梁的状况持续了很长一段时间，后来一些狭窄的河流均可架设便桥，唯总江口因为江面开阔，水深流急，无法架设便桥或者浮桥以通汽车。

在水运方面，到合浦解放初期，每天仍有几十艘船进出总江口码头。白石水的铁锅，北通的烟叶，灵山的大米、茶叶和荔枝，小江的瓷器，博白的猪苗，沙河的鸭和石灰，合浦沿海的食盐及各种海产品仍在总江口集散。

总江桥闸

从20世纪60年代起，合浦县境内的公路桥梁逐年兴建，到20世纪70年代末，凡公路经过的渡口都建起了大桥。总江渡口也建了大桥，它位于总江口圩附近，是一座水利桥闸和公路桥并列修建的综合工程，桥面全长为 258 米，另有拦河水闸一座，总长 232 米，设置泄洪闸 28 孔以及东西两个进水制和引水工程等。工程于 1964 年 12 月动工兴建，次年建成，1965 年 8 月 8 日举行大桥正式通车和桥闸放水典礼。

总江大桥的建成，极大地方便了两岸交通，对促进经济发展起了很大作用，但对于总江口的航运和社会地位来说，则是一种损害，因为它的码头作用逐渐消失。这个主要的出海河口，以前百吨大货船可自出海口上溯直通总江口码头，再通航至玉林市福绵船埠起岸，到 1952 年时，只可通 40 吨的盐船。到总江桥闸建造前夕，货船至福绵埠仅可通航 20 吨货船。桥闸建成之后，基本就断航了，这有两方面的原因，一是因为货物往来不再走南流江水道，再一个就是因为南流江的壅塞，作为圩市的总江口慢慢衰落了。

不过，在总江口第三渡的下面，又出现了新的景观——总江桥闸。1965 年 3 月，合浦再次划归广西管辖，合浦县为了加强与钦州专署和首府南宁的联系，交通发展重心向西倾斜，使总江大桥成为最重要的咽喉。

接下来还有大动作，为满足开拓南宁至北海二级公路的需要，1990 年在原总江大桥上游另新建一座桥，仍称总江大桥，新桥中轴与旧桥中轴相距 45 米，同年 10 月 1 日通车。2017 年，又对总江水闸展开除险加固工程，水闸设计防洪标准为 50 年一遇，2019 年完工。这些都是总江口的新变化。

人文荟萃

总江口是一个商业发达的地方，往来人员频繁，自然带来了不同的经商理念和生活方式，一些人为了做生意，选择在此定居，使之变成地灵人杰之地。总江口人注重经商，也重视教育，养成了民风淳朴、敦诗说礼的良好社会风气，产生了许多的传奇人物，如武进士韩烈彪、廉州辛亥起义总指挥罗侃廷、商业奇才庞福来等。

韩氏烈彪，字承斋，总江口大石屯乡人，武功出众，时有合浦"功夫王"之称。清光绪七年（1881年）府县考取武生。清光绪九年（1883年）癸未科考中武进士，是合浦历史上中武举最高的考生，经殿试被钦点为"蓝翎侍卫"，是光绪皇帝身边的侍卫官，官秩六品。京官期满，于清光绪十三年（1887年）外放湖南澧州（今澧县）当守备，不久升长沙都司，晋升四品，在湖南任武职历20年之久。其间，他整饬治安，百姓安居乐业，政绩斐然，深孚民望。清宣统二年（1910年），韩烈彪致仕荣归。1911年辛亥革命爆发，廉州原起义的清兵发动兵变，革命党人无法控制局面，靠韩烈彪出面弹压，社会暂得安宁。

罗侃廷（1887—1916年）原名人炎，字绰双、侃廷（本为其妻名）。周岁丧父，由母邓氏抚养。先后在党江螺江小学、广州光华医科学校读书。早年投身革命，辛亥革命前与同县苏乾初回合浦开展革命活动。他们以廉州城内学前街攀龙书室为秘密据点，发展革命组织，多方刺探府县和军营内情，在清军中策反，还与同县的丁守臣、卜汉池一起组织策划武装起义。清宣统元年九月二十七日（1909年11月9日），廉州起义爆发，罗侃廷任起义军司令。民国四年（1915年）冬，罗侃廷与数十人由香港到汕头，组织讨袁活动。因风声泄露，于民国五年（1916年）1月4日被逮捕，6月英勇就义。

庞福来，原名紫坚，号宽甫，清光绪五年（1879年）六月初三生于总江口沙扶村（即水角村）。因铺号"庞福来"，故以庞福来之名传播最广。水角村是货船集散之地，庞福来母亲黄氏看准这一商机，在江边开了间杂货铺，供应船上用品，生意不错。庞福来自幼跟着母亲做生意，家道兴起，20岁时却被歹人绑架。庞福来后搬到廉州缸瓦街，经营"庞福来炮竹"。1919年农历十二月初一，商铺不慎失火，所有物资烧成灰烬。1924年，庞福来到越南海防华人街设"福来庄"推销爆竹，东山再起。1925年，庞福来在北海东安街（现珠海西路）附设"合益庄"，后改为"合益号"，逐渐成为廉州首富。庞福来发达后，为回报社会，给南洲书院（在今学前街）捐资，还与友人共同出资创办东坡中学。

清代以降，总江口在文教界还出了不少名人，不但唱响了总江口的名声，也让总江口成为重视文教之地。

圩市风情

"行尽平沙路，轻舟逐浪奔。大江流日夜，清气满乾坤。两岸鸡豚市，千家橘柚村。春风旧时燕，犹见入朱门。"（陈葆昌《过总江渡》）总江口的风情，在这首诗中表露无遗。说起来，这里既是渡口，又是经商者定居的好地方。经商发达之后，会有一些人购买良田，从事农耕或者放田收租。于是，在总江口两岸形成了村落和街区。

第三渡的初始，仅仅是有船只停靠，在宽阔处上下货物，集结交易。经商者为了省去麻烦，纷纷在此购地盖房，久而久之，开辟成了市场，一幢幢的房子以商铺形式出现，形成街道；几条街道搭配便是一处圩市，天天人头攒动，货物辐辏。合浦沿海产出的食盐，有一部分从这里交易，往上游运去。上游的山货，又从上而下，在总江口码头停靠卸货。就这样，每天都有数十上百艘船只在这里停靠和启航，总江口的江面上，总是忙忙碌碌。

廉州街上有木柴行，木栏主要经营松、杉、楠、椎等建筑木材及棺椁寿板，还有条竹篱笆编织等。柴栏则以经泡浸之松木加工（锯断劈开）成柴片供应商行、居民作炊事燃料。较大的木栏有"蒋龙记""钟盛义""源栈""三隆"等商号，柴栏有"廉泰"等。这些竹木多来自灵山、博白及本县北部（今浦北县），由产竹木者或者商贩将竹木扎成筏排，沿南流江运集总江口、穿牛鼻或老哥渡等码头，议价成交后由卖主运抵廉州之上、下柴栏点交各店销售。

随着木材、竹子在总江口上岸，这里的人们也经营起蔑货来。他们用竹子编成粪箕、簸箕、篮子等日常生活用品售卖，生意还不错。合浦解放后，总江街上还成立了竹器社。与此同时，政府还把总江街上各行各业的职工组织起来，如组织打船锚、犁头、镰刀等农具的打铁社，织帆布的棉织社，码头搬运工的搬运工会，等等。

社区生活

合浦解放后，总江口一度成为乡政府的所在地。1961年，开展体制调整时，将当时环城公社的辖地划分为环城、总江、乾江三个公社，属总江区管辖。1963年又将环城、总江、乾江三个公社合并，称为环城公社，总江口的地位才降低了。

总江口驻有不少集体企业和国有企业。当时合浦县水上运输公司的大部分职工都住在总江坪上，他们为总江口的繁荣做出了巨大的贡献。后来，随着水路运输业的衰落，他们成了合浦最早下岗的工人，许多职工老了之后生活失去保障，陷入困难境地，这也是总江口衰落的一种表现。

总江口还有两家国有企业，一家是合浦县农机厂，是那时候合浦比较大型的企业，主要生产手扶拖拉机拖卡，或叫拖斗；另一家是合浦县水电机械厂，是生产搅拌机的。这些国有企业的职工与社区居民一道，成为总江口社区的主体居民。

很长一段时间内，总江口的经济辐射到周围的党江、沙岗、西场、乌家等地，总江口人把生意做到这些圩场，而不少人骑自行车到廉州去办事或者游玩，回程经过总江口时基本都要进去买菜和买日常生活用品。总江口的食品站，每天都要杀五六只大肥猪，以供应市场。

总江口社区周边的村庄，则成了名副其实的农村。由于总江口航运的枯萎，大部分村民不可能从事商业活动了，只能回归田园，恢复从前务农的身份，从事农业生产。

廉州街上，错落有致的建筑交织成一幅画卷

近年来，我多次到总江街和江对面的总江村委去访古或者探幽。总江街就如一座小镇，街道、市场俨然，人们生活平静。而总江村委那边，又是绿树成荫，栽种有许多的胭脂红番桃和柚子树，风景非常美。还有那所星岛湖小学，新教学楼很漂亮。旁边那座新的罗氏祠堂同样漂亮，它充分利用架空层设立文化室，还有老人活动中心等文化活动场所，村民们的闲暇时光过得并不差。

现在，周末到总江口来垂钓、游泳，或者摘番桃、听老人讲古，都不失为一种享受。我在跟老辈人聊天时，曾听他们说起，原罗氏祠堂规模宏大、飞檐翘角、古色古香，当初如果能保存下来，那肯定是一座精美的古建筑，连结周边，可改造成滨江公园。

"夫白云青山为我藩垣，丹城绿野为我屏袜，竹篱茅舍为我柴栅，名花语鸟为我供奉，举大地所有，皆吾有也，又无乎哉？"我读着清人尤侗的《揖青亭记》，不禁想起了总江口的境况——廓乎百里，邈乎千里，皆可招其气象、揽其景物以献纳于一江之中。

文物之光

Adam DONG
2021.12.

古汉墓，一次与文化积淀攸关的凭吊

　　行走在苍莽的廉阳大地上，不经意间你会看到一座座耸立的封土堆。那些如小金字塔一般的封土堆，就是合浦的汉代墓葬。在合浦县城东部和南部的绿水青山中，集中着近万座汉代墓葬，默默地守候着2000多年的时光。它们是合浦历史悠久和经济繁荣的见证，也彰显了汉王朝的辉煌与强盛。经过岁月的洗礼，现在那些汉墓群已然成了历史积淀，宛若洒落于北部湾畔的文化珍珠，熠熠生辉。

　　白驹过隙，那段千年的岁月还在延续，而那些曾经风流如歌的韶华，则如同如火如荼的情恋，深深地埋藏在这片钟灵毓秀的土地上。残存的虽只是一座座墓葬的遗迹，但却散发出深厚的历史文化底蕴。

　　我曾有幸跟随广西爱国主义教育基地纪实专题片《历史的辉煌》摄制组，凭吊过其中的一些古汉墓。在四方岭、禁山、母猪岭、冲口等处，都曾留下我寻觅的足迹。那次朝圣般的凭吊，让我深深地感受到了古汉墓遗迹所飘逸出的文化气息，让我看到一个个鲜活剽悍的身影，一出出精彩的人间悲喜剧，还有一段段不老的历史传说。

　　其实，古汉墓的历史证物和文化精华，最直接的呈现还要数汉代文化博物馆。其馆藏文物涵盖了青铜器、铁器、陶器、瓷器、漆器以及玻璃、琥珀、玛瑙、玉璧、水晶等。其中有国家一级文物数十件，最著名的是铜凤灯、波斯陶壶和罗马玻璃碗。

合浦汉代文化博物馆还有琥珀雕成的狮子、青蛙以及玻璃等物，据专家鉴定属舶来品，原产于印度、希腊、东非等地。而在苏门答腊、爪哇、婆罗洲等地出土的产自中国的日用陶器，从彩釉与胎质来看，则与合浦古汉墓出土的一样。考古专家据此推定，合浦在汉代时就已经是海上丝绸之路的始发港。

走进合浦汉代文化博物馆，就能立刻感受到一种悠远古朴的氛围。那些出土的各式文物，令人眼花缭乱，它们或是达官贵人生前所拥有的日用必需品，或是尊崇物。这些文物证明了汉代合浦郡的文化、经济与海上丝绸之路的繁荣盛况。展馆里琳琅满目的文物，仿佛让我们看到了大汉的浩浩船队，自合浦港进进出出，隐约还能听到滔滔的桨声，船帆随风升起，栩栩如生。整个博物馆简直就是一幅流动的画卷，四周珍藏着的宝物，正传播着当年合浦所上演的繁忙景象。

踱出博物馆，我的思绪还沉浸在那段"繁荣盛况"中不能自拔。直到明晃晃的阳光刺痛了眼睛，我才明白过来——那个合浦郡，其实正是岭南海洋文化的不变乡愁，而那些馆藏品则让我们体会到了历史与文化沉淀后所带来的厚重感。

来到山坡前，实地凭吊古汉墓，又是另一番景象。满目翠绿下，一座又一座大于常见墓十倍、二十倍的封土堆，给了人们更多的直观感受和想象空间。有人说，珠乡合浦的古墓太多，阴气过盛，森森然似有晦气。其实不然，不管是帝王将相，还是平常百姓，在先人过世时都想占尽风水之宜，找块好地葬之，以期庇荫子孙。而合浦这一方婉约的水土再合适不过，他们相信，这片土地是不会将伟岸与豪迈风化为僵硬的古董的。无数的达官贵人和商贾往来于此，冥冥中注定了它将流芳千古。是这些往来的人，影响并造就了珠乡合浦的不断繁荣，使得合浦珍珠文化与海上丝绸之路文化得以拔节成长，而那些盛世反过来又让这里成了人们安居乐业的宝地。

诚然，合浦的古汉墓群，也不是天女散花、漫山遍野的。据1994年版《合浦县志》载，它的范围不算大，从海上丝绸之路始发港向东扩散，不过南北长12.5公里、东西宽5.5公里而已。古汉墓群内有汉墓总数近万座，编号立标但未被发掘清理的就有8500余座。正是这一方厚实的土地上所深埋的汉墓葬群，逐渐成了珠乡人民的骄傲与朝圣之地。在已发掘的汉墓中，出土了大量的文物。这些文物，成了深入了解和研究合浦，乃至岭南地区社会政治、经济、文化、军事极为重要的实物来源。它们也是合浦与国外开展商贸往来、文化交流由来已久的考证实物。

从文物中看得出，合浦人民同千里之外的中原居民一样，有着相同的生活习俗和文化背景，并世代相传。2000多年来，合浦人民用勤劳的双手为自己创造着美好的生活。他们通过日复一日、年复一年的辛勤劳作，过上了忙碌而宁静的生活。可以想见，这里阡陌相通，鸡犬相闻，犹如世外桃源一般和谐与美好，一直延续到了现在。

　　谁也数不清有多少豪杰志士、文人骚客、封疆大吏、征战屯兵、商者贾人往来于珠乡。不管是有意而为还是被贬谪的，他们中的相当一部分人已经将身后事托付给了这方水土。那些高高的封土堆里，不管埋葬的是忠魂还是贪吏，我想，都会有一段荡气回肠的故事湮灭其中。

　　穿越那些肃穆的古汉墓群，仿佛接触到了那群或怀着满腔热血、或怀着抑郁不平之气的魂灵。任何一位来访者，指不定都因生出悚然之感而肃立静穆。然而，登高四望，满眼绿野连绵，碧水青山，好一派旖旎风光，好一块风水宝地。而所有来访者，脚步都是轻提轻放，生怕惊扰了墓冢里熟睡的先者。

　　不要匆匆而过，那些年代久远的汉墓是要慢慢去琢磨的。它们中哪个是达官贵人，哪个是精忠志士，哪个是旷世女子？他们的身世如何情感又如何，是壮志已酬还是悔恨一生？是恬淡心安还是肝肠寸断？或许无人知晓，也无人能答，怅怅然只给了我们无端的猜测。而珠乡娟秀的山、柔情的水，无言地衬托着他们的风姿与丽影。这让每一位来访者，对这些凝重史实的凭吊也变成了会心的欣然。

　　那一座座古汉墓，其实就是在对那些尘封的历史进行着无声的记录。是人们的怀古、凭吊和发掘心灵之处，让汉代文化变得不再遥远，也让文化漂泊者寂寞无比。而那些曾经鲜活的生命早已无处寻觅，他们留给后人的只剩下封土堆和文物。不可否认，正是这些封土堆和文物，于时光的最深处，折射出闪耀的文化光芒。

码头·窑址·汉墓群

一座古郡因海洋而闻名，一方水土因灵秀而风雅——这说的就是合浦。自汉元鼎六年（公元前 111 年）设立合浦郡始，这方水土就装下了太多的内涵，江河、人烟与古迹，无不渗透着厚重的历史底蕴。那些渔歌唱晚、榄花飘零，伴着那条通向远方的海上丝绸之路，留下了一个个传奇故事。

读合浦，用不着拂去历史的风尘。海面、码头、汉墓和珍珠，都在开启文明，开化民生。文化水土开拓出的圣洁名字，从来都不是用来装饰的。

说起合浦，人们自然会想起"珠还合浦"的典故，但由此引发的故事，又不仅仅局限于南珠。合浦的关键词，是面向、发展、传承、扩散、交融、贸易和埋藏。我们说，这里是海上丝绸之路的起点，绝不是空穴来风。

辉煌的过去亦有今人的守护。作为中国古代海上丝绸之路始发港城市，北海现存的海上丝绸之路相关遗产点主要包括城市遗址及贸易交流产物等类型，有代表性遗产点 4 处。其中合浦汉墓群、合浦大浪古城遗址和合浦草鞋村遗址为中国世界文化遗产预备名单申报遗产点，白龙城遗址为后备申报遗产点。合浦汉墓群保护总体纲要、大浪古城遗址保护规划、草鞋村遗址保护规划已通过国家文物局立项审批，白龙城遗址保护规划通过自治区文化和旅游厅立项审批。

　　流水波涛荡漾，岸边绿树扶风。站在西门江（南流江支流）边放眼看去，江水汩汩，岸边的海角亭默默守望，让人联想到"日出千杆旗，日落万盏灯"的繁华。

　　2003 年，人们在西门江往北约 13 公里处发掘出了大浪古城遗址。考古人员从古城的规模、构筑的方法推测，这里应该是西汉时的合浦郡治，也是迄今国内发现保存最完整、规模较大的汉代郡治之一。该遗址由城址、城墙、护城河、建筑遗址及码头遗址组成，西面依托周江（西门江上游），其余三面有护城河环绕。码头位于古城的西门，在考古开挖的一个长 20 米、宽 10 米的探方内露出了轮廓。它是一个弧形的平台，有三级台阶下水，与平台台阶相连的船埠，长约 8 米，呈弧形伸入河道最宽处 5 米。在船埠的背水处，有两个相隔 1 米、直径 20 厘米的柱洞为固定船舶的缆桩。因那时还没有如今的巨舟，为避免台风或海上巨浪，港口不方便建在海岸，故转入平静的内河岸边建立。

古树屹立，见证合浦城的岁月变迁

现时的遗址已经有了有效的保护，它曾埋在一片茂密的竹木林中，古城头村民天天从这片爬满野藤荆棘的林子旁经过，却不知道这里竟是先民从海洋走向世界的起点。

西汉晚期，合浦郡治从大浪南移至现在的廉州镇，大浪古城遗址便被废弃在荒野里2000余年。没有人为的增筑和破坏，任时光荏苒，白驹过隙，大浪遗址的城墙、城壕、码头等基本布局保持了最初的外形和样式。

2007年，人们又发掘了廉州镇西郊的草鞋村古城遗址。《汉书·货殖列传》所载的"各安其居而乐其业"，亦适用于当时的草鞋村。草鞋村古城遗址总面积达1.8万平方米，西门江从城址西南角经过。这里最初只是发现了汉代古窑，后来才发现大规模的古城遗址。如此大规模的完整的汉代手工作坊遗址，在国内并不多见，其丰富的遗存要素，成为汉代海上丝绸之路繁荣的见证。

在开掘的两座半倒焰马蹄形窑址里，发现有灰沟、水井、建筑遗址、储泥坑、工作坑、灶坑、淘洗坑、沉淀坑等较为完整的遗址50多处。出土的文物中，大部分是绳纹板瓦和筒瓦残片，也有米字纹、方格纹和方格带戳印陶罐，还有建筑用的水波纹陶钵、瓦当、陶垫，等等。此外，还有一些生活遗弃物，诸如竹篮、土葫芦、大象腿骨、狗头骨等。这些出土器物，具有明显的时代特征。

这种大规模官营制陶手工业，是随着合浦郡的建设和开发，建筑官署和民房需要大量的砖瓦，中央王朝差遣中原的工匠到合浦郡后因地制宜，建窑烧造而产生。这也说明，中央王朝重视对合浦郡的移民和开发工作，让合浦港的枢纽地位更加凸显。

据《汉书·地理志》载："自日南障塞、徐闻、合浦航行可五月，有都元国；又船行可四月，有邑卢没国……有译长，属黄门，与应募者俱入海市明珠、壁流离、奇石异物、赍黄金杂缯而往……"有人据此说，徐闻排在合浦的前面，徐闻的地位重于合浦。实则不然，从大浪古城遗址、草鞋村窑址到合浦古汉墓群，合浦的规模和丰富的出土文物，要远胜于徐闻。徐闻多有汉代之瓦当，而合浦不但有城址、码头、窑址，还有大量的汉代青铜器。更何况徐闻县令陈褒葬于合浦。合浦汉墓还出土了刻有"九真府"字样的提淘壶，九真府在今天的越南境内。

说起合浦古汉墓群，又是浓墨重彩的大手笔。古汉墓群的面积不大，南北长 12.5 公里，东西宽 5.5 公里，内有汉墓近万座，编号立标但未发掘清理的就有 8500 余座。合浦郡曾经的辉煌与繁华不再，但遗存的地藏与文物所呈现的细节，依然叙述着这片土地昨日的磅礴与威慑。

今日的合浦，还遗存着一种自善与倔强的气韵，像跟这里交情匪浅的费贻、孟尝、苏轼一样，虽商贾盛行，却难掩文人之气。合浦人带着司空见惯的心情，将历史传奇融进了市井生活。明正德年间建造的西门桥，结构独特，今天的年轻人，在约会时会说上一句："七点，桥上见。"廉州中学内，保留有海角亭、天妃庙、海门书院旧址、魁星楼 4处文物古迹，穿着校服的青涩学子天天在这里上课。

海茫茫，路迢迢，千帆过后又复返。在海上丝绸之路重要起点处繁衍生息的合浦人，将继续见证新时代的"海丝"新气象，并添上独具风情的一笔。

汉代合浦人的"奢侈品"

　　每次走进合浦汉代文化博物馆，端详赏析着那一件件出土文物，我都能领略到那种汉王朝强大的风范，涤荡着我的心旌。

　　自汉武帝于元鼎六年（公元前111年）设置合浦郡始，这一方水土便跟强盛的大汉王朝联系在了一起，蛮荒边陲的合浦与中原王朝再也没有分离过。强大的汉王朝不仅将恩威通过山长水远辐射到了合浦郡，还将先进的农耕技术和生活方式渗透到了这里。从合浦出土的众多汉代文物里，我们隐约还能看到那种强盛的威势。那些文物是汉代合浦人生活器物的缩影，设计精美，制作精湛。

　　在合浦，传世的汉代生活器物早已淹没在历史的烟云里，再也寻觅不到了，特别是那些不耐用的日常用品，如丝织品、木制品、皮革制品、纸制品等，难以在地下保存上千年之久。我们想要了解汉代合浦人的生活状况，只能从那些出土文物中去寻觅，尽管那些文物大部分都是明器（即专门为随葬而制作的象征性的仿制品），并非初始的物件。

　　在汉代，由于生产力得到了进一步的发展，社会生活欣欣向荣，厚葬之风随之盛行，人们非常重视"事死如事生"的葬俗，喜欢制作大量的明器作为陪葬品，于是有了今天合浦出土的诸多汉代文物。它们有陶器、青铜器、玉器、金银器、石器、铁器、玻璃器等类型，其中以屋、楼、院落、仓、灶、井、圈、壶、罐、人俑以及家禽、家畜俑等造型最为常见。这些文物不但反映了汉代合浦人的日常生活，还透露了他们富足的生活状况。

站立在文物展柜前，每一件文物都教人肃然起敬。你看，那些陶屋、铜镜、珠链、陶罐、玉器……都是当时日常生活的参照物。说它们是明器，却又是最接近汉代合浦人生活的物件。那些物件都是独一无二的，来自不同的古汉墓，准确地反映了当时的生活美学和时代风尚。

这些文物中，有不少是"奢侈品"，且拿几件来说道说道。

一是羽纹铜凤灯。这件宝贝是国家一级文物，并且是镇馆之宝，最为珍贵。出土时，凤凰形状的铜灯是雌雄一对，通高33厘米、长42厘米、宽15厘米，1971年出土于望牛岭，属于西汉晚期墓。铜凤灯曾被广西壮族自治区博物馆上调，作为该馆的镇馆之宝，可见其价值之高。铜凤灯的凤鸟形象有重要意义——它们是2000年前的"环保产品"，是科技与艺术的结晶，见证了青铜文化的南传和新生，且形象继承了远古华夏文明的文化意蕴。如此精致且实用的物品，绝非一般人家可以拥有。

二是"宜子孙日益昌"出廓玉璧。这是一件像传家宝一样珍贵的宝贝，出土于黄泥岗1号汉墓，连外廓透雕，通高27厘米、外径18.3厘米、孔径3.2厘米，外廓镌隶书"宜子孙日益昌"六字。玉璧的圆形，象征着上天，跟铭文配合之后，寓意更具有了生育万物的无穷生命力。这件玉璧是汉代玉雕中难得的佳作。

三是铜仓。其出土于黄泥岗1号汉墓，青铜器，通高54厘米，面宽58厘米，人字坡顶，平底，下以四只高足将仓体托起。该件文物的出彩之处在于它的四壁图纹，分别刻有飞凤、饕餮纹、鼠、武士、禽头兽身动物、九支灯、虎、花树等，錾刻精致，寓意深远。几乎每座合浦汉墓都出土有粮仓，或陶仓或铜仓，诠释了"家中有粮心里不慌"的生活哲理，这件铜仓与众不同的是镂有精美的图纹，立马高了几个档次。

四是铜提梁壶。其出土于望牛岭1号汉墓，西汉晚期。盛酒器，金文的"壶"字，就是有盖子、两侧有系带、腹部大的容器。这件铜提梁壶，工艺高超，制作精美，入选了1972年"中华人民共和国出土文物展"，到加拿大、墨西哥等七国展出。汉代的铜壶既是容器又是礼器，代表着尊贵的身份，保留着青铜礼器的庄严神秘。该件文物出土时，里面还带有液体，专家判定是酒。跟它对视时，我心里会想起白居易的那句诗："晚来天欲雪，能饮一杯无？"

五是磨锄铜俑。这样的文物极少见，它出土于风门岭26号汉墓，踞坐、椎发、高鼻，通高10.7厘米。右手持一镢，左手搭在镢上，身体前伸，做推磨状。从其"高鼻"的特征来看，应该来自海外。这个铜俑，是直接操起工具进行劳动的造型，其"椎发"形象也反映了当时的生活习俗。这可能是沦为奴仆的海外来客，是为墓主人服务的。

六是熏炉。熏炉是用来燃烧香料的器具，由炉盖、炉身和承盘组成，盖上多孔，合浦汉墓多有熏炉出土，分铜炉和陶炉。出土铜熏炉的有望牛岭1号西汉墓、北插江盐堆1号西汉墓、黄泥岗1号墓、风门岭10号墓等十几座汉墓。出土陶熏炉的有风门岭24号墓、母猪岭5号东汉墓等四座汉墓。这中间的熏炉不少还遗存少量香料和灰烬。可以想象，汉代合浦人在室内燃香，芳香缭绕时，是多么的享受。

七是金饼。合浦汉墓出土有多种金饼，其中望牛岭1号西汉墓出土有两枚。一枚直径6.3厘米，重249克，刻一"大"字，该字下方细刻"太史"二字。另一枚直径6.5厘米，重247克，刻一"阮"字，其上方细刻一"位"字。专家推测，所刻"大""阮"可能是物主的姓氏。据《汉书·地理志》载，汉朝的船队"有译长，属黄门，与应募者俱入海市明珠、璧流离、奇石异物，赍黄金、杂缯而往"。说明从合浦出海搞贸易的人豪气得很，腰缠的金饼便是他们的硬通货，仿佛在说——爷有的是钱。

八是玻璃器。玻璃器分为珠、管、璧、环等配饰品和杯、盘、碗等饮食器皿，以及大量的玻璃珠，这些无疑都是"奢侈品"。引人注目的有黄泥岗 1 号汉墓出土的湖蓝色玻璃杯、文昌塔 1 号汉墓出土的龟形玻璃器、望牛岭 1 号汉墓出土的绿色谷纹玻璃璧、红头岭 34 号西汉墓出土的深蓝色玻璃杯、母猪岭 1 号汉墓出土的湖蓝色玻璃碟、凸鬼岭 1 号西汉墓出土的深蓝色玻璃杯等。这些玻璃器均入选了 1992 年我国举办的"中国古代金、银、玻璃展"，到包括日本东京在内的五个城市展出；入选 1995 年我国举办的"中华五千年珍宝展"，赴挪威展出。这些玻璃器，有海外输入的，也有本土生产的，见证了汉代海上丝绸之路的繁荣和合浦人的智慧。合浦汉墓出土的玻璃器颇多，仿佛在告诉世人，谁家没有几件玻璃器啊！

九是汉印。在汉代，拥有一颗印章，是极为稀罕的事情，因为它是权力的象征，所以，合浦汉墓出土的印章并不多。仅如下几枚：堂排 1 号汉墓出土一枚"劳邑执刲"琥珀印，蛇纽，正方形，边长 2.3 厘米、高 1.2 厘米。堂排 4 号汉墓出土一枚琥珀质地的"王以明印"。黄泥岗 1 号汉墓出土两枚印章，一枚铜质，龟纽，印文篆刻"陈褒"二字；另一枚滑石质，瓦纽，高 2 厘米、边宽 2.3 厘米，凿印，阴文"徐闻令印"四字。望牛岭 1 号汉墓出土一枚黄平银"庸母印"。九只岭东汉 9 号墓出土两枚琥珀印"黄昌私印"和"黄□□印"。风门岭 23 号汉墓出土两枚龟形纽印，一枚印文模糊不清，另一枚为篆书"吴茂私印"。这些汉印，比任何"奢侈品"都要奢侈。

十是陶屋。这是汉代合浦人最大宗的私人财产，拥有一座陶屋，相当于在北京三环以内拥有一座四合院。合浦汉墓出土有很多的陶屋，种类有楼阁式、四合院式和干栏式。楼阁式的陶屋，以 1989 年 12 月红旗岭 2 号东汉墓出土的庑殿顶陶楼为代表，格式多样，装饰美观。四合院式的陶屋，以 1987 年 9 月合浦罐头厂 1 号东汉墓 A 座出土的为代表，中原建筑特征明显。干栏式的陶屋为岭南建筑风格，多用悬山顶，有曲尺形和方形，上为人居，下为圈畜。

此外，合浦汉代文化博物馆的藏品里还有波斯陶壶、罗马玻璃碗、金串球手链、金花球以及众多的玻璃器、琥珀、玛瑙、水晶、奇石等舶来品。每一件舶来品似乎都在向参观者昭示——嗨，看到没，咱汉代合浦人也用上了进口货！

在参观合浦汉代文化博物馆的过程中，我总是情不自禁地感慨，汉代合浦人拥有的"奢侈品"太多、太高端了，简直是林林总总、目不暇接。细究之下，我们还能从那些"奢侈品"的背后看出一种生活的腔调，从而窥探到了汉代合浦人考究的生活方式。

每次来合浦汉代文化博物馆观赏文物，都是一次学习历史的过程。而学习历史，可达到以古喻今的目的，为今天所服务。了解汉代合浦人曾经拥有的高度的生活美学，可撷取他们的精华，以此作为我们今天的新起点，去创造更美好的未来。

汉代农具

耕作的事，从来都不容易。

犁田、耙地、收割、打场……每样农事活动都需要使用农具，否则会束手无策。我在阳台上侍弄几盆小花草，也需要使用一把小铁钎，用以松土、施肥。还别说，盆表土板结了，用小铁钎扒拉几下，盆栽会长得更好。

在大面积的田地里耕作，就更离不开农具了。譬如插秧时需要犁耙，灌溉时需要铁锹，收割时需要镰刀，脱粒时需要碌碡……如果只凭双手，那是徒唤奈何的。

现代农村的耕作自然是机械化程度比较高。那么，在汉代时人们又是怎样耕作的？换句话说，汉代时的农民会用什么样的农具呢？

合浦汉墓出土了少量的农具，正好可以用来解答这个问题。

合浦汉代出土文物中的金属类文物大部分是青铜器，制作精美，端庄大气。但是合浦汉墓出土的与农业、手工业相关的生产工具，则基本上是铁器，譬如农耕使用的铁臿和铁镢，还有盖房子时木工所使用的铁斧和铁凿。在汉代，铁器已经取代青铜器，广泛应用于武器制作和农业生产。由于铁器比较贵重，合浦地处边远，不是很富有的人家，轻易不用来陪葬，故出土较少。

通过合浦汉墓出土的少量铁制农具，再结合各类出土器物中残留的农作物、纺织品和水产品骨骼，可以在一定程度上了解到汉代合浦人的生活状况，即他们种植些什么作物、纺织些什么织物以及渔猎状况如何，等等。

在合浦汽车齿轮厂4号汉墓里，出土了一把铁臿，臿口呈"凹"字形，内有空槽，弧刃两端外撇，高9.6厘米，刃宽13.8厘米。《史记·秦始皇本纪》载："臿，锹也。"臿，即后世所说的锹，是翻土、铲土用的农具。它的样子方方正正，中间有大大的銎口，是用于安装木柄的，但出土时木柄腐烂掉了，只剩下铁臿，样子有点丑。但仔细想想，作为一件农具，实用为上。

合浦汉墓还出土有铁钁。铁钁是挖掘硬土使用的农具，装有木柄，有双齿形和窄长形两种。合浦汉墓出土的双齿钁，丰门岭22号墓有一件，出土时一齿已残缺。丰门岭26号汉墓出土的一件铜人俑，通高10.7厘米，右膝跪地，右手持一钁，左手搭于其上，身体前伸，做推磨状。这样的钁很小巧，钁口已经很锋利了，还要打磨，难道要当作刀来使用吗？

用于盖房子的工具，在合浦汉墓里也有出土。斧头是用于砍伐木材的工具，上端銎部截面为梯形，下端横刃为弧形，上下相通。双坟墩1号墩出土了一把铜斧，长4.5厘米，刃宽2.9厘米，銎宽2.4厘米，虽小巧，却是不可多得的实用工具。还有凿，用在木材上开卯的，在丰门岭24A号墓出土了一把铁凿，长23.6厘米，中宽1.8厘米，端头打击面略宽于凿身，截面呈长方形，从端头至刃口均匀收分，双面刃，口尖圆。一把铁凿在手，实乃威风凛凛也。

在堂排2B号墓里，还出土了一些泥质明器，其中有臿10件，仿铁臿，无銎口；斧6件，上端有三道凸棱，无銎口。这些都属于生产工具，均是仿制品，专门用于随葬的。

此外，在文昌塔7号墓里还出土了一把石铲，高11.2厘米，宽8厘米，厚1.2厘米，通体磨制，短柄，双肩，微束腰，弧刃。在铁器比较贵重的情形下，拿出更加古旧的石器来做随葬品，是可以理解的。可能当时还同时使用木制农具，并陪葬其中，只是出土时都已腐烂，找不到踪影了。

对于农耕生活的真实反映，生产工具是一个缩影，农作物则是最直接的体现。在合浦汉墓里，已出土的器物中还有不少农作物的残留。在粮食方面，水稻是常见的，在一些陶屋中，可见人俑呈持杵舂米、持簸箕簸米等劳作的造型，他们的工作便是为稻谷脱壳。在丰门岭24B号墓出土的陶仓里，残存有未经脱壳的风化稻谷，专家从稻壳的外形等要素判定，那是籼稻。另外，在九只岭6A号墓出土的一件提筒，其盖面有隶书"清米万石"字样；在丰门岭10号墓出土的两件提筒里，盖上分别书有"小豆□□"和"□米千石"字样。可见，除了稻米外，合浦县也生产豆类。

合浦郡地处亚热带，气候温暖，潮湿多雨，利于水果生产。在堂排2A号墓小铜盆里的杨梅和堂排2B号墓铜锅里的荔枝，都说明了这点。此外，在堂排1号墓出土的铜盒内装有叶子和果核，叶子还呈草绿色，经鉴定是铁冬青；在丰门岭二炮厂5号墓出土有成堆的薏苡仁，无容器装盛。铁冬青和薏苡仁，是以药物的形态出现的。

由此可见，古人其实很聪明，以上仅是出土文物中的一小部分，但从中便可知古人所拥有的农具和种植的作物远超我们所见到的。话说回来，仅以上的出土文物，就已经给了我们无限的想象空间，汉代合浦人拿着这些农具，有条不紊地安排农事，挖沟、起土、做垄、松土、除草、耘禾、收割、晒谷、归仓、脱粒……自给自足的生活由此展开。

从事过农耕活动的人都知道，在所有农具中，犁和耙是最重要的。板结的土地，耕作的轮回，甚至给谷物脱壳，都必须借助于农具，赤手空拳是不可能完成的，但我们在合浦汉代的出土文物里还没看到犁耙。

因为没有看到出土的实物，我们不好胡乱推断。退一步来说，即使那时候没有犁耙，但有了铁臿和铁镰，人们也可以正常耕作，只是可能耗时更长。那些铁臿、铁镰、石铲等，已经为汉代合浦人的农业耕作提供了许多便利，合浦的农业发展欣欣向荣。

羽纹铜凤灯

　　铜凤灯，合浦汉代墓葬錾刻纹青铜器的代表作，是无与伦比的文物瑰宝。铜凤灯不仅仅彰显了当时手工制作技术极高的水平，还反映了合浦作为汉代郡治和海上丝绸之路始发港的繁荣兴盛。

　　铜凤灯是1971年在合浦县望牛岭西汉晚期一号墓发掘出土的，出土时是一对。铜凤灯高33厘米、长42厘米、宽15厘米，外形仿凤鸟，双足并立，昂首回望，凤尾羽毛后曳垂地，与双足共同支撑身体，轻盈而稳固。凤身细刻有羽毛，轮廓清晰。此凤的头、冠、颈、身、翅、尾、足，比例协调，栩栩如生。凤背是一个圆孔，放置灯盘，颈内空，由两节套管相连，可以拆开和转动，腹腔可盛水，回首的凤嘴衔喇叭形灯罩，正对灯盘上方。当灯火点燃之时，油脂燃烧后的烟灰通过凤嘴进入颈部，传达至腹腔，溶于水中，消除了烟气的污染。

　　铜凤灯采用细线浅刻花纹工艺，异彩大放，已经达到了青铜装饰的里程碑水准。除了工艺，造型也逼真美观，极具艺术观赏性。因此，铜凤灯出土后得以入选"中华人民共和国出土文物展览"，漂洋过海，到过日本、罗马尼亚、南斯拉夫、墨西哥、荷兰、比利时等国展出。1995年，再度随"中华文明珍宝展览"出展北欧的挪威等国，可谓名扬四海。

铜凤灯，仅是后人以其外观造型而命名，在汉代，这一类的灯具有一个统一的名称，叫作"釭灯"。这个"釭"字，在《说文解字》中有解释，"车毂中铁也"。《说文解字》段注认为："凡空中可受者，皆曰釭。"《释名·释车》曰："釭，空也，其中空也。"《广雅疏证》也说："凡铁之中空而受枘者，谓之釭。"在汉代之前，"釭"主要应用于车辆和建筑上。到了汉代，工匠们借鉴了车辆和建筑上的设计，巧妙地在灯具上安装了弯曲而中空的导烟管，制作出了造型优美且环保的"釭灯"。

　　造型复杂的釭灯，不仅出土于合浦，在全国各地的汉墓发掘中也屡有发现。据报道，河北满城一号西汉墓出土的釭灯，其灯腹内壁尚存有一层薄薄的白色水碱，证明其中曾储水。在湖南长沙五里牌四零一号西汉墓中，出土了装有双烟管的釭灯，烟气的流散更加通畅。在湖南长沙桂花园西汉墓，出土过牛形的釭灯。在江苏扬州邗江东汉墓，出土过错银铜牛灯。在河北满城二号西汉墓，出土过宫女状的"长信宫灯"。在山西平朔照十八庄一号西汉晚期墓、襄汾吴兴庄西汉晚期墓和陕西神木的汉墓中，还出土过雁鱼釭灯，以雁颈为烟管，雁口衔鱼。新近发掘的江西南昌海昏侯墓中，亦出土了一件雁鱼灯。

在汉代，点灯用的油脂可能是珍贵的动物油，动物油脂燃烧后，烟雾很大。釭灯的发明与使用，无疑是匠人们聪明才智的结晶——将烟气导入灯腹的水中，减少烟炱对室内的污染，起到了环保的作用。

在这些出土的釭灯中，不少都是"名花有主"的。如海昏侯刘贺的雁鱼灯，西汉阳信侯刘揭的长信宫灯。但合浦的铜凤灯，在现存的资料中只有对灯具本身的简介，它是谁的陪葬品还无人得知。

在汉代，地处岭南沿海边陲的合浦郡，除了南流江沿岸外，大部分区域依然处于蛮荒之地，少有王侯之类的大人物到此。据陆敏珠著作《行走在时间上的南珠乡》里记载："合浦汉墓群葬考古出土大观中有汉代中山王太后卫姬（汉平帝的生母）、国丈董恭等皇亲被贬谪迁徙于合浦，即薨安葬于此地。"配得上铜凤灯这种高级陪葬品的人，很可能就是这些皇亲贵胄，也有可能是郡守、将军这一类权倾一方的封疆大臣。当然，合浦郡在当时是海上丝绸之路的始发港，贸易繁荣，也不排除是家底殷实的巨贾。

孤檠秋雨夜初长，愿借丹心吐寸光。可以想见，即便是已经入土为安的墓主人，也要像生前一样，为一方水土的安宁与兴旺鞠躬尽瘁、尽心操劳。彼时，釭灯非一般人家所消受得起，明照成了达官贵人或者商贸巨贾在黑夜里唯一的寄托。而在墓室的漫漫长夜中，釭灯还能照亮墓主人未竟的使命。

历史上，有喜欢卖弄文采的"文艺青年"，爱拿釭灯来说事。如，西晋的夏侯湛写有《釭灯赋》，誉其为"取光藏烟，致巧金铜；融冶甄流，陶形定容"。南朝的王融在《咏幔诗》里说："但愿置樽酒，兰釭当夜明。"同为南朝的江淹在《别赋》里说："夏簟清兮昼不暮，冬釭凝兮夜何长。"南朝梁元帝在《草名诗》里也偶有佳句："金钱买含笑，银釭影梳头。"唐代白居易在《卧听法曲霓裳诗》里也来凑热闹："起尝残酌听余曲，斜背银釭半下帷。"

可是，到了后来，釭灯就少有人提起了。就连《康熙字典》里"釭"的词条里都是"按金釭，非灯，乃诗人误用也"。可见，到了明清时期，已经没有"釭灯"的记忆了。

不管怎样，釭灯还是为后人传达了美好与智慧。它将审美、实用与科学融为一体的高超设计，使人为之拍案叫绝。而在众多的釭灯中，我最推崇的还是铜凤灯，毕竟龙是华夏的图腾，配得上龙的便是凤，华夏子孙喜欢龙凤呈祥，自古皆然。铜凤灯的寓意，已经表露了吉祥的好彩头。

现在，铜凤灯不仅是一件可供观赏的文物，其精美的设计还在深深地影响着人们的生活。

2011 年 11 月，在北海市举行的世界客属第 24 届恳亲大会上，根据铜凤灯设计的吉祥物"阿凤"招人喜爱，这只吉祥鸟配上客家人的习惯称呼"阿凤"，一股客家风情扑面而来。

2014 年 5 月，北海园博园开园。站在大门前迎客的便是巨型仿制的"迎宾铜凤灯"。

2014 年 9 月，南宁机场新航站楼（T2 航站楼）投入使用。这座建成后被称为"双凤还巢"的航站楼，其设计灵感便是来自铜凤灯，与北京首都机场 T3 航站楼"中国龙"造型遥相呼应。

2016 年 12 月，合浦"西汉羽纹铜凤灯"被选用为中国邮政发行的"中国 2016 亚洲国际集邮展览"纪念邮票小型张。

还有，广西特产网，将神兽尊、铜鼓、铜凤灯包装成"广西吉祥三宝"，卖力推介。

"今宵剩把银釭照，犹恐相逢是梦中。"我们已经无法再追忆铜凤灯的前世今生，也许，我们得到的仅是它的一个信念，那就是釭灯在与光阴流逝的对抗中，从未动摇过。

"宜子孙日益昌"出廓玉璧

　　玉石在我国古代文化中占据着重要地位。古人开始是在典礼上用玉璧做礼器的，后来又用作饰物。玉石之所以用作礼器和饰物，是因为其质地坚硬，有光泽，可雕琢，且稀少珍贵。玉石一经雕琢成为礼器，即是劭美之物，是上乘的工艺品。

　　一块块璞玉，雕成工艺品之后，精美诱人，常常用来比喻人品的高洁，它的这种特质很快被人们所利用。《墨子·节葬下》曰："革阓三操，璧玉即具。"汉代陆贾《新语·本行》曰："璧玉珠玑不御于上，则玩好之物弃于下。"就是这个意思。一块精美的玉雕，自然是让人爱不释手的。

　　玉璧是玉雕中的一种，它的出现有一个形成和演变的过程。古人认为，天圆地方，而天又是苍色（青色），故"以苍璧礼天"，于是玉璧出现了。璧是一种中央有穿孔的扁平状圆形器，因祭祀活动而起。穿孔称作"好"，边缘器体称作"肉"。《尔雅·释器》和《说文解字》里，均把璧解释为"肉倍好"，即璧的两边玉质部分交加之和等于璧中央孔径的一倍。

　　到了汉代，玉璧在制作上有了创新，出现了出廓玉璧，即在内孔或外缘上镂雕出生动的动物形象。在纹饰上，也流行蟠螭纹、勾云纹、龙凤纹、蒲纹、谷纹等。有的玉璧纹饰又分成了内外两区，内区为谷纹或者蒲纹，外区为兽面纹或者鸟纹，游丝毛雕富有特色。其外缘有透雕附饰，附饰中有吉祥语铭文。

1990年，合浦县黄泥岗1号墓被发现。该墓属东汉早期墓，墓主人为徐闻县令陈褒。该墓未被盗取，随葬品保存完好，共计有文物96件。其中就有一件六字铭文出廓玉璧，它的精美在国内汉墓出土的玉器中也是罕见的。玉璧呈圆形，白玉质，不透明，品质温润纯净。璧的上方出廓透雕双龙钮，钮的中心镂刻出"宜子孙日益昌"隶体六字吉祥语。璧身凸起谷纹，排列有序，璧肉与外沿均饰凸弦纹一圈。外直径18.3厘米，内径3.5厘米，连外廓通高27厘米。高钮雕琢精工，以S形线条构图，对称中略有变化，是一件极难得的玉雕佳作。

该玉璧在合浦汉代文化博物馆里展出，我是透过展柜的玻璃观察到它的。在灯光的映照下，我多次欣赏过它精致的容貌，它就是来自汉墓的精灵，散发出一种独特的魅力。遗憾的是，该玉璧有几道裂纹，估计是出土时已经破碎，是文物工作者修复好之后布展的，很是让人惋惜。

这样的瑕疵，可能会影响到它的文物等级评定，不过，它雕刻的复杂度和外形的精美度，以及对研究合浦汉代文物的历史价值，是不可替代的。它的精致，加上它的经历，足以傲视其他玉璧。

关于这件玉璧的纹饰，我专门请教了合浦汉代文化博物馆原馆长王伟昭。他说这是谷纹，是汉代玉璧最常见的纹饰之一。谷纹是谷物发芽叶的样子，是农耕文明发展的产物，它和人类赖以生存的粮食有关，象征着万物复苏、生机勃勃的景象和人们对农业丰收的期盼。谷纹在这块玉璧上的运用，使得它呈现出不同的光亮程度，从而凸显了较强的浮雕感。

我对玉璧的了解最初是从课本上得来的。过去曾学过一篇叫作《和氏璧》的文章，知道了"楚有和璞"，是"天下名器"。卞和献璞，却为奸人所害，被楚厉王和楚武王下令先后砍掉了双脚，到了楚文王，卞和与"和璞"才得到赏识，将"和璞"琢成玉璧，名为"和氏璧"，并视为国宝。另一课文是《完璧归赵》。秦始皇的曾祖父秦昭王豪言用十五座城池来交换"和氏璧"，蔺相如代表赵国带着"和氏璧"出使秦国，经过蔺相如的机智斗争，最终实现了"城入赵而璧留秦，城不入，臣请完璧归赵"的诺言。完璧归赵也成了千古流传的典故。

玉璧的故事历来都是精彩而惊险的。就玉璧本身而言，它们就不是能够用钱财来衡量的，其所承载的价值在注入了某些历史文化的因素之后，就更加不可估量。

在"宜子孙日益昌"出廓玉璧里，这种文化历史价值尤其明显。首先，它带有中原文化的印记。据合浦汉代文化博物馆馆长廉世明称，这件玉璧，在合浦汉墓出土，也是中原文化直接传到合浦的一个见证。原来，这件玉璧是中原汉文化的典型器物，在中原地区加工，材质是来自遥远的新疆和田的白玉。这样一件玉璧，将新疆、中原与合浦连在了一起，又将陆上丝绸之路和海上丝绸之路连在了一起，文化特质十分明显。

其次是它的文字。传统观点认为，在一些出土文物中，东汉时期的出廓玉璧，其外缘透雕部分出现了吉祥语铭文，这是一个显著的变化。如收藏于北京故宫的"长乐"铭谷纹璧、"益寿"铭谷纹璧，收藏于台北故宫博物院的"长乐"铭玉璧，收藏于陕西咸阳博物馆的"延年"铭谷纹璧，收藏于江苏扬州博物馆的"宜子孙"铭玉璧，等等，这些铭文玉璧均体现了多子多福的观念。它们还有人们承受养育之恩，当反哺报恩，实则亦含教化孝道、敦促家庭和睦之意。但这些玉璧都仅有两个字或者三个字，不及合浦出土的"宜子孙日益昌"玉璧六个字来得复杂。这六个字，蕴藏着"富乐未央，子孙益昌"的内涵。在汉代，家庭是赡养老人的基本单位，"孝"关系到社会稳定，反映了父权制社会中小农经济的道德要求。

就个人来说，我是很欣赏这样的谷纹玉璧的，但从对后世的教化意义上来说，我更喜欢透雕铭文的出廓部分，它的文化历史因子积淀得更深、更广。另外，"宜子孙日益昌"玉璧做工精细，比例协调，其纹饰和铭文大概取材于青铜器，却又比青铜器少了些戾气，显得圆润可亲，实在让人喜爱。

在合浦汉代文化博物馆里还收藏有几件其他玉璧，且保存完好，却都比不上这件"宜子孙日益昌"玉璧精致和大气。想当年，汉武帝在南流江汇集出海之地设立合浦郡之后，便让这块土地闪耀着连绵不断的文化之光。这里既有青铜器的耀眼，也有玉器的温润。这些器物是合浦留给后人的宝贵财富。

陈褒印漫思

　　每次到合浦汉代文化博物馆参观，我都要在那枚"陈褒"印前多逗留一会儿，它背后无人知晓的秘密，深深地吸引着我。

　　那枚铜质印章其实很小，只有手指头大，青铜器的绿色锈斑很明显。与它在一起的还有一枚滑石印"徐闻令印"，如此一搭配，故事性就更凸显了。在它们旁边，是两枚放大了的钤盖印模。印模上是篆体字，"陈褒"二字显得庄重典雅，苍拙浑厚，方中寓圆，疏密得当；而"徐闻令印"则有点马虎了事，雕刻稍显潦草。但它们皆朱白相间，古意盎然，趣味横生，有一种艺术流韵之美。

　　"陈褒"印是在合浦县汉墓保护区内一个叫作黄泥岗的地方挖掘出土的。1990年，一家企业在施工时挖出了一座汉墓，考古人员得知后马上赶了过去。他们发现，这座汉墓未曾被盗过，保存极为完好。他们对之进行了挖掘，然后根据墓室形制、钱币等物，判定为东汉前期墓。

　　这是一座藏品极丰富的汉墓。考古人员凭借棺椁中陪葬品摆放的位置，还原了墓主人入殓时的情形——头部插有铜发簪，嘴里有琀蝉，头部一侧放着湖蓝玻璃碗和铜镜，腰部配青铜剑，胯部有一块蟠螭纹玉佩，玉佩左侧是一串水晶串珠，腹部有一个闪闪发光的金带钩，右手握着一串由水晶、琉璃、玛瑙和玉石组成的串珠饰件，胸部和腹部有同样的串珠饰件。在一个长条形木匣子里，还有一串由 163 粒紫水晶穿成的串珠。这仅仅是穿戴的，还有其他的器物。铜器包括镜、灯、壶、碗、釜、蒸酒器以及铜制明器仓、灶、井等；陶器有罐、壶、罍和明器陶屋；玉器有出廓璧、母子带钩；此外，还有金花球串饰、"货泉"铜钱、铜制"陈褒"印和滑石印"徐闻令印"等，陪葬品多达 96 件。

对于"陈褒"印和"徐闻令印"，合浦汉代文化博物馆原馆长王伟昭在《黄泥岗 1 号墓和"徐闻令印"考》里阐述得很清楚。他说："印章 2 枚，一枚铜印，龟纽，阴文篆书'陈褒'；另一枚就是这方'徐闻令印'滑石印。随葬品相当豪华和珍贵，又有'徐闻令印'官印和'陈褒'私印随葬，墓主应是徐闻县令陈褒。'徐闻令印'，滑石质，瓦纽，高 2 厘米，边宽 2.3 厘米。凿印，阴文'徐闻令印'4 字，篆体反书，刻工草率。应是下葬前仿真实官印临时刻凿的明器印。"

那么，陈褒是何许人士？他的为官经历以及政绩又如何？这些都是有故事的。《后汉书》里确记载有一个叫作陈褒的人，这个陈褒政治生涯活跃于汉安帝永宁元年（120 年）至汉顺帝永和元年（136 年）之间，属于东汉中期以后，曾任卫尉、司空、尚书等职，是服务于皇帝身边的红人，地位远高于县令。而且，时间节点上也对不上，徐闻县令陈褒生活在东汉早期，可见，此陈褒跟《后汉书》所记之陈褒不是同一人，故其文献缺载，殊为可惜。

另外，跟"陈褒"印一块出土的"货泉"铜钱，也可以证明陈褒生活在东汉前期。"货泉"是一种常见的汉代钱币，它是王莽天凤元年（14年）第四次货币改制的产物。"货泉"从天凤元年起，一直流通到东汉建武十六年（40年）。就算"货泉"不流通了，陈褒偏爱它，收藏着，那也是东汉前期的事。

在汉代，对下葬的官吏，是有等级制度规定的。这在《后汉书·志·礼仪下》里说得清清楚楚，皇帝的陪葬品才80种，曰："大礼虽简，鸿仪则容。"相比之下，葬在合浦的徐闻县令陈褒，陪葬品多达96件，待遇非凡，可用奢侈豪华来形容，比皇帝还要厉害。由此，我想起了珠还合浦的典故。

在两汉时期，合浦郡以盛产珍珠而闻名，然而，到合浦郡任职的大小官吏，贪腐成风，疯狂掠夺珍珠，致使珍珠业几乎遭受灭顶之灾。《后汉书·孟尝传》记曰："先时宰守并多贪秽，诡人采求，不知纪极，珠渐徙于交趾郡界。于是行旅不至，人物无资，贫者饿死于道。"汉顺帝当政时（115—144年）任命孟尝为合浦太守，"尝到官，革易前敝，求民病利。曾未逾岁，去珠复还，百姓皆返其业，商货流通，称为神明"。励精图治的孟尝，到任后严惩贪官，着力保护珍珠业，时间不长，珍珠回来了，珠民回来了，百业又兴旺起来了。

我想，像陈褒这样坐拥大批珍宝的县令，应该归入贪秽的"先时宰守"之列。据《元和郡县志》载："汉置左右候官。在徐闻县南一里。积物于此。备其所求。与交易有利。故谚曰：欲拔贫，诣徐闻。"当时的徐闻，是合浦郡管辖下的汉代海上丝绸之路始发港，非常富庶，陈褒要想搜刮财物易如反掌。只不过，孟尝到任时，陈褒或许已经过世，惩治不着他了。

不管怎样，一颗小小的"陈褒"印还是向后人叙述了一段尘封将近2000年的故事。它证明了陈褒是从合浦郡派出的官员，或者说陈褒就是合浦本地人。在汉代的风俗里，归葬是葬俗之一，徐闻距离合浦不远，不过200多公里的路程，水陆皆可，归葬故里是理所当然的。虽然墓中没有留下墓志、题记之类可以介绍墓主人的详情资料，但是因为有了"陈褒"印和"徐闻令印"，总算给后人留下了一个身份证明。

面对"陈褒"印和"徐闻令印"，我的脑海里不时飘过那近2000年的历史风云，感受到合浦这个地方深厚的历史文化底蕴。每次从合浦汉代文化博物馆出来，面对文昌塔和四方岭古汉墓群，看着那些高高隆起的古汉墓，我敢肯定，里面还埋藏着不少像陈褒那样的历史人物，以及道不清说不完的历史故事。

合浦汉印

　　汉印是比较特殊的文物，它的个头不大，却承载着特定的文化内涵。合浦汉代文化博物馆馆藏的汉印中，有1978年5月在合浦县北插江盐堆1号墓出土的"张咸和"兽形钮铜印；有1986年10月在合浦县第二麻纺厂南出土的汉代"黄贤"瓦形钮铜印；有1990年6月在合浦县黄泥岗1号墓出土的两枚东汉早期印章，一枚是铜印，龟形钮，阴纹篆书"陈褒"印，另一枚是滑石印"徐闻令印"，瓦形钮。

　　合浦在汉代时是郡一级行政机关，管辖范围是现在的数十倍，是扼守南疆边陲的重镇。合浦郡于汉武帝元鼎六年（前111年）设立，下辖五县，即徐闻（今广东雷州、徐闻）、高凉（今广东茂名、阳江一带）、合浦（今合浦、北海、浦北、灵山、钦州、博白、廉江、容县、北流以及邕宁、横州的一部分）、临允（今广东新兴）、朱卢（今海南大部）。对于合浦郡治所在地，多有争议。而这些汉印的出土，为证明今合浦县是汉代合浦郡郡治所在地给予了重要的实物支撑，价值不言而喻。

　　印章，尤其是铜印，源于东周，盛于汉代。合浦出土的汉印，制作精美，已经达到较高的水平。这些汉印均为方形，俸禄600石以上的官员可以随身佩戴。这也说明，合浦汉印的拥有者，都是俸禄600石以上的封疆大吏。

"印"与"章"在汉代时是有等级区别的，在文职官员的印章里，俸禄在2000石以上官员称"章"，如"合浦太守章"；1000石以下官员均称"印"，如"徐闻令印"。

蒋廷瑜在《有关广西的汉代官印》一文里，专门说到了合浦出土的汉印："广西汉墓出土的官印仅见合浦'劳邑执刲'琥珀印、合浦'徐闻令印'滑石印……'合浦太守章'石印，也与广西历史地理有关。"

蒋廷瑜介绍，"合浦太守章"石印，见于《待时轩印存》著录，龟形钮，印面方形，边长26厘米，体型较大。《汉旧仪》记载，太守"二千石，银印，龟钮，文曰章"。但"合浦太守章"不是银印，而是石印，当是为殉葬仿制的明器印。"徐闻令印"滑石印，瓦形钮，高2厘米，边长2.3厘米，篆书反文，徐闻县令当是从合浦郡派出，死后归葬合浦。"劳邑执刲"琥珀印，1975年出土于合浦县堂排1号墓，蛇形钮，高2.1厘米，边长2.3厘米，阴刻，字体在篆隶之间，西汉中期印。

在合浦汉代文化博物馆里，我没能看到"合浦太守章"和"劳邑执刲"印，其他的都见着了。当我站在灯光下，透过展柜玻璃仔细打量那些2000多年前的古印章时，仿佛感觉到了它们身上散发出来的森森冷气，以至于不禁为之一颤。"横看成岭侧成峰，远近高低各不同"，尽管展柜里的印章极小，我还是像欣赏一座座名山一样，从多个角度去审视和观察。我不知道，它们究竟是在合浦制作的，还是从中央王朝带过来的？

我曾读过一篇关于汉印印文的文章，里面的描述极为专业："汉印的风格大方浑厚，朴拙天成。它方中寓圆而刚柔相济，粗细相同而疏密得当，拙中寓巧而自然舒展，增减笔画而不脱六义，挪让屈伸而巧拙天成，轻重疏密而虚实呼应，朱白相间而增添新趣。"这样的说辞与评论，用到合浦出土的汉印上，大体也是恰当的。

展厅里展出的"徐闻令印"和"陈褒"印纸上字样，即是如此。从字面上看，虽然有点粗糙，但是不失篆刻艺术形式之美，有一种含蓄的意境；其风格虽平淡，又让人如饮醇醪，久而不失其味。

还有一枚汉印，叫"庸母"龟钮琥珀印，1971年出土于合浦县望牛岭1号西汉墓，高1.5厘米、面宽1.5×1.3厘米。因材质昂贵，该汉印现收藏于广西壮族自治区博物馆。

一枚小小的汉印，看着不起眼，但它对于我们了解汉代时期合浦的政治、经济和文化状况，以及合浦当时的历史地理概况有很大的帮助，还有助于我们揭开一些历史谜团，还原历史真相。

这些汉印让我不禁想起那个强盛的汉王朝，想起那个地处边远的合浦郡，曾经是何等的兴旺与强大，我为之而自豪。而那些汉印的拥有者，不辱使命，克己奉公，勤政为民。他们或者深入民间体察民情，或者招贤纳士广罗人才，或者发布有利于民生的告示，或者通缉罪犯维护治安。那一枚枚汉印，随着政令的需要，印落在布告上，发出强大而震撼的声音。

玉佩的激越

合浦汉代文化博物馆里，有各色小巧之物，如玉佩、链珠等，精致可人。

那些玉佩，小巧玲珑，精雕细琢，造型曼妙，精巧细致，让我流连于其神韵，浮想联翩。馆藏的玉佩并不多，却样样是精品，给人以无限的幻想。我惊叹于古人的智慧与工艺，他们把对自然的膜拜和对生活的遐想，都融入了构思与创作中。那种艺术上的精益求精，甚至影响到了后世，在廉阳大地上鸣奏响久。

久远的往事被人们再度忆起。在合浦，有南流江奔流而过，这里曾经是秦汉时期最便捷的出海通道，是海上丝绸之路始发港。生活在这里的人们靠着这条江，守护着这一方水土，孕育了合浦的南珠文化、海丝文化、汉葬文化，以及没人提起的玉玩文化。一幕幕远去的历史画面以立体鲜活的形象呈现于我们面前，仅仅是因为有了合浦古郡这个神圣的文化坐标。

那是一种力量的突破，让合浦从未在历史文化的发展与传承中消沉过。

合浦古郡的老城墙，塌了建，建了塌，至今已没有一丝遗存了。但合浦汉代文化博物馆的馆藏文物，为我们留下了古郡的文化根源。或许，几件玉佩说明不了什么，但它们跟青铜器、土陶器一块镇边守土，便有了磅礴的气势，于无声处缩短了我们与历史之间的鸿沟。我对此充满了敬意，充满了激情，也充满了幻想。对于脚下这块土地的历史积淀和文化背景，我除了推崇，还有深深的仰慕。

站在文昌塔下，我的历史便不再枯燥，往右边一瞧，是四方岭上的汉墓群；往左边一指，是西门江边的草鞋村古窑址。这些都是古郡留给后人的证据实物。而历史往往与诗意联系在一起。合浦，意为江河汇集出海的地方，南流江到合浦形成冲积扇平原，便分几条河汊各自出海。西门江是其中的一条，古时的西门江，曾是中国对外贸易的黄金水道，这里船只如梭，商贸繁忙。而那些诗意景观，如海角潮声、阜市人烟和西门古渡（廉阳八景之一），亦都在西门江边上，风骚了2000余年。

在合浦2000余年的历史长河中，除了征战、贬谪、守卫，还有百姓的安居乐业。"玉出昆山，珠还合浦"，合浦人最引以为豪的是珍珠，因珍珠而发生的故事太多了，有温情的，也有血腥的，不一而足。汉代合浦人也爱玩玉，汉墓葬里便有不少的玉出土。"言念君子，温其如玉"，一块好玉，是道，是禅，可以养心，可以寄情，给人心静，给人豁达。汉代合浦人已深谙此道。

在合浦汉代文化博物馆里，有几件值得一说的玉佩。如"宜子孙日益昌"出廓玉璧，制作工艺一流，为玉璧佩饰中的极品。如蟠螭纹玉佩，镂空雕刻蟠螭纹和阴纹线刻精细云纹，造型优美。如白玉鸠形带钩和子母玉带钩，造型、纹饰精美，啄玉技术高超。还有寓意"蝉蜕"的蝉形玉琀，"汉八刀"技法运用娴熟，栩栩如生。

我不知道，那些玉佩的原坯是产自哪里，又是哪个工匠捣鼓完成的，但我知道它们都蕴含丰沛的思想情感，寄托了雕刻者的巧思与求精，也寄托了拥有者的喜爱与不舍。那些不可追溯的情感，现在还盘踞在玉佩的波光里，风不至而独自生辉。

记得路遥在《平凡的世界》里说过："人之所以痛苦，在于追求错误的东西。"我想说，人之所以痛苦，在于追求自己能力无法达成的东西。诸如洋房、豪车，诸如高度、境界，诸如爱、付出。那些玉佩非我所欲也，但它们牢牢地拽住了我的心灵，让我流连忘返。

走出合浦汉代文化博物馆大门，那几级宽大的台阶不甚合脚步，我差点因错步一脚踏空，踉跄了几下才站稳。我没有回头，也不敢回头，生怕再不小心，又摔倒在台阶下，在古人遗留的文物面前再度出丑。

虽然不能拥有博物馆里的那些美丽的玉佩，但是让它们在展柜里光彩熠熠地接受人们的欣赏也很好。那种光彩，是玉佩赋予自身的激越，也是一种历史的回响与共鸣。它温润了前人，亦照耀着后世。

我再一次在心里凝视那些馆藏玉佩，就像在心里再一次捻亮一盏灯一样。我的眼前，忽然出现了一簇簇热烈的凤凰花，红彤彤，亮灿灿。

罗马玻璃碗

在已发掘而未被破坏殆尽的合浦古汉墓中，约有100座墓葬出土有玻璃器，分装饰品和器皿两类。装饰品主要为串珠，单座墓出土往往达数百到数千颗，其他还有凌柱形饰、耳珰、环、璧、剑璏等；器皿类较少，仅见杯、碗和盘3种。

经考古学研究和科技分析，除我国传统的铅钡玻璃和钾玻璃外，还有3个体系的玻璃来自域外。一是产自东南亚的低铝和中等钙铝钾玻璃，二是产自南亚的中等钙铝钾玻璃，三是产自地中海地区的钠钙玻璃。

在我国汉代墓葬中，曾出土了一些来自古罗马帝国的玻璃碗、盘、杯、瓶等器物。1954年，广州横枝岗西汉中期墓出土了3件一样的深蓝紫色琉璃碗，其颜色半透明，广口圆腹平底；模制成型，外壁经过打磨，口沿下刻有一道阴弦纹，内壁光滑无痕。1981年，江苏邗江甘泉2号汉墓出土了3块玻璃容器的残片，为紫红色和乳白色相间的马赛克玻璃，外壁有模印的辐射形竖凹棱作为装饰，将遗存的这3块玻璃残片复原后，可知其器形是钵。

这样的玻璃碗，合浦古汉墓也出土有几件。1987—1988年，为配合南宁至北海二级公路工程动工，在合浦县城郊文昌塔一带发掘了一些汉墓，其中出土了一件色彩斑斓的玻璃碗。那件玻璃碗与之前合浦发现的蓝色基调玻璃碗不同，是半透明的淡绿色，碗体有大块的棉絮状。碗高 4.9 厘米，口径 8 厘米，口沿下有两道凹弦纹。经 X 射线衍射仪检测，该玻璃碗没有钾的成分，应该是地中海一带的钠钙玻璃。这种玻璃俗称"罗马玻璃"，由是，名曰"罗马玻璃碗"。

《后汉书·西域传》记录有当时罗马的风貌与特产："其人民皆长大平正，有类中国。故谓之大秦。土多金银奇宝，有夜光璧、明月珠、骇鸡犀、珊瑚、虎魄、琉璃、琅玕、朱丹、青碧。刺金缕绣，织成金缕罽、杂色绫。作黄金涂、火浣布。"罗马的物产，可谓琳琅满目。

而其中的罗马玻璃，壁薄质轻、晶莹透明，是汉王朝的仿玉玻璃无法媲美的。罗马玻璃的出现，对汉王朝的仿玉玻璃产生了极大的冲击，让来自异域的玻璃器成为汉王朝上层社会的时髦追求。

罗马玻璃自从输入汉土之后，即被视为宝物，人人求之若渴。西晋诗人潘尼作《琉璃碗赋》以歌之："光映日耀，圆成月盈。纤瑕罔丽，飞尘靡停。灼烁旁烛，表里相形。凝霜不足方其洁，澄水不能喻其清。

刚坚金石，劲励琼玉……"充分赞美了罗马玻璃器皿的精良做工与透明晶莹。

辛弃疾也作有词曰："香浮乳酪玻璃碗，年年醉里尝新惯。"玻璃碗里装上樱桃，再浇上酸奶，既养眼又可口，多惬意。然而，在汉代的合浦郡，不一定非要装上樱桃，装一碗醽酒、晶茶或者羹臛也是妙不可言，亦能"年年醉里尝新惯"！

"自合浦徐闻南入海……有黄支国，民俗略与珠厓相类，其州广大，户口多，多异物……亦利交易。"《汉书·地理志》记载，汉朝使团带着丝绸、陶瓷、茶叶等货物从合浦港出发，沿着北部湾海岸航行，经过马来半岛到达印度和斯里兰卡，然后输入各类珠饰、玻璃器皿和奇石异物，整个航程往返需要 3 年以上。合浦港也因此成为官方文献记载的海上丝绸之路始发港。

就这样，合浦成为各国商贾云集的交易中心，而现在合浦出土的诸多具有异域风情的文物，给络绎不绝的参观者留下了深刻的印象。《澳门日报》助理总编辑陆先生赞叹道："这些物件的确让人震撼，看得出合浦作为古代海上丝绸之路始发港，作为当时中国对外交流的重要窗口，在历史上的地位。海丝之路不但是贸易之路，也是文化之路、和平之路。"

2017 年 4 月 19 日，习近平总书记到合浦汉代文化博物馆考察时，专门察看了那件罗马玻璃碗。当得知罗马玻璃碗全世界仅发现 3 件，除了合浦汉代文化博物馆这件，还有日本美秀博物馆和美国宾夕法尼亚大学各存一件之时，总书记赞赏说："确实非常珍贵。"

或许你会问，一会儿说琉璃，一会儿说玻璃，究竟是不是一回事啊？这是个好问题，从现代人的角度看，琉璃是琉璃，玻璃是玻璃，它们的成分、工艺都不一样。但是汉代人还没有分辨的技术手段，看着差不多了，就都统称是琉璃。而且，当域外的玻璃制品输入中国时，也着实让国人大吃一惊，竟然有如此精美的琉璃制品！

事实上，玻璃制品只有贵族们才能享用，平民百姓无缘享用。喜好神仙的汉武帝，在祠神屋的门窗上都装上琉璃，"琉璃为之，光照洞彻"。掌上起舞的赵飞燕，居住在昭阳殿，也是"窗扉多是绿琉璃，亦皆照达，毛发不得藏焉"。

在合浦，除了罗马玻璃碗，还出土了许多的玻璃制品。如西汉蓝色弦纹琉璃杯、西汉蓝料穿珠、西汉琉璃碗、汉代淡绿色玻璃杯、东汉琉璃剑璏、东汉湖蓝色玻璃杯等。玻璃饰品受到了上流社会的热捧，保持着与玉石、玛瑙一样的尊荣。

如此精致的器皿，视之滑若绸缎，定是结合了匠人对大自然、对泥土、对矿料的尊敬。经过长时间的提炼与浸润，加上手心合一的温度，才有了天地人和的灵秀与隽巧，造就出如此精绮的玻璃碗。

每次，我进入合浦汉代文化博物馆，看到那件罗马玻璃碗时，仿佛就能看到那些来自罗马帝国的匠人，正在将他们的故事装进玻璃碗里，未留下一声一词。而那件罗马玻璃碗到了合浦，使用者用来酎饮、品茶或啜啜，已然听懂了它背后的故事，从而对之呵护有加。这个来自远方的器物，继续在这个东方国度记载时间谱写的故事。

波斯陶壶，向海之路的象征

　　一件陶器从古墓里挖掘出来，大体是平常的。而一件来自海外的陶瓷出土，就不多见了。这样一件陶器，就是在合浦古汉墓出土的波斯陶壶。

　　2008年10月，在合浦县寮尾13B号墓的发掘中，出土了一件波斯陶壶，青绿釉的陶壶，很精美。那是一座东汉晚期墓葬，属于砖圹墓，出土这样的陶壶，可谓凤毛麟角。该陶壶出土之时，已经被挤压扁平，成了几十块碎片。经过考古工作者的细心修复，才拼接成型，恢复原状。该陶壶为低温釉陶，陶胎不甚坚实，拼接时茬口难以对接，修复工作异常艰难。

　　修复成型后的陶壶，造型与汉代的低温绿釉陶风格并不一致。在判定其来源时，合浦方面专门请教了北京的专家。专家说，这类陶壶在波斯古国属地、现在的伊拉克南部和伊朗西南部有发现。经过对比，其与现存叙利亚国家博物馆的某一陶壶如出一辙。考古人员为稳妥计，将釉面和胎质拿去检测其化学成分，分析结果表明，这个陶壶与我国古陶釉的体系不同，而与西亚的相类，由此才判定其来自波斯。

　　此件波斯陶壶，口径8.2厘米，最大腹径19.2厘米，足径10.8厘米，高 34.4 厘米。壶黄白色陶胎，釉呈青绿色，表面光滑，有细开片。小口外侈，V 形短流，圆唇，细长颈，椭圆形腹，短圈足。颈至腹上部附有一曲形手柄，柄上饰两道凸棱，肩上饰两周宽带纹。整个造型轻巧醒目，波斯风格十足，形制与中国产的陶壶区别很大。它是迄今为止在汉墓中出现的首例波斯陶壶。

此件波斯陶壶现收藏在合浦汉代文化博物馆二楼的"碧海丝路"展厅里。2017 年 4 月 19 日，习近平总书记考察广西，首站就来到北海市，直接参观了合浦汉代文化博物馆。他察看了合浦古汉墓出土的青铜器、陶器和域外陶器、琥珀、琉璃等文物，了解了汉代合浦对外通商交往史。此件东汉晚期的波斯陶壶就是习近平总书记参观的众多展品之一。此壶属古代波斯釉陶，是通过海上丝绸之路传入合浦的中亚器物。为此，习近平总书记强调："向海之路是一个国家发展的重要途径，这里围绕古代海上丝绸之路陈列的文物都是历史、是文化。""要让文物说话，让历史说话，让文化说话。""要加强文物保护和利用，加强历史研究和传承，使中华优秀传统文化不断发扬光大。"

习近平总书记告诫我们，要在展览文物的同时高度重视修史修志，并加强发展向海经济，让文物说话、把历史智慧告诉人们，从而激发我们的民族自豪感和自信心，坚定我们振兴中华、实现中国梦的信心和决心。

波斯陶壶是汉王朝通过海上丝绸之路与波斯帝国交往的重要物证，比其他地方出土、发现的波斯陶壶都早。除此之外，在汉墓里还出土了不少海外舶来的奇珍异宝，如罗马的玻璃碗、东南亚的湖蓝色玻璃杯、印度的六棱柱串饰、希腊的缠花金球。一座胡人俑座灯，其面貌服饰均为海外民族；一座铜熏炉，其残存的香料原产马来西亚……这些上流社会的奢侈品，都是通过海上丝绸之路传进来的。这便是古代向海经济的一个个范例。

在合浦县城的东部以及南部，分布有面积约68平方公里的汉墓群，现存封土堆1056座，包括地下埋藏的墓葬有近万座。自1957年起，已经发掘了1200座，在出土的文物中，有大量海外贸易品。这些海外贸易品很有特色，如玻璃、水晶、琥珀、玛瑙、肉红石髓、蚀刻石髓、绿松石、石榴子石和黄金珠饰。香料也属于海外输入的"奇石异物"，而波斯陶壶作为非贸易品，也随之流入。

在扬州、福州、广州等地，也出土过这一类的绿釉波斯彩陶，但数量不多，而且比合浦出土的晚。这些彩陶又都来自自葬墓，是作为食用油、葡萄酒或者玫瑰香水等液体的储运容器而来到中国，因而有专家判定，它们本身并非贸易商品。

让我感到惊讶的是陶壶上的那种绿釉或者蓝釉，可以用流光溢彩来形容。那种美丽的色釉，在西安兵马俑的彩绘中已经有发现。20世纪八九十年代，美国弗利尔研究所颜料科学家伊丽莎白·菲兹胡等人第一次从汉代陶器、青铜器彩绘及颜料中，分析出一种在自然界未曾发现的独特物质——硅酸铜钡，并将之命名为汉紫、汉蓝，也称"中国紫""中国蓝"。这种颜料，多提取自矿物质和植物，再由人工合成，方法很复杂，因而显得弥足珍贵。

而在波斯的艺术史上，有一种艺术品——细密画很出名。细密画是将颜料画于羊皮纸、书籍封面的象牙板或者木板上，颜料多采用石榴皮、核桃壳、木樨草、钾矾、绿松石和多种矿物粉末调和，甚至以珍珠、蓝宝石来制作。波斯人也把那些颜料用在了陶壶上。

结果是殊途同归、不谋而合，中国汉代与波斯帝国都把那些绿中显蓝、蓝中透绿的色釉，涂上陶器，使之熠熠生辉。而其辉耀的交汇点，便出现在合浦古汉墓出土的那尊波斯陶壶上。

中国是一个有着漫长航海历史的濒海大国，早在秦汉时期就通过合浦郡，依靠有悠久航海传统的越人与东南亚建立了密切的关系，还依托东南亚航海民族，踏波印度洋，与印度、斯里兰卡建立了联系。《汉书·地理志》亦有记载："自日南障塞、徐闻、合浦船行可五月，都元国。又船行可四月，有邑卢没国……与应募者俱入海，市明珠、璧琉璃、奇石异物，赍黄金杂缯而往。"好一派兴盛发达的盛况。

到东汉末年，合浦港已驻有不少胡人，人种特征明显的胡人，有来自南亚的，也有来自西亚的。他们带来了印度、波斯甚至罗马的贸易品和生活用品。那些舶来品，都在作为输入港的合浦古汉墓中有所发现。

陶屋，汉代合浦人过上的品质生活

　　仓颉造字的时候，造了一个很形象的字——家。"宀"是房屋的象形字，"豕"是猪的象形字。"家"字的本义就是：上层住着人、下层养着猪的房屋。

　　汉代时农耕社会的生产力水平还不是很高，家庭经营除了种粮，还必须饲养一些家畜、家禽作为补充，生活才能好一点。饲养的家畜是家庭财产之一，即使是住在庄园里的有钱人，也要多养一些牲畜，尤其是猪。如此重要的财产，养在家里才能放心。一来不容易被人偷走，二来防止猛兽偷吃，三来养在房子底下，虽屎尿味有点臭，但对住在楼上的人来说，并无大碍。这种上下层结构的房屋，即使在当代，在一些偏僻的山村依然可见，它有个名字叫"干栏式建筑"。

　　在《岭外代答》中记载有岭南山庄农舍的特点："上设茅屋，下豢牛棚，棚上编竹为栈，考其所以然，盖地多虎狼，不如是则人畜不得安。"可见，干栏式建筑是岭南人早期住宅的最佳选择，汉代合浦人也不例外。因合浦濒临北部湾，高温、多雨、潮湿，毒蛇虫蚁多，这种底部悬空的房屋，既凉爽又防风避雨，还能防避烟瘴和毒虫野兽侵扰。

　　在南流江边分布着一座座村庄，其中也有不同形式的干栏式农舍。

当地农民日出而作、日落而息，过着怡然恬淡的生活。随手推开一户门扇半掩的院门，一条小狗摇着尾巴，欢快地叫着跑过来，及时向主人报信。而那座漂亮的房子，宽敞明亮，屋顶一半为两面坡，屋脊是悬山顶的；屋顶高低错落，参差有趣。楼阁下是猪圈，听到声响，圈内的猪哼哼叫着，等待主人喂食。只不过，现在这些房屋的主人，连同那些牲畜，在时光老人的牵手下，已经走向另外的一个世界，但院子里的谷仓和水井，与房屋一样，在岁月的打磨下，以一种厚重的历史沧桑感，铭刻着这里的一切，记述着2000多年前的那段时光。这是合浦汉代文化博物馆的一件馆藏汉陶屋所展示的2000多年前的居民生活场景。

在合浦汉代文化博物馆，收藏有一系列本地出土的汉陶屋。譬如，悬山顶曲尺形带圈陶屋、庑殿顶陶楼、院落式陶屋等。这些建筑物明器，是具有中原建筑特征的楼阁式、三合式和四合院式居宅与南方越族干栏式建筑相结合的产物，是一种文化的交流与融合。它们记载了当时人们的生活习惯、农经状况和建筑文化，也显示了一种怡然自得的品质生活。

汉代时，厚葬之风盛行，陪葬品甚丰。究其原因，除了物质逐渐丰盈之外，还受到了灵魂观念、孝亲意识的影响。《史记·平淮书》载："汉兴七十余年之间，国家无事，非遇水旱之灾，民则人给家足，都鄙廪庾皆满，而府库余财物。京师之钱累巨万，贯朽而不可校。太仓之粟陈陈相因，充溢露积于外，至腐败不可食。"王公贵族的物质很丰富，百姓人家过得也不错，为奢华的欲望提供了基础。

汉代先民认为，人死后由魂魄构成的灵魂依附于尸体，与生前占有的物质多少有关。他们"事死如事生"，认为把生前所拥有的物件作为陪葬品，就能让灵魂永存。有钱人家如此，平民百姓亦然。

当时还实行"举孝廉"制度，把孝和廉当作加官进爵的途径，先人们为了显示孝行，就算家庭生活不宽裕的人家，也都尽力厚葬，以致"厚葬糜财风气贫民，久服丧生而害事"。于是乎，将地面建筑微缩成模型，放进墓葬里，让墓主人享用成为当时流行的做法。

在合浦，与陶屋同时出土的还有陶井、陶仓、陶溷，以及陶猪、陶牛、陶羊、陶鸡、陶鸭等。先人们渴望的不仅仅是生活的安全与稳定，还有更高的要求，是追求某种时尚与有品质的生活。

汉代时的农业、畜牧业和庄园经济，已经发展到了一定的程度，但生活与生产的空间还不能截然分开。其中的一些陶屋，尤其是三合式陶屋，集劳作、生活与养殖于一体。从中我们可以看到一些生活气息浓厚的生动场景，比如居民春米、上厕所、喂猪、老人歇息、小孩倚门盼大人归来等，在时隔2000多年的现在观赏起来还令人倍感温暖和亲近。

"出入平安"是一般人的美好愿望，古今皆然。在一座庑殿顶陶楼的前门墙壁上，刻画有左右各一个手持戈矛的武士，当初以为是制陶者胡乱画的图案，细究之下才明白，图案应当是《后汉书·礼仪志》里所说的"门神"。而门神，在古人的认知里，可以起到护佑平安、驱邪纳吉的作用。

今天的人们喜欢养宠物，而狗作为汉代合浦人的家养"宠物"，已经有2000多年的历史。在一些陶屋里，有不同形状的狗在看家护院。而一些陶屋的墙根，也刻意留有"狗窦"，这是晚上关门歇息后，方便守门犬进出的门洞。这种门洞，在我小时候住的泥砖屋里还有。

人们不但养狗，还养其他牲畜，陶屋院子里充满了农家生活的日常情趣。

那座庑殿顶的陶楼上，还设计有阳台，很惊艳，有"风柳摇摇无定枝，阳台云雨梦中归"之风采。足不出户就能欣赏到户外大自然的色彩，呼吸到近处飘来的花香，惬意得很。

陶屋里还有陶灶，并且是二孔或者三孔陶灶。这些陶灶在前灶口放置烧煮用的釜、甑等炊具，后灶口通常是放置缸、罐之类的陶器。前灶口是做饭用的，后灶口则是利用灶膛余热来温水，以备洗濯等之用，相当于现在的热水器，既省时又省材，好聪明的做法。

古人的厕所是怎样的？相信大家都会好奇。在馆藏的陶屋里，几乎每一座都有"厕所"。这些"厕所"的特别之处就是，它们都安排在楼上。人有三急的时候，都得爬上去解决，这可能就是人们通常所说的"上厕所"的由来吧。如果居室建筑是曲尺形的，后侧的小室为厕所；如果是长方形的居室，则厕所设在室内一侧。厕所都筑有台阶或者楼梯，方便上下。师古曰："厕，养豕溷也。"把厕与溷两个污物之所集于一处，减少污染源，也方便清理。这又是干栏式住宅的一大好处。

一座四合院式的陶屋，已然成了一座自给自足的庄园。庄园生产，一般以农业为主体，但一些汉代庄园已经涵括了畜牧、园圃、手工、纺织、酿造、粮食储存与加工等功能，实现了自给自足。这些庄园生产与防御相结合，拥有个人武装，俨然一个小王国。生活在这里的人们，是可以"天高皇帝远"的。

汉代时，合浦本地人多习惯直接从河里打水饮用，这个不符合卫生。从中原来的汉人，带来了他们的生活习惯——打井取水。陶屋旁边，就有陶井。陶井还挺讲究，有地台和井亭，地台可以避免地面水流入井中，井亭可以避雨，不让雨水落进井里，很讲究清洁卫生。

合浦出土的陶屋式样虽各有不同，但这些陶屋都是模仿现实生活中的真实建筑形态制造而成，是汉代民居建筑的一个缩影。有专家认为，汉代是中国木构架建筑体系发展的第一个高峰，而合浦出土的陶屋，无疑再现了这种木构架建筑的精妙绝伦。

铜提梁壶醉千年

青青陵上柏，磊磊涧中石。

人生天地间，忽如远行客。

斗酒相娱乐，聊厚不为薄。

驱车策驽马，游戏宛与洛。

洛中何郁郁，冠带自相索。

长衢罗夹巷，王侯多第宅。

两宫遥相望，双阙百余尺。

极宴娱心意，戚戚何所迫。

　　这首汉乐府诗，描写的是一位"文艺青年"意在仕途的事。他早就知晓"宛"（今南阳）与"洛"（今洛阳）两地都极繁华，某一日便携"斗酒"，赶"驽马"，去那边"玩玩"，看能否觅到升官发财的好机会。然而，他发现这两个宫殿巍峨、甲第连云，权贵们朋比为奸、苟且度日的都城，并非容纳他的地方。在这里，我们不讨论这位"文艺青年"的故事，只想说他携带的"斗酒"是怎么一回事。

　　"斗酒相娱乐"，这个"斗"应该是装量烧酒的容器吧。在汉代，盛酒器有好多种，如瓮、壶、卮、樽、耳杯等。酿出来的酒，先存放在瓮或者壶里，宴饮时倒进樽里，再用勺酌入耳杯奉客。这个"斗"，究竟是属于哪一种呢？

在合浦汉代文化博物馆里，就收藏有许多的青铜酒水器。如壶、钫、盘、盆、鉴、匜、樽、盉、杯、厄等，就是没有"斗"。那么多的酒水器，随便拿一个都够大伙儿实实在在地喝一壶了，哪还用得着"斗"！

在合浦汉代文化博物馆馆藏的各种酒水器中，有一尊名叫"铜提梁壶"的最为著名。1986年4月，合浦县博物馆为配合基建工程工作，在风门岭第二麻纺厂工地上抢救发掘了十多座古汉墓。在挖掘后，还编发了其中10号墓的简报。简报中说该墓是一座穹窿顶合券顶砖室墓，属东汉墓，由墓道、前室和两个后室组成。西后室安放棺椁，陶器和青铜器大部分放在东后室，少量放在前室。该墓出土的器物十分精美，有铜提梁壶、铜碗、铜鼎、玉猪、玉蝉、金花球等。

这尊铜提梁壶，在整个展馆里是罕见的艺术珍品。铺首衔环、环套活链，两端龙首含环与盖侧圆钮环套铸，工艺精巧。壶造型具有中原风格，稳重又不乏灵气。通体刻画有羽毛纹、菱形纹，这些纹饰是南方骆越百族惯用的图案。可见，这尊铜提梁壶是中原汉文化与岭南骆越文化交流和融合的有力物证。

简报还称，该尊铜提梁壶出土时是密封着的，器盖打不开。考古人员摇晃铜提梁壶时，有液体晃动的声音，一时颇为惊讶。专家据此推断，里面装盛的必定是酒，一种甘洌醉人的酒。这尊铜提梁壶是合浦县发现的首例带液体的汉代酒壶，里面的千年酒液，给予了人们无限的遐想。它是醪糟一样的淡酒吗？还是杜康一样的烈酒？抑或是作医疗用的药酒？经过1800多年的"窖藏"，是不是更加芳香怡人？真相不得而知。

一般而言，南方沿海地区地下潮湿，海潮容易倒灌和渗透，海水咸湿、显酸性、腐蚀大，青铜器很难以完好无缺的状态重见天日。因此，这尊基本无损的铜提梁壶，显得格外珍贵。

在两汉时期，饮酒风初禁后放。西汉初定有律令："三人以上无故群饮者，罚金四两。"处罚还是蛮严厉的。到了汉昭帝始元六年（公元前81年），罢黜酒榷，令全民得以按律占租酤酒，饮酒便全面开放了。不但办红白喜事或者祭祀等大型活动时能大饮特饮，就连三五知己相约，也可以痛饮为快了。

那时的谷物生产也有了保障，可以拿出多余的粮食来酿酒。据《交州外域记》记载："后汉遣伏波将军路博德讨越王。路将军到合浦，越王令二使者赍牛百头，酒千钟及二郡民户口簿，诣路将军。"汉军讨伐路过，一次就贡献了"酒千钟"，可见当时的酿酒量有多大。

在合浦汉代文化博物馆里，还收藏有各式的陶灶，如龙首三孔陶灶、双孔陶灶等。按照一般家庭生活习惯，单孔灶就足以应付一日三餐了，而这些三孔灶、双孔灶有什么用呢？我们可以发挥一下想象力，双孔灶或者三孔灶就是用来酿酒的，一人在灶前添柴烧火，二人或者几人立于灶面，分别作放料状和搅拌状，忙忙碌碌，满屋子都是蒸汽腾腾，酒香扑鼻，不饮而醺。这便是一个小型的家庭酿酒作坊。

在古代，酿酒的过程叫作"酘"。酘的繁体字为"醞"，从酉从畾，畾的意思就是热的、暖的；酉与畾合起来，就是把酒曲与粮食掺和后放在保暖桶里自酿，倒出来的液体便是酒了。"酘，酘酒也。"酘不是一次性的，而是经过了多次重酿。酒经过多次重酿后，淀粉的糖化和酒化更充分，部分水分蒸发，酒液变得更清醇，酒味更醇冽，成了上好的美酒。《拾遗记》云："张华有九酘酒，……若大醉，不叫笑摇动，令人肝肠消烂，俗人谓之消肠酒。"古人亦知道，酘酒虽好，但也不能过量饮酒，否则会肝肠消烂。

当然，能够喝到此等美酒的人，可不是普通人。毕竟连装盛此等美酒的壶、瓮、钫等都如此名贵。如这尊铜提梁壶，做工精细，颇为华丽，在当时只有高官厚禄者或家底殷实之家才可享有。

汉郡合浦人吃什么

　　自汉武帝于元鼎六年（公元前 111 年）设置合浦郡始，古郡文化已经延续了 2000 余年，那些深邃的光阴，悠久而奇异。相信很多人会好奇，合浦古郡的人们日常究竟吃的啥？走进合浦汉代文化博物馆，或许能探究到其中的答案。

　　合浦汉代文化博物馆，馆藏丰富，有相当数量的饪食器和酒水器，很好地反映了汉代合浦人的饮食风尚、生活习俗和经济状况。其中包括青铜器里的鼎、簋、釜、锅、盒、魁、甗、案、碗、勺、鐎、壶、钫、盆、盘、鉴、匜、盉、卮、樽、杯，陶器里的瓮、罐、瓿、匏壶、提桶、联罐等，种类繁多，琳琅满目。

　　一座干栏式双层陶屋的楼下有人正在杵米，这是十分生动的劳动场景。从那些杵臼、碓、磨来看，他们的主食应该是稻米。在汉代，稻、黍、稷、麦、菽已经普遍种植，中原以黍、稷、麦为主，岭南地区则以稻米为主。菽是豆类作物的统称，穷人吃得多点，富裕人家不爱吃。豆类基本上是不用杵的，只有稻谷才需要脱壳。在堂排村发掘的 2 号夫妻汉墓里，出土了保存完好的稻谷，直接证明了稻米是当时的主食。

　　再说肉食。汉代人皆嗜烤肉，西汉人桓宽著有《盐铁论》，记载了当时社会上能够吃到的肉食，诸如烤羊羔、烤乳猪、酱狗肉、红烧马鞭、酱鸡、酱肚、熘鱼片、红烧鹿肉、煎鱼子酱、炖甲鱼等。受地域和物产分布的限制，合浦人吃不全上述的肉食，但也相差无几。从馆藏的陶猪、陶狗、陶羊、陶鸡、陶鸭、铜牛、铜马等文物来看，这些牲畜肯定是家养的，大部分还是食用性的。

在发掘合浦草鞋村古窑址时，考古人员还发现了象骨和狗骨。大象和牛马一样，是役用的，不会被宰杀食肉；狗是看家护院的，但不排除被杀掉"撮一顿"的可能；猪、羊、鸡、鸭则肯定是养大后宰杀的，常在祭祀仪式用，或者是用作下酒菜。除此之外，各种野味也有可能列入他们的食谱，如鹿、野猪、黄猄、兔子、鸟雀，甚至豹子、老虎都不在话下。

合浦有江河汇集出海之称谓，沿江靠海，正所谓靠山吃山、靠水吃水，吃江鱼、吃海鲜是必然的，获取还很方便。在他们的菜谱里，水产品的比重不会低。有顺口溜："第一鲳、第二芒、第三第四马鲛郎。"给海鱼的鲜美度排了座次，可见吃海文化的深厚。对了，还有花蟹、梭子蟹、青蟹，好吃得不行，说不定第一个吃螃蟹的人，就出自咱大合浦。

吃肉食，特别是吃海鲜，少不了调料。汉代的饮食很重视酱料调味品，《吕氏春秋·本味篇》曰："调合之事，必以甘、酸、苦、辛、咸。先后多少，其齐甚微，皆有自起。"在馆藏文物中，有几个很别致的二连罐、三连罐和五联罐，这些东西就是盛装酱料的。其中的五联罐，在出土的时候，里面还有酸梅果核。我们知道，吃海鲜得蘸点醋吃，以抵消海鲜的寒性，不然会闹肚子。那时候或许已经用上了醋，但酸梅也能起到杀菌和调口味的作用。人们还爱吃生鱼生肉，把活鱼、鲜肉切成薄片，蘸上调料直接吃，这种吃法叫"脍"。要是把鱼和肉烤熟了吃，则叫作"炙"。这两种吃法合起来即是成语"脍炙人口"。

吃了肉，还得烧酒助兴啊。考古学家普遍认为，汉代时，还延续着分餐制，一人一案，案上摆着酒菜，甚是惬意。兴之所至，相邀敬酒，氛围热闹。馆藏文物里有几件装酒的青铜器，其中的铜提梁壶是密封着的，里面还有液体，考古专家推断是酒。精巧的酒器让人"脑洞大开"，开宴时，人们都手捧金樽，品尝美酒，相谈甚欢，直至酒酣耳热，豪气干云。

汉朝时的蔬菜，最常见的是所谓的"五菜"，即葵菜（苋菜）、韭菜、薤菜（藠头）、大葱和大豆苗，还有莲藕、芹菜、芦笋、荸荠等。那时候还没发明炒菜用的锅，对蔬菜的加工很简单，直接加水蒸或者煮熟即吃。一些有香味的蔬菜，还用来做酱菜。

为了应对冬天吃不上蔬菜的难题，古人发明了腌菜。那时的腌菜又叫菹（葅），东汉刘熙在《释名·释饮食》里说："菹，阻也，生酿之，遂使阻于寒温之间，不得烂也。"腌菜的方法有两种，一种是"菹"，即将整棵蔬菜直接腌渍；一种是切碎蔬菜后腌渍，叫"齑"，食用方便些，口感也好。现在市场上，还有这两种酸菜售卖。在馆藏文物中，有一系列的陶瓮、陶罐，《急就篇》颜师古注曰："瓮谓盛酒、浆、水、粟之瓮也。"依我看，那些个头不大的陶瓮、陶罐，口小腹大，用来腌菜最合适。

在水果方面，荔枝、龙眼、柑橘是应季会有的水果。同样是在堂排村发掘的2号夫妻汉墓里，出土了荔枝的果壳和果核，证实了这种岭南佳果在合浦有悠久的种植史。

彼时没有冰箱保鲜，蔬菜可以做腌菜，那些吃不完的鱼肉、水果又该咋办呢？其实，古人很聪明，他们发明了几种保存鱼肉的方法：脩、脯、腊、鲊、鲞。"脩"是将肉条抹盐、葱、姜等调料后阴干；"脯"是给肉抹盐后阴干；"腊"是把肉块腌后再用烟熏干；"鲊"是把小鱼用盐腌一段时间后，直接食用，现在海边人吃的"水鱼"就是这种；"鲞"便是将鱼加盐腌后晒成鱼干，即咸鱼。水果的保存，则是照脯的方法制作成果脯。

西汉辞赋家枚乘写有赋作《七发》，里面介绍有南方地区的几款菜肴，有人还翻译成了白话文，现在借来一用："鲜嫩的小牛腩肉，配菜是竹笋和香蒲，肥狗肉蘸着石耳吃，楚苗山区的糯米、河边采来的茭白，蒸成香饭团，拿到手里黏得散不开，但是入口即化。然后让伊尹负责烹饪，让易牙调和味道。烂熟的熊掌，要蘸着芍药腌成的酱吃。还有那细细切薄的烤里脊以及新鲜的生鱼片。秋后的紫苏，白露浸过的蔬菜特别爽口。饭后再来一点醇厚香烈的兰花酒漱漱口，这可是天下的极品美味啊！"

尽管那样的宴飨场面我们看不到了，但通过枚乘的赋文和合浦汉代文化博物馆馆藏的饪食器皿，我们还是可以想象到，当年合浦人的生活腔调和奢华程度。

敞亮的器度

　　器度，器物之气度也。

　　器物自诞生时起，便与人们结下一段不解之缘，长情地陪伴着人们，走过晃晃悠悠的漫长时光。在陪伴的过程中，如果要用一个字来概括器物的美好品质，我想，应该是一个"度"字。

　　清人唐甄在《潜书·思愤》里曰："伟于貌者，人敬之；美于度者，人爱之；辩于言者，人服之。"一个"度"字，让我们看到了一种胸襟和器量。我们知道，人们在造物时，需要手与心之间、天与人之间的适度。我们使用的那些器物，在无情的时间里给予我们有情的陪伴。虽说不是每件器物都能陪我们到最后，但它们的温度和器度依然存在于我们的心里。

　　《易经》曰："形而上者谓之道，形而下者谓之器。"对于每一件器物，当我们回望它们的时候，透过那些被时光浸漫的躯体，或陈旧或残破的面貌，还是能够感受到我们对它们深厚的情感。它们不言不语，默默地承受，平静地包容，体现了不凡的气度。实则也是，每一件器物都拥有这样的器度，在用时能尽其责，被废弃时又化作春泥。

　　我能够看到的最古老的器物，大概是合浦汉代文化博物馆里的出土文物，它们有 2000 多年的历史，够久远的了。我每次进入合浦汉代文化博物馆，都要仔细观摩那些馆藏文物，领略它们的风采，揣度它们的用处。它们或者是实用器，或者是明器，不一而足。到了现在它们已经不能作为日常使用的器物了，但依然留下某种气度。应该说，它们很好地诠释了自身的气度和宽广的胸襟。

我们知道，合浦古汉墓群出土文物颇多，种类丰富，以陶器为主，铜器次之，另有金器、银器、铁器、玉石器、珠饰等，林林总总，均为器物之用，服务于墓主人，或是墓主人生前钟爱之物。还有大量的舶来品，如波斯陶壶、罗马玻璃碗以及各类精美的珠饰。这些器物不但证明了合浦是海上丝绸之路始发港，而且说明了汉代时所能够使用的器物，已经非常丰富。

在馆藏文物里，实用器也好，明器也罢，对于墓主人来说，都是"适度"的，很适合他们使用。那些文物都遵循了个体的独立性，每一件都不相同。制作这些器物的人，明显地信赖于自己的手工，做出来的器物，不论在尺寸、颜色、款式都尽量符合使用的需求。

善于思考的造物者，不仅要把握好材料、结构之间的适度，也要在实用与美、人群需求和自我表达中寻找适度。这样的适度，又不仅仅源自先人的经验，还需要本人对事物的观察和手工技巧上的成熟。我们拿合浦汉代文化博物馆里的那件"六字铭文出廓玉璧"来说，它制作精美，如璧上方出廓透雕双螭龙纽；纽中心镌隶书"宜子孙日益昌"六个字；璧身凸起谷纹，布列有序；璧外沿饰凸弦纹一圈；高钮碾琢精工，以 S 形线条构图，对称中略有变化。透过"宜子孙日益昌"六字，以及吉祥图像和造型寓意，观众还能感受到古人对子孙后代能过上美好生活的希冀。

对于这样一块玉璧，我只知道它的不同凡响，却不知道它的材质来自于哪里，也不知道匠人的雕刻工艺和创作过程如何。但无疑，该玉璧的雕刻者是谦卑的，那种谦卑包含了技艺手法和理念生活，还有发现美的眼睛。正是这种谦卑，才有了适度的手作，才能够越过2000年的时光，仍然熠熠生辉。

还有那件铜提梁壶，铜盖衔接铜链将壶口封紧，高圈足呈现罕见的八角形，在颈部和腹部之间的九道弦纹是这件铜提梁壶的主要装饰，器型简洁大气，敦实朴拙。令人惊奇的是，内里还有小半壶未打开的液体，专家判断那是酒。这样，铜提梁壶就不是一件器物，而是两件。这呼应了《南史·萧思话传》里的一句话："良才美器，宜在尽用之地。"

像上述的玉璧和铜提梁壶，越是持久越是美丽，时间对于它们而言，既残酷又宽容。残酷的是，它们在内的所有器物都是人们的使用品，要抵挡住人们的频繁使用，要忍受时光的洗礼，还要看淡世态的炎凉。宽容的是，所有的器物对这些都不以为然，沉默以待，让种种残酷化为适应，从而附上温暖的包浆。

日本民艺理论家柳宗悦在谈论器物时曾说："每天使用的器具，不允许华丽、烦琐、病态，而必须结实耐用。忍耐、健全、实诚的德性才是器物之心。朴素的器物因为被使用而变得更美，人们因为爱其美而更愿意使用，人和物因此有了主仆一样的默契和亲密的关系。"器物就是这样，以沉静、守护的度量，衍生出温度，温暖人间岁月，不管是2000年的文物，还是新近购买的一把茶壶。

器物有制作精美的，也有面貌平实的，如合浦汉代文化博物馆里的羽纹铜凤灯、博山炉、庑殿顶陶楼等，制作精良，美轮美奂，但其他大部分的文物又都是平凡的，譬如质朴粗楞的瓮，它们平凡到人人皆爱，处处皆有，可是它们的美学气度分毫未减。瓮即是陶瓮，《急就篇》颜注概括曰："瓮谓盛酒、浆、米、粟之瓮也。"它们既可存在于博物馆，又可存在于平常百姓家，今天仍旧有大量的陶瓮在农户家里使用。它们都很平常，包容的器度却很丰盈，它们甘当配角，我们一看到瓮，就想知道里面装的是粮食、种子还是浆液。此刻，它们呈现出一种素净与质朴的美感。

这样的美来自于自然。因为每一个陶瓮，都要经过选土、筛土、练泥、制坯、晾晒、刻纹、烧制等工序，且每一道工序都需要顺应自然规律，在合适的温度、湿度等条件下，才能顺利地成品。这个过程，让它们产生自然的器度，并奉献和谐之美。

王国维在《人间词话》里说过，人生的三重境界：第一种是"独上高楼，望尽天涯路"，第二种是"衣带渐宽终不悔，为伊消得人憔悴"，第三种是"蓦然回首，那人却在灯火阑珊处"。以此来比喻器物，大抵也是恰当的。寂寞的修行，可以成就手作的适度。日常的陪伴，又酿造了时间的温暖。而回首间的沉思，方可体味到美学的气度。

默默无声，胜却千言万语。如此的器物，才造就了敞亮的器度。

刘忠焕　　中国散文学会会员，广西作家协会会员。长期从事地方文史研究工作，擅长散文写作，多篇作品发表于《人民日报》《光明日报》等报刊。

董立东　　2024城市速写大赛银奖获得者，国家一级注册建筑师、高级建筑师，中国建筑学会会员，历任地产集团、建筑设计院总建筑师，大学客座教授。专注于建筑方案创作与历史建筑保护研究，擅长以钢笔速写等多种绘画形式记录建筑与生活。